DESTINATION UNKNOWN

AGATHA CHRISTIE COMPLETE COLLECTION

DESTINATION UNKNOWN

목적지 불명 애거서 크리스티 장편 소설 | 이수경 옮김

황금가지

DESTINATION UNKNOWN
by Agatha Christie

정식 한국어 판 출간에 부쳐

나는 한국에서 우리 할머니의 작품을 정식으로 출간한다는 소식을 듣고 무척 기뻤다. 할머니가 1920년부터 1970년 무렵까지 오랜 세월에 걸쳐 집필한 작품들은 21세기인 지금 읽어도 신선하고 재미있다. 등장 인물들이 워낙 자연스러워서 요즘 사람들과 다를 바 없고 이들이 등장하는 상황과 장소가 전 세계 사람들의 애정과 향수를 자극하기 때문이다. 한국 독자들은 이번에 새로 나온 정식 한국어 판을 통해 그 동안 접하지 못했던 애거서 크리스티의 일부 작품들을 읽을 수 있을 것이다. 덕분에 한국에 새로운 세대의 애거서 크리스티 팬들이 탄생할지도 모르겠다는 생각을 하면 가슴이 벅차다.

애거서 크리스티는 대표적인 두 명의 주인공으로 기억되는 작가이다. 14권의 작품에 등장하는 마플 양은 영국의 작은 시골 마을에서 평온한 나날을 보내며 뜨개질과 수다로 소일하는 미혼의 할머니이지만, 놀라운 기억력과 날카로운 두뇌 회전으로 주변에서 벌어진 살인 사건을 해결한다.

그리고 마플 양과 상반되는 성격을 지닌 에르퀼 푸아로는 자신만 만하고 콧수염을 포함한 자신의 외모와 벨기에라는 국적에 대한 자부심이 상당하다. 그는 이집트와 이라크를 비롯한 세계 각지에서 수수께끼를 해결하며 『오리엔트 특급 살인 *Murder On The Orient Express*』, 『나일 강의 죽음 *Death On The Nile*』, 『애크로이드 살인 사건 *The Murder Of Roger Ackroyd*』 등 애거서 크리스티의 여러 대표작에 모습을 드러낸다.

황금가지의 대담하고 참신한 표지와 전반적인 디자인 덕분에 작품의 성격이 잘 살아난 것 같아 기쁘다. 또한 한국 독자들이 할머니의 원작이 지닌 참된 묘미를 느낄 수 있도록 충실한 번역을 위해 애써 준 점도 높이 사고 싶다.

할머니의 작품이 20세기의 그 어떤 작가들보다 많이 팔리고 있는 이유는 나이와 국적에 상관없이 읽을 수 있는 재미와 감동을 갖추었기 때문이다. 모쪼록 한국 독자들도 황금가지에서 선보이는 애거서 크리스티 작품들을 즐겁게 감상하기를 바란다.

매튜 프리처드
애거서 크리스티의 손자
ACL 이사장

나처럼 해외여행을 좋아하는 앤터니에게

차례

1장

 책상 앞에 앉은 남자가 묵직한 유리 문진을 오른쪽으로 10센티미터쯤 옮겨 놓았다. 생각에 잠겨 있거나 넋이 나갔다기보다는 무표정한 얼굴이었다. 하루 중 대부분을 인공 조명 아래서 생활하는 탓에 얼굴빛도 창백했다. 눈치 챘겠지만 이 남자는 책상과 서류에 둘러싸여 사는 '실내형 인간'이었다. 그의 사무실까지 가려면 길고 구불구불한 지하 복도를 지나가야 했는데, 그것도 그에게는 어쩐지 어울리는 듯했다. 남자의 나이를 짐작하기는 쉽지 않았다. 나이가 들어 보이지도, 젊어 보이지도 않았기 때문이다. 얼굴은 매끈한 데다가 주름도 없었지만 눈에는 피로가 짙게 묻어 있었다.

 그 방에 있는 또 다른 남자는 앞의 남자보다 나이가 많았다. 그는 거무스름한 피부에 군인처럼 짧은 콧수염을 기르고 있었다. 경계심과 초조함이 그를 감싸고 있었다. 지금도 그는 가만히 앉아 있지 못하고 발작적으로 말을 내뱉으며 이리저리 서성댔다.

"보고서!"

서성이던 남자가 참을 수 없다는 듯이 말을 쏟아 냈다.

"보고서, 보고서, 이놈의 보고서들! 아무짝에도 쓸모없는 것들뿐이야!"

책상 앞에 앉은 남자가 앞에 놓인 서류들을 쳐다보았다. 맨 위에 '토머스 찰스 베터튼'이라는 이름이 붙은 문서가 놓여 있었다. 이름 뒤에는 물음표가 달려 있었다. 책상 앞에 앉은 남자가 생각에 잠긴 채 고개를 끄덕이며 물었다.

"이 보고서들을 전부 조사해 봤는데도 불구하고 아무 성과가 없단 말이죠?"

다른 남자가 어깨를 으쓱해 보이며 말했다.

"귀신은 알려나?"

책상 앞에 앉은 남자가 한숨을 내쉬며 말했다.

"그러게 말입니다. 도대체 알 수가 없군요."

나이 많은 남자가 기관총을 쏘아 대듯이 말했다.

"로마와 투렌에서 보고가 들어왔어. 리비에라에서도 목격되었다 하고 안트베르펜에도 나타났다고 하더군. 오슬로에서도 확인되었고 비아리츠에도 모습을 보였지. 스트라스부르에서 수상한 행동을 하는 게 포착되었고, 벨기에의 오스텐데에서는 매력적인 금발 여인과 해변에 출현했다고 하더군. 브뤼셀에서는 그레이하운드 사냥개와 거리를 거니는 모습을 목격했다지 뭔가! 장담하건대 이러다간

얼룩말에 팔을 두르고 런던 동물원에 나타날 날도 멀지 않았네!"

"대령님, 뭐라도 짐작가는 게 없습니까? 제 생각엔 안트베르펜에서 보내온 보고서에 희망이 있는 것 같았습니다만, 결국 아무것도 못 얻었습니다. 물론 지금은······."

젊은 남자는 말을 멈췄다. 잠시 혼란스러워 보였다. 이내 다시 정신을 차린 그가 모호하게 말했다.

"예, 어쩌면 그럴지도······. 하지만······ 과연 그럴까요?"

와턴 대령은 의자 팔걸이에 걸터앉았다.

"반드시 알아내야지."

대령은 고집스럽게 말했다.

"이 모든 일이 어떻게, 왜 그리고 어디서 벌어진 건지 그 진상을 캐내야 해. 유능한 과학자가 매달 한 명씩 사라져 버리는 게 말이 되나? 더구나 어떻게, 무슨 이유로 사라졌는지, 어디로 갔는지 전혀 알 수 없다니! 우리가 생각하는 그곳일까······. 아닐 수도 있겠지? 지금까지는 그들이 그곳으로 사라졌을 거라고 생각해 왔지만 이젠 그것도 확신하지 못하겠네. 베터튼에 관해 미국에서 온 최근 정보들은 모두 검토해 보았나?"

책상 앞에 앉은 남자가 고개를 끄덕이며 대답했다.

"모두들 좌익 성향을 가졌던 시기에 그 역시 그랬습니다. 알아본 바에 의하면 좌익 성향을 계속 유지했거나 거기에 영구적으로 몸담았다는 증거는 없어요. 전쟁 전에는 건실하게 연구를 했고, 특이한 점은 없었습니다. 만하임이 독일을 탈출한 이후 그의 조수가 된 베터튼은 곧 만하임의 딸과 결혼했습니다. 만하임이 사망한 뒤에도 베터튼은 홀로 연구를 계속했고 곧 놀라운 성과를 거두었습니다. ZE 분열이라는 엄청난 이론을 발견하여 큰 명성을 얻게 된 거죠. ZE 분열은 가히 혁명적인 발견이었고, 그것으로 베터튼은 정상에 오르게 되었어요. 눈부신 출세를 눈앞에 두고 있었지만 결혼한 지 얼마 안 돼 아내가 죽자 크게 좌절했어요. 그리고 영국으로 왔죠. 지난 18개월 동안 그는 하웰에서 살았습니다. 6개월 전에 재혼했고요."

"재혼에 이상한 점은 없었나?"

와턴이 날카롭게 물었다.

젊은 남자는 고개를 저었다.

"알아봤지만 없어요. 재혼한 부인은 지방 변호사의 딸이고 결혼 전에는 보험 사무소에서 일했어요. 조사한 바에 따르면 극단적인 정치 성향과도 무관합니다."

"ZE 분열이라……."

와턴 대령이 혐오스럽다는 듯이 부루퉁하게 말했다.

"그런 얘기들은 듣기만 해도 머리가 지끈거려. 난 옛날 사람이네. 나 같은 사람은 분자가 어떻게 생겨 먹었는지도 모르는데, 요즘 인간들은 세상을 두 동강 내려고 하니! 원자폭탄, 핵분열, ZE 분열 같은 것들 말일세. 베터튼도 그렇게 세상을 두 동강 내는 주동자들 중 한 명이지! 하웰에서는 그의 평판이 어땠나?"

"아주 쾌활한 성격의 사람이었다고들 하더군요. 연구와 관련해서 특별히 눈에 띈 점은 없었습니다. ZE 분열의 실용화에 대한 몇 가지 작업들뿐이었죠."

두 남자는 잠시 말이 없었다. 그들의 대화는 산만하면서도 거의 반사적으로 이어졌다. 책상 위에 쌓여 있는 비밀 보고서들 중에 쓸모 있는 것이라곤 하나도 없었다. 와턴 대령이 다시 입을 열었다.

"영국에 도착해서는 당연히 철저하게 보호를 받았겠지?"

"그럼요. 모든 게 완벽했습니다."

와턴 대령은 생각에 잠긴 표정으로 말했다.

"18개월 전이라……. 보안 조치 같은 건 그들을 지치게 만들지. 항상 망원경으로 감시를 당하는 기분일 테고 세상과 단절된 채 갇혀 있는 느낌이겠지. 대개 예민해지고 별난 성격을 갖게 되지. 나는 그런 경우를 심심찮게 봤네. 그들은 이상 세계를 꿈꾸기 시작하지. 자유와 인류 동포주의, 비밀 보장과 인류를 위한 연구! 바로 그때 몇몇 사기꾼들이 기회를 보고 달려드는 거야!"

그는 코를 문지르며 계속 말했다.

"과학자들만큼 잘 속아 넘어가는 족속도 없으니까. 이유는 정확히 모르겠지만 사기꾼들마다 그렇게 말하더군."

젊은 남자가 피식 웃었다. 하지만 그 웃음에 피로가 가득 묻어 있었다.

"아, 네. 그럴지도 모르겠군요. 과학자들은 저마다 자기들이 똑똑하다고 생각합니다. 그건 언제나 위험한 생각이지요. 하지만 우리는 다른 부류예요. 별 볼일 없는 평범한 사람이잖아요. 우리는 인류를 구원하겠다는 생각 따위는 안 합니다. 부스러기를 한두 개 줍거나 뭔가 작동이 되지 않을 때 방해물을 치워 주는 게 고작이지요."

그는 생각에 잠긴 채 손가락으로 탁자를 톡톡 두드리다가 입을 열었다.

"베터튼에 대해 조금만 더 알면 좋을 텐데 말입니다. 표면적인 생활이나 행동 말고 진짜 그를 알 수 있는 일상적인 특징들이 있을 거예요. 어떤 농담을 재미있어하는지, 어떤 신념을 가졌는지, 존경하는 사람은 누구였고 특별히 싫어하는 사람은 누구였는지, 그런 것들 말입니다."

와턴은 호기심 어린 눈으로 그를 쳐다보았다.

"그 사람 부인은…… 조사해 봤나?"

"벌써 몇 번이나 접촉했습니다."

"도움이 안 되던가?"

"아직까지는요."

젊은 남자가 어깨를 으쓱하며 대답했다.

"뭔가 아는 것 같기는 하던가?"

"물론 그녀는 아무것도 모른다고 했습니다. 걱정과 슬픔, 극도의 불안감……. 뻔한 반응들뿐이죠. 사전에 어떤 낌새나 의심스러운 점도 없었고, 지극히 정상적으로 생활했으며, 특별한 스트레스 같은 것도 없었답니다. 별로 특이한 게 없어요. 그녀는 남편이 납치되었을 거라고 주장하고 있습니다."

"자네는 그녀를 믿지 않는 건가?"

"저에겐 한 가지 결점이 있습니다. 바로 어느 누구도 믿지 않는 거죠."

책상 앞에 앉은 남자가 씁쓸하게 말했다.

그러자 와턴 대령이 느긋한 어조로 말했다.

"그런가? 난 사람이란 늘 마음을 열고 살아야 한다고 생각하네만……. 그 부인은 어떤 여자인가?"

"브리지 게임을 할 때 만날 수 있을 법한 아주 평범한 스타일의 여자입니다."

와턴은 알겠다는 듯이 고개를 끄덕였다.

"더 어렵군."

"그녀는 저를 만나러 지금 여기에 와 있습니다. 만날 하는 문답을 또다시 반복하게 되겠죠."

"지금으로서는 그 방법밖엔 없겠군. 아마 나라면 못할 거야. 인내심이 없어서 말이야."

그는 자리에서 일어섰다.

"난 그만 가 보겠네. 아직 조사할 게 많이 남았지?"

"유감스럽지만 그렇습니다. 오슬로 보고서를 특별히 검토해 보시는 게 어떨까요? 거기서 뭔가 알아낼 수도 있을 것 같습니다만."

와턴 대령은 고개를 끄덕이고 방을 나갔다. 방 안에 남은 사나이는 옆에 있는 수화기를 집어 들었다.

"베터튼 부인을 만나겠네. 안으로 들여보내게."

그는 자리에 앉아서 허공을 응시했다. 잠시 후 노크 소리가 들리고 베터튼 부인이 안으로 들어왔다. 큰 키에 나이는 스물일곱 살쯤 되어 보였다. 외모에서 가장 먼저 눈에 띄는 건 멋진 붉은색 머리칼이었다. 하지만 머리칼의 아름다움에 비해 얼굴은 지극히 평범했다. 그녀는 붉은 머리와 잘 어울리는 청록색 눈동자와 엷은 속눈썹을 갖고 있었다. 얼굴은 화장기가 전혀 없었다. 남자는 베터튼 부인에게 인사를 하고 책상 가까이에 있는 의자에 편히 앉도록 안내하면서 베터튼 부인이 왜 화장을 안 했는지 그 이유를 생각해 보았다. 그는 베터튼 부인이 전에 말한 것보다 더 많은 내용을 알고 있으리라고 추측했다.

그의 경험으로 보면 지독한 슬픔과 절망을 겪고 있는 여자들은 화장에 더 신경을 썼다. 슬픔이 할퀴고 간 흔적이 얼굴에 그대로 드러나기 때문에 그 황폐함을 감추려 애쓰는 것이다. 그는 베터튼 부인이 상심한 아내의 역할을 훌륭하게 해내기 위해서 의도적으로 화장을 하지 않았을 거라는 생각이 들었다. 그녀는 가쁜 숨을 몰아쉬며 물었다.

"오, 제솝 씨, 혹시…… 무슨 소식이라도 있나요?"

남자는 고개를 저으며 친절하게 말했다.

"이렇게 오시게 해서 죄송합니다, 베터튼 부인. 유감스럽지만 아직 정확한 소식을 입수하지는 못했습니다."

그러자 올리브 베터튼이 재빨리 말했다.

"알고 있어요. 편지에 그렇게 쓰셨잖아요. 하지만 그때 이후로 혹시나 해서…… 아! 저를 부르셔서 얼마나 설레었는지 몰라요. 이제나 저제나 하고 집에만 가만히 앉아 걱정하는 게…… 그게 가장 못할 짓이에요. 제가 할 수 있는 게 아무것도 없으니까요!"

제숍은 그녀를 진정시키는 듯한 목소리로 말했다.

"베터튼 부인, 제가 전에 했던 질문들을 반복하면서 동일한 점들을 짚고 넘어가더라도 불쾌해하지 말아 주십시오. 아주 사소한 부분에서 실마리가 나올 수도 있으니까요. 전에는 생각나지 않았던 것이나 언급할 가치가 없다고 생각했던 것 말입니다."

"예, 알겠어요. 뭐든지 다시 물어보세요."

"부인께서 남편을 마지막으로 본 게 8월 23일이었죠?"

"예."

"남편 분이 회의에 참석하기 위해서 영국을 떠나 파리로 간 날이지요?"

"예."

제숍은 빠른 속도로 질문을 했다.

"남편 분은 처음 이틀은 회의에 참석했습니다. 그런데 세 번째 날에는 모습을 나타내지 않았습니다. 그는 그날 동료 한 명에게 회의에 참석하는 대신 바토 무슈를 타고 여행을 할 것이라고 분명히 말했습니다."

"바토 무슈요? 그게 뭐죠?"

제숍은 미소를 지었다.

"센 강을 따라 운행하는 작은 배입니다."

그는 날카로운 눈초리로 그녀를 쳐다보았다.

"남편 분답지 않은 행동이라는 생각이 들지 않나요?"

그녀는 미심쩍은 듯이 말했다.

"그래요. 그이가 이번 회의에 얼마나 관심을 갖고 있었는지를 생각해 본다면 말이에요."

"그럴 수도 있겠군요. 하지만 그날의 토론 주제는 베터튼 씨가 특별히 관심을 갖고 있는 내용이 아니었습니다. 그래서 하루 정도 휴가를 즐겼을 수도 있지요. 그런데도 남편 분의 행동이 이해가 가지 않습니까?"

그녀는 고개를 끄덕였다.

제솝은 계속 말을 이었다.

"베터튼 씨는 그날 밤 호텔로 돌아오지 않았습니다. 확인된 바에 따르면 그는 어떤 국경도 통과하지 않았습니다. 우선 그의 여권을 갖고 통과하지 않은 것은 확실합니다. 남편 분이 또 다른 여권을, 그러니까 다른 이름으로 된 여권을 갖고 있을 가능성은 없습니까?"

"오, 아뇨. 그이가 왜요?"

그는 그녀의 얼굴을 유심히 살폈다.

"남편 분의 소지품에서 그런 물건을 본 적이 한 번도 없다는 말입니까?"

그녀는 고개를 세차게 끄덕였다.

"네, 전 그렇게 생각하지 않아요. 단 1초도 그렇게 생각할 수는 없어요. 당신들이 추측하는 것처럼 그이가 일부러 행방을 감췄다고는 생각할 수는 없어요. 분명 그이한테 무슨 일이 일어난 거예요. 아니면…… 아니면 기억을 잃어버렸을지도 몰라요."

"평소 남편의 건강은 괜찮은 편이었습니까?"

"그럼요. 과로 때문에 가끔 피곤해하긴 했지만 그 외에 특별한 이상은 없었어요."

"뭔가 걱정을 한다거나 우울해 보이진 않았습니까?"

"그이는 어떤 일에도 걱정하거나 우울해하지 않았어요!"

그녀는 떨리는 손으로 가방을 열어 손수건을 꺼냈다.

"모든 게 너무 끔찍해요."

그녀의 목소리가 떨렸다.

"믿을 수가 없어요. 그이가 제게 말 한마디 없이 사라진 적은 단한 번도 없어요. 무슨 일이 생긴 게 틀림없어요. 납치를 당했거나 괴한에게 공격을 받았을지도 몰라요. 그렇게 생각하지 않으려 애쓰지만 가끔은 그것 말고 다른 이유는 없다는 생각이 들어요. 그이는 죽은 게 틀림없어요."

"자, 베터튼 부인, 그만 진정하세요. 벌써부터 그렇게 추측할 필요는 없습니다. 만약 남편 분이 죽었다면 지금쯤 시체가 발견되었을 겁니다."

"그렇지 않을 수도 있어요. 끔찍한 일들이 많이 일어나잖아요. 그이는 익사했거나 하수구에 던져졌을지도 몰라요. 파리에서는 어떤 일이든 일어날 수 있다고요."

"베터튼 부인, 제가 확실히 말씀드리지만, 파리는 치안이 매우 좋은 도시입니다."

그러자 올리브 베터튼이 눈가에서 손수건을 치우더니 매서운 눈초리로 남자를 쏘아보았다.

"당신이 무슨 생각을 하고 있는지 알아요. 하지만 절대 그렇지 않아요! 톰은 기밀을 팔아넘기거나 누설할 사람이 아니에요. 그이는 공산주의자가 아니라고요. 그 사람은 평생 깨끗하게 살아왔어요."

"남편 분의 정치적인 성향은 어땠습니까, 베터튼 부인?"

"미국에서는 민주당을 지지한 걸로 알고 있어요. 여기서는 노동당에 투표했고요. 하지만 그이는 정치에 관심이 없었어요. 과학자였으니까요, 언제나."

베터튼 부인은 다소 거만하게 덧붙였다.

"그이는 뛰어난 과학자였어요."

제숍이 말했다.

"그렇습니다. 베터튼 씨는 뛰어난 과학자였습니다. 그게 바로 이 문제의 핵심입니다. 그는 어떤 제안을, 말하자면 이 나라를 떠나 다른 어딘가로 가라는 중요한 제안을 받았을지도 모릅니다."

"그럴 리가 없어요!"

그녀의 분노가 다시 솟구쳤다.

"그건 당신들이 서류로 만들어 내려는 각본일 뿐이에요. 저한테 질문을 하면서 당신들끼리 정리한 내용이 그런 건가요? 그건 말도 안 돼요. 저한테 아무 말도 하지 않고, 아무런 내색도 하지 않고 사라질 사람이 아니에요."

"부인께 단 한 마디도 없었습니까?"

그는 또다시 그녀의 표정을 날카롭게 살폈다.

　"아무 말도요. 저는 그이가 어디에 있는지 몰라요. 납치됐거나 아니면 아까 말씀드린 대로 죽었을 거예요. 설령 그이가 죽었다 해도 전 알아야 해요. 당장 알아야겠어요. 이렇게 언제까지 기다리고만 있을 순 없어요. 아무것도 먹을 수 없고 잠도 안 와요. 걱정 때문에 병이 날 지경이에요. 저를 도와주실 수 없나요? 조금이라도 도와주실 수 없어요?"

　제숍은 자리에서 일어나 책상 옆으로 돌아 나왔다. 그리고 낮은 소리로 말했다.

　"정말 대단히 죄송합니다, 베터튼 부인. 정말 유감입니다. 확실히 말씀드리건대 남편 분께 무슨 일이 일어났는지 알아내기 위해 저희도 최선을 다하고 있습니다. 우리는 매일 여러 곳에서 보내온 보고를 받고 있습니다."

　"어디서 온 보고죠? 보고서에는 뭐라고 쓰여 있나요?"

　그녀가 날카롭게 물었다.

　그는 고개를 저었다.

　"모두 엄밀하게 조사하고 검토해 봐야 할 내용들입니다. 유감스럽게도 현재로서는 극히 애매모호한 것들입니다."

　"전 꼭 알아야 해요."

　그녀가 힘없는 목소리로 말했다.

　"계속 이렇게 지낼 순 없어요."

　"남편 분이 많이 걱정되시나 보군요, 베터튼 부인."

"당연하죠. 왜 안 그렇겠어요. 우린 결혼한 지 6개월밖에 안 됐어요. 겨우 6개월요."

"예, 압니다. 이런 질문을 해서 죄송합니다만, 혹시 두 분 사이에 어떤 불화나 다툼 같은 건 없었습니까?"

"오, 전혀 없었어요!"

"다른 여자 문제도 없었나요?"

"물론이에요. 우리는 지난 4월에 결혼했다고요."

"오해하지는 마십시오. 그런 일이 있으리라고 생각하지는 않지만, 남편 분이 이렇게 사라져 버린 상황에서는 모든 가능성을 염두에 두어야 한다는 뜻입니다. 그러니까 남편께서는 최근에 뭔가를 심각하게 고민하거나 초조하고 예민하게 행동한 적이 없다는 말씀이죠?"

"예, 없었어요. 전혀!"

"부인, 남편 분과 같은 직업을 가진 사람들은 흔히 신경이 예민해지곤 합니다. 엄격한 보안 상태에서 생활을 하니까요. 사실……."

그는 싱긋 웃었다.

"사실 예민해지는 게 지극히 정상이죠."

하지만 그녀는 웃지 않았다.

"그이는 정상적이었어요."

그녀는 무표정하게 말했다.

"자신의 연구에 대해서는 만족했나요? 부인과 그런 얘기를 나눈 적이 있습니까?"

"아뇨, 없어요. 그건 전문 분야니까요."

"자신의 연구가 파괴적인 용도로 쓰일지 모른다는 생각에 불안해하지는 않았습니까? 과학자들은 가끔 그런 감정을 느끼잖아요."

"그런 얘기는 전혀 한 적이 없어요."

"베터튼 부인……."

그는 지금까지 보인 침착함을 약간 잃은 듯 책상 위로 몸을 구부렸다.

"제가 원하는 건 남편 분에 대한 정확한 파악입니다. 그가 어떤 사람이었는지 보여 줄 수 있는 그림 말입니다. 그런데 지금의 부인은 별 도움이 안 되고 있어요."

"제가 더 이상 어떻게 해 드려야 한다는 말씀이세요? 질문에 모두 대답해 드렸잖아요."

"예, 물론 대답은 하셨습니다. 하지만 거의 소극적인 태도로 일관하고 있습니다. 제가 원하는 건 그보다 적극적인 대답입니다. 뭔가 도움이 될 만한 내용이 필요합니다. 제 말뜻을 아시겠습니까? 남편 분이 어떤 사람인지를 알아야 찾을 가능성이 높아지는 겁니다."

그녀는 잠시 생각에 잠겼다.

"알겠어요. 무슨 말씀인지 알 것 같아요. 톰은 유쾌하고 다정한 사람이었어요. 아, 물론 똑똑하고요."

제숍의 표정이 밝아졌다.

"바로 그런 특성들을 말하는 겁니다. 자, 그럼 개인적인 특징들로 좀 더 들어가 봅시다. 책은 많이 읽었나요?"

"예, 꽤 많이요."

"주로 어떤 종류의 책들이었죠?"

"전기물이나 독서 클럽의 추천 도서들을 읽었어요. 피곤할 때는 추리 소설도 읽었지요."

"뭐, 별다를 건 없군요. 특별히 즐기는 취미는 없었나요? 카드나 체스도 했습니까?"

"브리지를 했어요. 우리 부부는 에번스 박사 부부와 일주일에 한두 번씩 게임을 했어요."

"베터튼 씨에게는 친구가 많았습니까?"

"오, 그럼요. 그이는 사귐성이 좋았어요."

"제 말은 그런 뜻이 아닙니다. 그러니까 남편 분은 친구 사귀는 걸 좋아하는 사람이었냐는 말입니다."

"그이는 한두 명의 이웃과 가끔 골프를 쳤어요."

"특별히 친한 친구나 동료는 없었습니까?"

"없었어요. 아시다시피 그는 미국에서 오래 살았어요. 그리고 태어난 곳은 캐나다였어요. 이곳에는 아는 사람이 별로 없었지요."

제숩은 바로 옆에 있던 서류를 뒤적였다.

"우리가 알아낸 바에 따르면 최근에 세 사람이 미국에서 베터튼 씨를 찾아왔습니다. 여기 그들의 이름이 있습니다. 남편 분이 근래에 접촉한 외부 인물은 이 세 사람뿐입니다. 그 때문에 우리는 그들을 특별히 더 주목하고 있지요. 그럼 먼저 첫 번째 인물인 월터 그리피스입니다. 그는 하웰로 당신들을 찾아왔죠?"

"맞아요. 영국을 방문한 길에 톰을 보러 왔어요."

"남편 분의 반응은 어땠나요?"

"톰은 그를 보고 놀랐지만 매우 반갑게 맞았어요. 두 사람은 미국에 있을 때 친한 사이였대요."

"부인이 보기에 그리피스라는 사람은 어떻던가요? 부인 나름대로 평가한 바를 말씀해 보세요."

"당신은 이미 그에 대해 다 알고 계실 텐데요?"

"그렇습니다. 우리는 다 알고 있죠. 그러나 제가 듣고 싶은 건 부인의 생각입니다."

그녀는 잠깐 골똘히 생각했다.

"글쎄요, 진지해 보였고 좀 장황하게 얘기하는 타입이었어요. 제게 매우 정중했고 톰을 많이 좋아하는 것 같았어요. 그리고 톰이 영국으로 떠나온 후 있었던 일들을 얘기하느라 정신이 없었죠. 그냥 자질구레한 얘기들이었던 것 같아요. 전부 제가 모르는 사람들에 대한 얘기라 저로서는 아무 재미도 없었지요. 어쨌든 저는 그들이 회포를 푸는 동안 저녁 준비를 했어요."

"정치에 관한 화제는 나오지 않았나요?"

"그 남자가 공산주의자일지 모른다는 말을 하고 싶은 거로군요."

올리브 베터튼의 얼굴이 다시 붉어졌다.

"분명히 말씀드리지만 그런 사람은 아니었어요. 그는 정부와 관련된 일을 하고 있었어요. 지방 검사 사무실에서 일한다고 한 것 같아요. 그리고 톰이 미국에서 벌어지는 정치계의 마녀 사냥에 대해 웃으면서 얘기하자, 그 남자는 영국에 사는 우리는 이해하지 못할 거라고 심각하게 말하더군요. 마녀 사냥은 어쩔 수 없이 필요하다고 하면서요. 그거야말로 그 사람이 공산주의자가 아니라는 증거가 아니겠어요!"

"부인 제발, 흥분하지 마십시오."

"톰은 공산주의자가 아니라고요! 계속 말했는데도 당신은 제 말을 믿지 않잖아요."

"아니, 믿습니다. 하지만 중요한 점은 짚고 넘어가야 하니까요. 그럼 두 번째 외부 접촉자인 마크 루카스 박사로 넘어가 볼까요? 런던에 있는 도싯 호텔에서 우연히 만나셨죠?"

"네, 우리 부부는 공연을 관람하고 나서 도싯 호텔에서 저녁 식사를 하는 중이었어요. 갑자기 그 루크인지 루카스인지 하는 남자가 다가와 톰과 인사를 나누더군요. 그는 화학자였는데 톰과는 미국에서 보고 처음이라고 했어요. 그는 독일인 망명자로 미국 국적을 가진 사람이었지요. 물론 당신도 분명히……."

"분명히 저도 그 사실을 알고 있을 거라고요? 물론 알고 있습니다. 남편께서 그를 보고 놀라던가요?"

"예, 많이 놀랐어요."

"반가워하던가요?"

"네…… 그랬던 것 같아요."

"대답에 확신이 없으시네요."

그는 심리적인 압박을 가했다.

"글쎄요, 톰이 그다지 관심을 갖고 있는 사람은 아니었거든요. 톰도 나중에 그렇다고 말했어요. 그게 전부예요."

"단지 우연한 만남이었습니까? 나중에 다시 만날 약속 같은 건 하지 않았나요?"

"그러지는 않았어요. 우연히 마주친 것뿐이었으니까요."

"알겠습니다. 세 번째로 접촉한 사람은 캐럴 스피더라는 부인이었습니다. 역시 미국에서 왔죠. 그녀와는 어떤 일이 있었나요?"

"그녀는 국제 연합과 관련 있는 사람 같았어요. 톰과는 미국에서부터 알고 있는 사이였대요. 톰한테 전화를 걸어 왔어요. 자기가 런던에 와 있는데, 우리 부부와 만나서 점심이라도 함께 먹었으면 좋겠다고 했대요."

"그래서 함께 점심을 먹었나요?"

"아뇨."

"부인은 가지 않았고 남편 분만 가셨군요!"

"뭐라고요?"

그녀는 눈을 크게 뜨고 상대를 빤히 쳐다보았다.

"남편 분이 말씀하시지 않던가요?"

"실제로 만날 거라고는 안 했어요."

올리브 베터튼은 당황하고 불안한 표정이 역력했다. 질문을 던지는 남자는 그녀가 약간 안됐다는 생각이 들었지만 동정심은 접어두기로 했다. 처음으로 뭔가 실마리를 얻을 수 있을지도 모른다는 생각이 들었다.

"이해가 안 돼요."

그녀는 확신하지 못하겠다는 듯이 말했다.

"그이가 제게 그 일에 대해 한 마디도 안 했다는 건 정말 너무 이상해요."

"두 사람은 스피더 부인이 머물고 있던 도싯 호텔에서 8월 12일 수요일에 함께 점심 식사를 했습니다."

"8월 12일에요?"

"네."

"맞아요, 그때쯤 그이가 런던에 가긴 했어요……. 하지만 그녀에 관해선 아무 말도 안 했는데……."

베터튼 부인은 말을 멈추더니 불쑥 질문을 던졌다.

"어떤 여자인가요?"

그는 안심시키듯 재빨리 대답했다.

"매력적인 타입은 전혀 아닙니다, 베터튼 부인. 서른 살쯤 되는 유능한 커리어우먼으로, 특별히 미인도 아닙니다. 그녀가 남편 분과 은밀한 관계를 맺었다고 추측할 만한 단서는 전혀 없습니다. 그래서 더더욱 남편이 그녀와의 만남에 대해 한 마디도 하지 않은 점이 이상하다는 겁니다."

"예, 무슨 말씀인지 알겠어요."

"자, 부인, 찬찬히 잘 생각해 보십시오. 그 무렵 남편에게서 어떤 변화를 눈치 채지 못하셨나요? 8월 중순쯤 말입니다. 회의가 열리기 약 일주일 전쯤이었을 겁니다."

"아뇨……. 없어요. 이상한 점은 전혀 없었어요."

제숩은 한숨을 내쉬었다.

책상 위에 놓인 전화기에서 작은 벨소리가 울렸다. 그는 수화기를 집어 들었다.

"여보세요."

그러자 상대편 목소리가 들렸다.

"어떤 남자 분이 베터튼 사건의 책임자를 만나고 싶다고 하는데, 어떻게 할까요?"

"그 사람 이름이 뭔가?"

수화기 너머에서 조심스러운 기침 소리가 들렸다.

"그게…… 어떻게 읽어야 할지 정확히 몰라서요, 제숩 씨. 철자를 불러 드리는 게 나을 것 같습니다."

"좋아, 불러 보게."

그는 전화선을 따라 들려오는 철자들을 종이에 한 자 한 자 받아 적었다.

"폴란드 인인가?"

그는 미심쩍은 듯이 물었다.

"그건 말하지 않았습니다. 외국 억양이 조금 있긴 하지만 영어를 꽤 잘하던걸요."

"기다리라고 하게."

"알겠습니다."

제숩은 수화기를 제자리에 내려놓았다. 그리고 맞은편에 앉아 있는 올리브 베터튼을 바라보았다. 그녀는 흥분이 가라앉았는지 한결 차분한 모습이었다. 그는 방금 이름을 받아 적은 메모지를 뜯어 내 그녀에게 내밀었다.

"이런 이름을 가진 사람을 아십니까?"

순간 그녀의 눈이 휘둥그레졌다. 무척 놀란 눈치였다.

"예, 알아요. 제게 편지를 보낸 사람이에요."

"그게 언제죠?"

"어제요. 톰의 전처의 사촌이라고 했어요. 영국에 온 지는 얼마 안 됐대요. 톰의 실종에 대해 무척 걱정하고 있더군요. 뭔가 새로운 소식을 알고 있는지 궁금하다고도 썼고…… 진심 어린 위로를 전했어요."

"전에 그에 관해 들어 본 적은 없었나요?"

제숍의 질문에 그녀는 말없이 고개를 저었다.

"남편께서 그 사람 얘기를 한 적은요?"

"없었어요."

"그럼 그 사람이 진짜로 베터튼 씨 전처의 사촌이 아닐 수도 있겠군요?"

"글쎄요, 그렇진 않을 거예요. 그렇게 생각되진 않아요."

그녀는 조금 놀란 표정을 지어 보였다.

"톰의 전처는 외국인이었어요. 만하임 교수의 딸이었죠. 편지로 볼 때 그 남자는 그녀와 톰에 대해 굉장히 잘 아는 것 같았어요. 외국인이지만 매우 정확하고 예의 바르게 썼더군요. 모두 진짜 같았어요. 그가 진짜가 아니라면 그런 편지를 보낼 이유가 전혀 없지 않겠어요?"

"아, 항상 그런 질문을 던져야 하는 거랍니다."

제숍은 보일 듯 말 듯 미소를 지어 보였다.

"이곳에서는 늘 그런 식으로 일하다 보니 뭔가 이상하다 싶은 건 아주 사소한 것이라도 주목하게 되지요!"

"예, 그러시겠죠."

그녀는 갑자기 몸을 떨었다.

"마치 이 모든 게 미로처럼 이어진 복도 한가운데에 있는 방에서 벌어진 일 같아요. 꼭 이 방처럼요. 결코 빠져나갈 수 없는 꿈 같아요……."

"예, 그렇죠, 밀실 공포증과 비슷한 느낌이 들 수도 있다고 생각합니다."

제숍이 상냥하게 말했다.

올리브 베터튼은 손을 들어 이마 위로 흘러내린 머리칼을 쓸어 넘겼다.

"저는 더 이상 못 참겠어요. 가만히 앉아서 기다리기만 하는 것 말이에요. 기분 전환을 위해 어디론가 떠나고 싶어요. 아무래도 외국이 낫겠죠? 시도 때도 없이 전화를 해 대는 기자들도 없고 사람들의 시선도 느껴지지 않는 곳 말이에요. 친구들도 만날 때마다 무슨 소식 없냐고 물어본답니다."

그녀는 잠시 말을 멈추더니 이내 계속 이어 갔다.

"아무래도…… 신경 쇠약에 걸릴 것만 같아요. 대범하게 생각하려고 애써 봤지만 너무 버겁답니다. 제 주치의도 그게 좋겠다고 했어요. 어디든 가서 3주나 4주쯤 쉬어야 한다고요. 주치의가 제게 보낸 편지가 있어요. 보여 드릴게요."

그녀는 가방 속을 더듬더니 봉투 하나를 꺼내 제솝 앞으로 내밀었다.

"그가 뭐라고 썼는지 보세요."

제솝은 봉투에서 편지를 꺼내 읽었다.

"그렇군요. 예, 알겠습니다."

그는 편지를 다시 봉투 속에 넣었다.

"그럼…… 가도 괜찮겠지요?"

그녀는 불안한 눈빛으로 그를 쳐다봤다.

"물론입니다, 베터튼 부인."

그가 대답했다. 그러고는 뜻밖의 질문이라는 듯이 눈썹을 치켜올리며 말했다.

"왜 안 되겠습니까?"

"당신이 반대할지도 모른다고 생각했거든요."

"반대요? 무엇 때문에요? 그건 전적으로 부인의 마음입니다. 부인이 떠나 계신 동안 무슨 소식이라도 들어오면 부인께 연락할 수는 있겠지요?"

"오, 물론이죠."

"어디로 가실 생각이십니까?"

"따뜻하고 영국인들이 많지 않은 곳으로 가고 싶어요. 스페인이나 모로코 같은 곳으로요."

"좋은 곳이죠. 멋진 여행이 되길 바랍니다."

"오, 감사합니다. 정말 감사해요."

그녀는 흥분하여 일어섰다. 다소 의기양양해 보였지만 여전히 초조함은 감춰지지 않았다.

제숩은 자리에서 일어나 그녀와 악수한 다음, 벨을 눌러 배웅해 주라는 신호를 보냈다. 그리고 자리로 돌아와 아까처럼 무표정한 얼굴로 한참을 앉아 있었다. 그러더니 아주 천천히 미소를 지었다. 그는 수화기를 들어 말했다.

"지금 글리드르 소령을 만나 보지."

2장

"글리드르 소령님이십니까?"

제숍은 약간 머뭇거리면서 이름을 말했다.

"제 이름이 좀 어렵죠? 맞습니다."

방문객은 이해한다는 듯이 익살스럽게 말했다.

"전쟁 때는 당신 동료들이 나를 글라이더라고 부르더군요. 미국에서는 이름을 글린으로 바꿀 생각입니다. 그게 훨씬 부르기 편하니까요."

"그럼 미국에서 오신 겁니까?"

"네, 일주일 전에 이곳에 도착했습니다. 실례지만 당신이 제숍 씨입니까?"

"제가 제숍입니다."

사나이는 그를 흥미롭게 바라보며 말했다.

"그래요, 당신에 대해서 들은 적이 있습니다."

"정말입니까? 누구한테 들었죠?"

남자는 미소를 지었다.

"너무 서두를 필요는 없을 것 같습니다. 먼저 미국 대사관에서 써 준 이 소개장을 보신 후에 제가 몇 가지 질문을 할 수 있도록 양해 해 주셨으면 합니다."

그는 약간 고개를 숙여 인사를 한 뒤 편지를 건넸다. 제솝은 정중 하게 쓰인 몇 줄의 소개글을 읽고는 탁자 위에 내려놓았다. 그는 감 정이라도 하듯 방문객을 찬찬히 살펴보았다. 큰 키에 다소 딱딱한 태도, 나이는 서른 살쯤 돼 보였다. 금발 머리는 미국 스타일로 짧게 깎은 상태였다. 말투는 느리고 신중했으며, 분명히 외국인 억양이었 지만 문법은 정확했다. 제솝이 보기에 그는 초조하거나 불안한 기 색이 전혀 없었다. 상당히 특이한 점이었다. 이 방에 들어오는 사람 들은 대부분 초조해하거나 흥분하거나 불안해했다. 때로는 주변을 흘금거리거나 난폭하게 돌변하기도 했다.

이 사나이는 스스로를 완벽하게 통제할 줄 아는 사람이었다. 철 저하게 표정을 감출 수 있었으며 자신이 현재 어떤 행동을 하고 있 는지 잘 아는 사람이었다. 또한 남에게 쉽사리 속아 넘어가지도 않 을 뿐 아니라 상대에게 휘말려 의도했던 것보다 많은 말을 해 버릴 사람도 아니었다. 제솝은 친절하게 물었다.

"저희가 뭘 도와드리면 되겠습니까?"

"토머스 베터튼에 관한 새로운 소식이 없는지 알고 싶어서 왔습니다. 얼마 전에 실종되어 세상을 떠들썩하게 만든 과학자 말입니다. 언론에서 떠드는 얘기들은 곧이곧대로 믿을 수 없기 때문에 어디 가면 믿을 만한 정보를 들을 수 있는지 알아봤습니다. 사람들 말이 당신한테 가 보라고 하더군요."

"죄송하지만 아직 저희에게도 확실한 정보는 없습니다."

"저는 그가 어떤 중요한 임무를 띠고 외국으로 보내진 게 아닌가 생각합니다."

그는 잠시 말을 멈추더니 다소 기이한 말투로 짧게 덧붙였다.

"비밀리에 추진하는 그런 일 있잖습니까, 왜."

"이것 보세요, 선생님……."

제솝은 언짢은 표정을 지었다.

"베터튼은 과학자입니다. 외교관이나 첩보원이 아니에요."

"제 말이 못마땅하신 거군요. 하지만 겉으로 드러난 신분이 항상 정확한 건 아니니까요. 제가 왜 이 사건에 관심을 보이는지 궁금하실 겁니다. 토머스 베터튼과 저는 인척 관계입니다."

"예, 압니다. 당신은 돌아가신 만하임 교수의 조카시죠."

"아, 이미 알고 계셨군요. 이곳에선 모든 정보를 꿰뚫어 알고 있나 봅니다."

"여기 오는 사람들이 여러 가지 정보를 말해 주니까요."

제솝은 낮은 목소리로 말했다.

"베터튼 씨 부인이 여기 왔다 갔습니다. 그녀가 말해 주었어요. 당신이 그녀에게 편지를 썼다고요."

"그랬습니다. 위로도 전하고, 혹시 뭐 새로운 소식이 있나 궁금해서요."

"그녀도 그렇게 말하더군요."

"제 어머니는 만하임 교수의 하나뿐인 누이였습니다. 두 분은 정말 우애가 남다른 남매였지요. 어린 시절 바르샤바에 살 때 나는 삼촌 집에 자주 놀러 갔기 때문에 삼촌의 딸인 엘사도 제게는 친누이나 마찬가지였습니다. 부모님이 돌아가신 뒤에는 삼촌과 엘사와 함께 살았습니다. 정말 행복한 시절이었지요. 그리고 얼마 안 있어 전쟁이 터졌습니다. 그 악몽 같은 끔찍한 순간들……. 다시는 기억하고 싶지 않습니다. 삼촌과 엘사는 미국으로 건너갔습니다. 저는 남아서 레지스탕스 일원으로 활동하다가 전쟁이 끝난 뒤에 어떤 임무를 맡게 되었죠. 딱 한 번 미국에 가서 삼촌과 엘사를 만나 보았을 뿐입니다. 그러다가 유럽에서의 제 임무가 끝나는 시기가 왔고, 저는 미국으로 건너가 영주하기로 마음먹었습니다. 삼촌과 사촌 누이, 그녀의 남편과 가까이 살고 싶었기 때문입니다. 아, 그런데 이럴 수가……."

그는 양손을 앞으로 뻗어 보이며 말을 이었다.

"미국에 도착했더니 삼촌도, 사촌 누이도 세상을 떠나고 말았더군요. 그리고 누이의 남편은 이 나라로 와서 재혼을 했고요. 저는 또다시 혈육 하나 없는 외톨이가 되었죠. 그러다 저명한 과학자 토머스 베터튼의 실종 기사를 읽었고, 무슨 일이 벌어진 건지 알아보기 위해 이렇게 오게 된 겁니다."

그는 말을 멈추고 호기심 가득한 눈빛으로 제숩을 쳐다보았다.

제숩은 무표정하게 그를 바라보았다.

"그가 왜 사라졌을까요, 제숩 씨?"

"우리도 그게 알고 싶습니다."

"당신은 알고 있을 것 같은데요?"

제숩은 두 사람의 역할이 이렇게 쉽게 뒤바뀐 것이 신기할 따름이었다. 이 방에서 그는 사람들에게 질문을 하는 데 익숙했다. 그런데 지금 이 방문객은 반대로 자신을 심문하고 있었다.

제숩은 친절하게 미소를 지으며 대답했다.

"우리도 아직까지는 모르고 있습니다."

"그래도 짐작이 가는 것은 있겠죠?"

제숩은 조심스럽게 대답했다.

"이번 사건도 어떤 유형에 따라 연쇄적으로 일어났을 가능성은 있습니다…… 전에도 이와 유사한 사건들이 일어난 적이 있으니까요."

"알고 있습니다."

방문객은 여섯 건의 사건들을 줄줄이 열거했다. 그리고 의미심장하게 덧붙였다.

"모두 과학자들이었지요."

"그렇습니다."

"그들이 철의 장막을 넘어갔을까요?"

"그럴 가능성도 있지만 정확하지는 않습니다."

"혹시 자신들의 자유 의사로 어디론가 사라진 걸까요?"

"그것도 단정하기는 어렵습니다."

"제가 상관할 바가 아니라고 생각하시는군요?"

"오, 무슨 그런 말씀을……."

"하지만 당신 생각이 옳습니다. 제가 이 일에 관심을 갖는 이유는 오로지 베터튼 때문이니까요."

"제가 당신의 관심을 잘 이해하지 못한다 해도 용서하시기 바랍니다. 어쨌거나 베터튼 씨와는 단순한 인척간일 뿐이군요. 당신은 그에 대해 잘 모르시고요."

"맞습니다. 하지만 우리 폴란드 인에게 가족은 매우 중요합니다. 의무감 같은 게 있죠."

그는 자리에서 일어나 정중한 태도로 인사를 했다.

"시간을 너무 빼앗아 죄송합니다. 그리고 친절하게 대해 주셔서 감사합니다."

제숍 역시 자리에서 일어났다.

"별로 도와드리지 못해서 죄송합니다. 하지만 우리도 전혀 정보가 없다는 점만은 믿어 주십시오. 무슨 소식이라도 들어오면 알려 드릴까요?"

"미국 대사관으로 연락하시면 저를 찾을 수 있을 겁니다. 감사합니다."

그는 다시 한 번 정중하게 인사했다.

제숍은 벨을 눌렀다. 글리드르 소령이 밖으로 나가자 제숍은 곧바로 수화기를 들었다.

"와턴 대령님께 내 방으로 오시라고 전해 주게."

와턴 대령이 들어오자 제숍이 말했다.

"드디어 조금씩 풀리는 것 같습니다."

"어떻게 말인가?"

"베터튼 부인이 해외로 나가고 싶답니다."

와턴이 휘파람을 불었다.

"남편과 합류하려고?"

"기대되는데요. 주치의가 써 준 편지까지 들고 왔더군요. 공기 좋은 곳에서의 휴식이 반드시 필요하대요."

"그럴듯한걸!"

"물론 사실일 가능성도 없진 않지만요."

제숍이 그에게 경고하듯 덧붙여 말했다.

"사실을 그대로 얘기했을지도 모르죠."

"우리가 언제 사람들 말을 곧이곧대로 믿었나?"

"맞습니다. 그녀는 아주 그럴싸하게 연기를 한 게 틀림없습니다. 단 한순간도 실수하지 않고."

"그녀에게 더 알아낸 건 없나?"

"작은 단서 하나가 나왔습니다. 베터튼이 도싯에서 점심을 함께 먹은 스피더라는 여자 말입니다."

"그런데?"

"베터튼이 부인에게는 그 얘기를 안 했더군요."

"음······."

와턴은 잠시 생각에 잠겼다.

"그 점심이 이번 사건과 관련이 있을 거라고 생각하나?"

"어쩌면요. 캐럴 스피더는 반미 활동 조사 위원회에 고발당한 적이 있습니다. 물론 그녀는 자신의 결백을 입증했지만……. 그래도 어쨌든 오명을 지닌, 또는 세상 사람들이 그렇게 생각할 만한 여자입니다. 그날 베터튼과 만난 것은 모종의 접촉이었는지도 모릅니다. 베터튼과 관련해서 지금까지 알아낸 사람 중에 유일하게 수상한 인물이니까요."

"베터튼 부인과 접촉한 사람은 없나? 최근에 외국으로 가라고 부추겼을 만한 사람 말이야."

"별다른 접촉은 없었습니다. 어제 한 폴란드 인에게 편지 한 통을 받은 게 다예요. 베터튼의 전처의 사촌 되는 사람이라고 합니다. 방금 전에 그를 만났는데 제게 이것저것 묻더군요."

"어떤 사람이던가?"

"잘 모르겠어요. 예의 바른 외국인이고, 그냥 객관적인 사실들만을 얘기했어요. 좀 특이한 사람 같다는 점 외에 다른 수상한 점은 없습니다."

"그녀에게 접근해 뭔가 귀뜀을 해 준 것 같지는 않나?"

"그럴 수도 있죠. 하지만 모르겠어요. 그에 대해서는 판단이 서지 않아요."

"그를 감시할 생각인가?"

제솝은 미소를 지었다.

"물론이죠. 벨을 두 번 눌렀습니다."

"자네는 거미줄을 교묘하게 쳐 놓고 먹이를 기다리는 노련한 거미야."

와턴은 다시 사무적인 말투로 물었다.

"그럼 계획은 뭔가?"

"늘 해 오던 대로 재닛이 좋을 것 같습니다. 스페인이나 모로코일 겁니다."

"스위스는 아니고?"

"이번엔 아닙니다."

"스페인이나 모로코는 녀석들한테 힘든 곳이라고 생각했는데……."

"적들을 과소평가해서는 안 됩니다."

와턴은 넌더리가 난다는 듯이 서류더미를 손톱으로 톡톡 쳤다.

"베터튼이 나타나지 않았던 두 나라라니!"

그는 분하다는 듯이 말했다.

"좋아, 반드시 성공시키겠어. 만일 이번에 실패하면……."

제솝은 몸을 뒤로 젖혀 의자에 몸을 기댔다.

"휴가를 못 간 지도 한참 됐네요. 사무실에 있는 것도 이제 지겨워요. 이참에 해외 바람 좀 쐴 수 있으려나……."

3장

"파리 행 에어프랑스 108편에 탑승하실 분들은 이쪽으로 오십시오."

런던 히드로 국제 공항 라운지에 앉아 있던 사람들이 자리에서 일어섰다. 힐러리 크레이븐은 도마뱀 가죽으로 만든 작은 여행 가방을 들고 다른 사람들을 따라 에이프런(화물이나 승객을 싣고 부리는 장소 — 옮긴이)으로 나갔다. 라운지의 따뜻한 공기를 벗어나자 차가운 바람이 살을 파고들 것처럼 매섭게 불어왔다.

힐러리는 몸을 떨며 모피 옷을 더욱 바짝 끌어당겼다. 그녀는 다른 승객들을 따라 비행기가 대기하고 있는 곳으로 갔다. 바로 이거야! 이제 정말로 떠나는 거야! 우울한 회색빛 하늘과 차가운 공기, 이 끔찍한 고통과 지옥에서 탈출하는 거야. 태양과 푸른 하늘과 새로운 삶을 향한 탈출이었다. 그녀는 자신을 무겁게 짓누르던 고통과 절망을 모두 뒤로하고 떠나고 싶었다. 그녀는 비행기의 트랩을 걸어 올라갔다. 머리를 숙이고 안으로 들어가자 남자 승무원이 자리를 안내해 주었다. 병이 들 만큼 극심했던 고통과 슬픔에서 벗어나 몇 달 만에 처음으로 그녀는 안도감을 맛보았다.

"난 여기를 벗어날 거야, 반드시."

그녀는 희망에 부풀어 중얼거렸다.

비행기의 굉음과 엔진 소리가 그녀를 들뜨게 했다. 그 소리에는 일종의 원초적인 야만성이 담겨 있었다. 문명 사회에서 겪는 비극이야말로 가장 고통스러운 비극이지. 그녀는 암울하고 절망적인 비극을 생각했다.

'하지만 이제 떠나는 거야.'

비행기가 활주로를 따라 천천히 움직였다. 승무원의 목소리가 들려왔다.

"승객 여러분, 안전벨트를 매 주십시오."

비행기는 반쯤 회전을 한 뒤 멈춰 서서 이륙 신호를 기다렸다. 힐러리는 생각했다.

'혹시 비행기가 사고라도 난다면…… 다시는 하늘로 날아오르지 못하겠지. 그러면 모든 게 끝날 텐데……. 모든 문제가 해결될 텐데…….'

이륙을 기다리는 시간이 너무도 길게만 느껴졌다. 자유로운 하늘을 향한 출발 신호를 기다리는 지금, 힐러리는 엉뚱하게 말도 안 되는 생각에 빠졌다.

'난 절대로 벗어날 수 없을 거야, 절대로. 여기서 꼼짝 못하게 발

이 묶이고 말 거야. 죄수처럼…….'

아, 드디어!

엔진에서 마지막 굉음이 울리고 나서 비행기가 앞으로 나아가기 시작했다. 비행기는 더 빠르게 속도를 높였다. 힐러리는 생각했다.

'날아오르지 못할 거야. 못할 거야……. 이제 끝이야.'

그러나 비행기는 이미 땅에서 떠올라 있었다. 비행기가 날아오른다기보다는 땅이 점점 아래로 떨어져 나가는 것 같았다. 구름 속을 향해 당당하게 비상하는 창조물 아래로 세상의 모든 고민과 슬픔과 절망이 멀어져 가고 있었다. 비행기가 공중을 선회하면서 고도를 높이자 저 아래 비행장이 어린아이의 장난감처럼 보였다. 우스꽝스럽게 작은 도로들, 조그만 철도와 그 위를 달리는 장난감 기차들……. 저리도 우스꽝스럽고 동화 같은 세계에서 사랑하고 미워하고 서로에게 상처를 주다니……. 모든 게 부질없는 일이었다. 모든 것이 우습고 작고 보잘것없으니까. 창문 밖으로 짙은 잿빛 구름이 깔려 있었다. 영국 해협을 지나고 있는 게 분명했다. 힐러리는 좌석에 몸을 기대고 눈을 감았다. 탈출, 탈출이다. 그녀는 영국을, 나이절을, 슬픔이 깃든 조그만 무덤에 묻혀 있는 브렌다를 떠났다. 모든 걸 뒤로한 채 떠나는 것이다. 그녀는 눈을 떴다가 이내 긴 한숨을 내쉬며 다시 감았다. 그러고는 잠이 들었다…….

힐러리가 잠에서 깼을 때 비행기는 하강하는 중이었다.

'파리에 도착했구나.'

힐러리는 몸을 일으켜 앉은 뒤 가방으로 손을 뻗으며 생각했다. 그러나 파리가 아니었다. 승무원이 객실로 들어와 보육원 교사처럼 쾌활한 목소리로 안내를 했다. 몇몇 승객들은 상당히 짜증스러워하는 눈치였다.

"현재 파리에 안개가 너무 짙게 끼어서 이곳 보베에 착륙할 예정입니다."

마치 '괜찮겠지요, 어린이 여러분?' 하는 듯한 말투였다. 힐러리는 좌석 옆에 있는 작은 창을 통해 바깥을 내려다보았다. 거의 아무것도 보이지 않았다. 보베 역시 안개에 싸인 것 같았다. 비행기는 천천히 상공을 선회하고 있었다.

얼마 뒤 비행기는 마침내 착륙했다. 승객들은 차갑고 축축한 안개 속을 지나 의자 몇 개와 기다란 목제 카운터가 있는 볼품없는 목조 건물로 안내되었다.

우울한 생각이 힐러리의 마음을 파고들었지만 그녀는 애써 떨쳐내려고 했다. 옆에 있던 남자가 중얼거렸다.

"전쟁 때 사용하던 옛날 비행장입니다. 여기는 난방도 안 되고 편의 시설도 없어요. 그래도 조금 뒤면 프랑스 인들이 마실 것을 갖다 줄 겁니다."

정말로 그 말이 끝나기가 무섭게 한 남자가 들어와 승객들의 기운을 북돋워 줄 여러 종류의 알코올 음료를 나누어 주었다. 길고 지루한 기다림에 짜증이 난 승객들로서는 다소 기분 전환이 되는 것 같았다.

하지만 몇 시간이 지나자 또 다른 상황이 발생했다. 다른 비행기들이 안개를 뚫고 나타나 그곳에 착륙을 한 것이다. 역시 파리에서 이곳으로 회항한 비행기들이었다. 목조 건물의 작은 방은 이내 연착 때문에 불만을 터뜨리는 신경질적인 사람들로 북적였다.

힐러리에게는 그 모든 것이 비현실적인 상황처럼 느껴졌다. 마치 아직도 꿈속에 있는 것처럼, 다행스럽게도 현실과의 접촉에서 보호를 받고 있는 것처럼 느껴졌다. 이것은 단지 연착일 뿐이며 기다리기만 하면 되는 문제인 것이다. 그녀는 여전히 탈출을 위한 여행에 사로잡혀 있었다. 그 모든 현실로부터 벗어나는 중이며, 새로운 삶을 시작할 수 있는 곳으로 가는 중이었다. 그녀는 차분함을 유지했다. 연착으로 길고 지루한 시간을 기다리는 동안에도, 혼란을 겪는 동안에도 내내 차분했다. 주변이 어둑해지고도 한참이 지나서야 승객들을 파리로 데려다 줄 버스가 왔다는 소식이 들렸다.

한바탕 난장판 같은 혼란이 이어졌다. 사방으로 분주하게 움직이는 승객들과 관리들, 짐을 옮기는 짐꾼들……. 모두가 어슴푸레한 데서 서두르느라 부딪히며 정신이 없었다. 잠시 후 힐러리는 시린 발과 다리를 떨면서 덜커덩거리는 버스 안에 앉아 있었다. 버스는 파리를 향해 안개 속을 뚫고 천천히 달리고 있었다.

네 시간이나 걸리는 길고 지루한 여행이었다. 버스는 자정이 되어서야 앵발리드(루이 14세가 지은 웅장한 건물로 나폴레옹의 유해가 묻혀 있는 곳으로도 유명함—옮긴이) 앞에 도착했고, 힐러리는 짐을 챙겨서 미리 예약돼 있는 호텔로 향했다. 너무 피곤한 나머지 식욕도 없었다. 그녀는 뜨거운 물로 목욕을 한 뒤 곧바로 침대에 쓰러져 잠이 들었다.

모로코 카사블랑카 행 비행기는 다음 날 오전 10시 30분에 오를리 공항을 출발하기로 되어 있었다. 하지만 공항에 도착해 보니 모든 게 엉망이었다. 비행기들이 유럽 여기저기에서 발이 묶인 상태라 출발이나 도착이 모두 지연되고 있었다.

출국 안내 데스크 앞에 앉아 있던 직원이 피곤이 역력한 얼굴로 어깨를 으쓱하며 말했다.

"부인께서 예약하신 비행기는 탑승할 수가 없게 되었습니다! 모든 스케줄의 변경이 불가피한 상태입니다. 잠시만 앉아서 기다리시면 곧 조치를 취해 드리겠습니다."

한참 후 직원 한 명이 그녀를 부르더니, 세네갈의 다카르로 가는 비행기에 자리가 하나 남았다고 말해 주었다. 평소에는 카사블랑카에 중간 기착을 하지 않지만 이번에는 그렇게 할 예정이라고 했다.

"세 시간이면 도착할 겁니다, 부인. 바로 다음 편이고요."

힐러리가 별다른 반대 없이 동의하자 그 직원은 놀라면서도 무척이나 반가워하는 눈치였다.

"부인께선 오늘 아침에 제가 얼마나 진땀을 뺐는지 모르실 겁니다. 앙펭(아무튼) 모두들 막무가내입니다. 여행객들 말입니다. 안개낀 게 어디 제 탓입니까! 안개가 심하면 교통이 두절되는 게 당연한 일이죠. 낙천적으로 생각할 줄도 알아야 해요. 그러니까 계획에 좀 차질이 생겨서 짜증이 나더라도 말입니다. 아프레 투(어쨌든) 부인,

한두 시간이나 세 시간쯤 지체된다고 한들 뭐 그리 중요합니까? 어떤 비행기를 타든 카사블랑카에 도착하기만 하면 되는 거 아닙 니까."

하지만 그 작은 프랑스 남자가 생각한 것과 달리 그날 어떤 비행 기를 타느냐는 매우 중요한 문제였다. 힐러리가 마침내 카사블랑카 에 도착해 햇빛이 쏟아지는 공항의 포장도로로 걸어 나갈 때, 그녀 옆에서 짐이 잔뜩 실린 손수레를 밀고 가던 짐꾼이 말했다.

"정말 운이 좋으셨습니다, 부인. 바로 앞 비행기인 카사블랑카 행 정기 여객기를 타지 않은 것 말입니다."

힐러리가 물었다.

"왜요? 무슨 일이 있었나요?"

짐꾼은 불안한 눈초리로 이쪽저쪽을 살피더니 결국 털어놓기로 한 모양이었다. 그는 그녀 쪽으로 몸을 기울이고 은밀한 목소리로 말했다.

"모베즈 아페르!(끔찍합니다!) 비행기가 착륙하다가 박살이 났답 니다. 조종사랑 항법사는 물론이고 승객들도 대부분 사망했대요. 네 다섯 명만 살아서 병원으로 옮겨졌는데, 그중 일부는 아주 위독하 다고 하더군요."

그 순간 힐러리는 화가 치밀어 올랐다. 그녀의 머릿속에 이런 생 각이 스치고 지나갔다.

'왜 내가 그 비행기에 타지 않았을까? 그 비행기를 탔다면 지금쯤 모든 게 끝났을 텐데……. 나는 죽었을 거고, 그러면 모든 게 끝났을 거야. 더 이상 가슴 아픈 고통이나 괴로움도 없었을 텐데…… 그 비행기에 탔던 사람들은 살고 싶었을 거야. 하지만…… 나는 죽어도 상관없어. 왜 나한테 그런 일이 일어나지 않은 걸까?'

그녀는 세관을 통과하고 형식적인 절차를 밟은 후, 차에 짐을 싣고 호텔로 향했다. 눈부신 햇살이 쏟아지던 오후를 지나 해는 이제 서쪽 하늘로 지고 있었다. 청명한 공기와 황금빛 햇살…… 모두 그녀가 그려 온 것들이었다. 드디어 도착한 것이다! 런던의 축축한 안개와 추위와 암울함을, 절망과 망설임과 괴로움을 뒤로한 채 떠나온 것이다. 이곳은 박동하는 삶과 화려한 색채와 밝은 태양이 있는 곳이다.

그녀는 침실을 가로질러 걸어가 창문을 활짝 열어젖히고 거리를 내다보았다. 그렇다, 모두 그녀가 마음속에서 상상한 그대로였다. 힐러리는 창문에서 천천히 돌아서서 침대 한쪽에 걸터앉았다. 탈출! 그것은 그녀가 영국을 떠나면서부터 끊임없이 마음속으로 되뇌던 단어였다. 탈출, 탈출. 그리고 이제 그녀는 끔찍할 정도로 냉정하게 깨달았다. 진정한 탈출이란 존재하지 않는다는 사실을 말이다.

런던에서나 여기서나 달라진 것은 없었다. 그녀 자신, 즉 힐러리 크레이븐은 여전히 그대로였다. 그녀는 힐러리 크레이븐에게서 도망치려고 그토록 애를 썼다. 하지만 런던에 있던 힐러리 크레이븐과 지금 모로코에 있는 힐러리 크레이븐은 여전히 똑같았다. 그녀는 낮은 목소리로 중얼거렸다.

"난 왜 그렇게 어리석었을까……. 지금도 역시 왜 이리 어리석

을까……. 어째서 영국만 떠나면 모든 게 달라질 거라고 생각했을
까…….”

　브렌다의 그 작고 애처로운 무덤은 영국에 있고, 나이절은 머지
않아 새 아내와 결혼해 살 것이다. 왜 여기 오면 그 모든 슬픔이 희
미해질 것이라고 생각했을까? 모두 바람일 뿐이었다. 그래, 이제 다
끝났어. 그녀는 버거운 현실에 맞서야 했다. 그녀 자신의 현실, 그리
고 그녀가 견딜 수 있는 것과 견딜 수 ‘없는’ 것들과 맞닥뜨려야 했
다. 힐러리는 생각했다. 무언가를 견딜 만한 ‘이유’가 있는 한 사람
은 그것을 견딜 수 있어. 그녀는 자신의 기나긴 아픔의 시간을, 나
이절의 변심과 그 모든 잔인하고 가혹한 상황들을 참고 견뎌 냈다.
그 모든 일을 견딜 수 있었던 것은 브렌다가 있었기 때문이다. 그러
고 나서 브렌다를 살려 내기 위한 기나긴 싸움이 시작되었다. 그리
고 최후의 패배와 좌절……. 이제 더 이상 살아갈 이유가 없었다. 그
녀는 그 점을 스스로에게 증명하기 위해 모로코 여행을 택한 것이
다. 런던에서 그녀는 어딘가 다른 곳으로 떠나기만 한다면 모든 과
거를 잊고 다시 시작할 수 있을 것이라는 기이하고 혼란스러운 감
정에 휩싸여 있었다. 그래서 아무런 연고도 없고 과거와 이어질 아
무런 끈도 없는 이곳으로의 여행을 택했다. 완전히 새로운 이곳, 그
녀가 너무나 사랑하는 태양과 깨끗한 공기와 모르는 사람들과 풍경
이 주는 낯선 느낌이 가득한 이곳으로 말이다. 이곳에 오면 모든 게
달라질 거라고 생각했다. 하지만 그렇지 않았다. 달라진 것은 아무
것도 없었다. 그것은 분명하고 피할 수 없는 사실이었다. 힐러리 크

레이븐은 더 이상 살아갈 어떠한 희망도 없었다. 그것은 분명한 사실이었다.

만일 안개가 방해하지 않고 애초에 예약했던 비행기를 탔다면 지금쯤 모든 문제가 해결됐을 것이다. 그랬다면 몸은 산산이 부서졌을망정 정신은 평온하게 모든 고통을 잊은 채 어느 시체 안치소에 누워 있을지도 모른다. 그래도 어떻게든 목표는 이룰 수 있을 거야. 대신 조금 더 귀찮게 된 것을 감수해야겠지.

수면제가 있었다면 일이 훨씬 수월했을 것이다. 그녀가 그레이 박사에게 수면제를 부탁했을 때 그의 얼굴에 번지던 묘한 표정이 떠올랐다.

"수면제는 안 드시는 게 좋습니다. 자연스럽게 잠드는 습관을 들이는 것이 훨씬 바람직합니다. 처음에는 힘들겠지만 차차 가능해질 겁니다."

그의 얼굴에 나타난 묘한 표정. 그는 이런 상황이 오리라고 예상한 것일까? 오, 그래, 별로 어렵지 않을 거야. 그녀는 결심한 듯 약국으로 가기 위해 자리에서 일어섰다.

힐러리는 외국에서는 그런 약을 쉽게 구입할 수 있을 것이라고 생각했다. 그러나 놀랍게도 그렇지 않았다. 첫 번째로 들른 약국에서는 2회분밖에 주지 않았다. 약사는 그 이상의 분량을 구입하려면 의사의 처방전이 있어야 한다고 했다. 그녀는 애써 태연한 척 웃으면서 고맙다고 말하고 서둘러 약국을 빠져나오다 키가 크고 다소 점잖아 보이는 젊은 남자와 부딪쳤다. 남자는 영어로 사과를 했다. 힐러리는 등 뒤로 그가 약사에게 치약을 달라고 하는 소리를 들었다.

어쩐지 우습게 느껴졌다. 치약이라니! 얼마나 우스꽝스럽고 평범하며 흔한 단어인가. 그때 어떤 날카로운 느낌이 그녀의 가슴을 훑고 지나갔다. 그 남자가 찾은 치약은 나이절이 즐겨 쓰던 상표였기 때문이다. 그녀는 길을 건너 반대편 약국으로 들어갔다. 그렇게 모두 네 군데의 약국에 들렀다가 호텔로 돌아왔다. 세 번째 약국에서 그 올빼미 같은 젊은 남자와 또다시 맞닥뜨린 것이 조금 놀라웠다. 그는 아까 찾던 그 상표의 치약을 고집스럽게 찾았다. 그 제품은 카사블랑카에 있는 프랑스 인 약국에서는 흔히 구할 수 있는 상표가 아닌 게 분명했다.

힐러리는 저녁 식사를 하러 내려가기 전에 옷을 갈아입고 화장을 하면서 기분이 한결 나아졌다. 그녀는 되도록 늦게 내려갔다. 비행기에 함께 탔던 승객이나 승무원 중 누구와도 마주치고 싶지 않아서였다. 비행기는 이미 다카르로 떠났으니 그럴 가능성은 적었다. 카사블랑카에 내린 사람은 그녀 혼자뿐인 것 같았다.

그녀가 들어갔을 때 식당 안은 거의 비어 있었다. 올빼미처럼 생긴 그 영국 남자가 벽 쪽 테이블에서 막 식사를 끝낸 게 보였다. 그는 프랑스 어 신문을 읽고 있었는데 거기에 꽤 몰두해 있는 것 같았다.

힐러리는 작은 와인 한 병을 곁들인 근사한 식사를 주문했다. 약간 취기가 오르자 그녀는 속으로 생각했다.

'내가 무슨 짓을 하고 있는 거지? 마지막 모험인가?'

그녀는 비시 미네랄워터 한 병을 방으로 갖다 달라고 주문하고 식당을 나와 곧바로 방으로 올라갔다.

웨이터가 비시 미네랄워터를 가져와 뚜껑을 따서 테이블 위에 올려놓고는 좋은 저녁 시간 보내라고 인사를 한 뒤 방을 나갔다. 힐러리는 웨이터가 나가면서 문을 닫자 다가가서 자물쇠를 잠갔다. 그리고 그제야 안도의 한숨을 쉬었다. 힐러리는 화장대 서랍에서 약국에서 사 온 약 봉지 네 개를 꺼내 뜯었다. 그녀는 약들을 테이블 위에 쏟아 놓고 미네랄워터를 한 컵 따랐다. 알약으로 되어 있으니 그것들을 입안에 털어 넣고 미네랄워터만 들이키면 될 일이다.

그녀는 옷을 벗고 실내용 가운을 걸친 다음 다시 테이블 앞에 앉았다. 가슴이 크게 방망이질을 해 댔다. 약간의 두려움도 일었지만 그 두려움은 계획을 포기하게 만들 만큼 대단한 것도 아니었고, 한편으로는 매우 유혹적이었다. 그녀는 아주 냉정하고 분명한 태도를 취했다. 드디어 탈출하는 거야. 진정한 탈출! 그녀는 유서라도 남길까 갈등하며 작은 테이블을 바라보았다. 하지만 그러지 않기로 마음먹었다. 그녀에게는 친척이나 가까운 친구도, 작별 인사를 남기고 싶은 사람도 전혀 없었다. 유서를 남기면 나이절이 양심의 가책을 느낄 수도 있겠지만 그렇게까지 그에게 부담을 주는 일도 부질없다는 생각이 들었다. 아마도 나이절은 신문에서 힐러리 크레이븐이 카사블랑카에서 수면제 과다 복용으로 사망했다는 기사를 읽을 것이다. 아마도 아주 짤막한 기사가 실리겠지. 그는 기사 내용을 곧이곧대로 믿고 이렇게 말할 것이다. '가엾은 힐러리, 이런 불행한 일이…….' 어쩌면 속으로 안도감을 느낄지도 모른다. 어쨌든 나이절은 그녀에 대해 마음 한구석에 꺼림칙한 기분을 갖고 있었을 것이고 조금은 홀가분해지고 싶었을 테니까.

이미 나이절은 그녀에게서 아주 멀어진 사람처럼 느껴졌다. 이상하게도 조금도 중요하지 않게 생각되었다. 이제 할 일은 아무것도 남지 않았다. 알약들을 삼키고 침대에 누워 잠이 들기만 하면 된다. 다시는 잠에서 깨어나지 않을 것이다. 그녀에게는 어떤 종교도 없었다. 아니, 그렇다고 생각했다. 브렌다의 죽음이 그녀에게서 모든 신앙심을 앗아 가 버렸다. 더 이상 생각할 것도 없었다. 그녀는 히드로 공항에 있을 때처럼 또다시 여행자가 되었다. 미지의 목적지를 향한 출발을 기다리는 여행자이며, 아무런 짐도 없고 작별 인사도 필요 없는 여행자였다. 생애 처음으로 그녀는 마음대로 행동할 수 있는 완전한 자유를 얻었다. 이미 과거는 그녀에게서 멀리 떨어져 나갔다. 아침에 눈을 뜰 때마다 그녀를 괴롭히던 오랜 고통도 사라졌다. 그래, 자유! 해방이야! 이제 여행을 떠날 준비가 되었다.

그녀는 첫 번째 알약으로 손을 뻗었다. 바로 그때 문 쪽에서 정중한 노크 소리가 조그맣게 들렸다. 힐러리는 이마를 찌푸렸다. 그녀는 손을 멈춘 채 그대로 앉아 있었다. 누굴까……. 객실 청소부? 아니야, 침대 정리는 이미 되어 있는걸. 혹시 무슨 서류나 여권 때문에 누군가가 찾아온 걸까? 그녀는 어깨를 으쓱했다. 노크 소리에 대답하지 않을 작정이었다. 방해 받을 이유가 뭐란 말인가? 문밖의 사람이 누구든 돌아갔다가 나중에 다시 오겠지.

다시 노크 소리가 들렸다. 이번엔 좀 더 큰 소리였다. 하지만 힐러리는 꼼짝도 하지 않았다. 진짜 긴급한 일이 있을 리도 없고 누구라도 곧 돌아가리라 생각했다.

그녀의 시선은 문에 고정되었다. 그러다 갑자기 놀라서 눈이 휘둥그레졌다. 자물쇠가 천천히 돌아가고 있었기 때문이었다. 자물쇠는 달가닥거리며 앞으로 휙 움직이더니 날카로운 금속성 소리와 함께 바닥으로 툭 떨어졌다. 곧바로 손잡이가 돌아가더니 문이 열리고 한 남자가 들어왔다. 그녀는 그를 한눈에 알아보았다. 치약을 사러 돌아다니던, 점잖은 표정에 올빼미같이 생긴 그 젊은 남자였다. 힐러리는 그를 뚫어지게 쳐다보았다. 너무 놀라서 어떤 말이나 행동도 할 수 없었다. 젊은 남자는 뒤돌아 문을 닫고, 열쇠를 바닥에서 주워 자물쇠에 넣은 다음 다시 잠갔다. 그러고 나서 그녀가 있는 쪽으로 다가와 테이블 맞은편 의자에 앉았다. 그녀로서는 도저히 이해할 수 없는 상황이었다.그가 입을 열었다.

"제 이름은 제솝입니다."

힐러리의 얼굴이 붉게 상기되었다. 그녀는 몸을 앞으로 기울이며 화가 치민 냉랭한 목소리로 말했다.

"도대체 이게 무슨 짓이죠?"

그는 진지한 표정으로 그녀를 쳐다보더니 눈을 깜박였다.

"재밌군요. 저도 그 질문을 드리려던 참이었는데요."

그는 재빨리 테이블 위에 놓여 있는 것들을 고갯짓으로 가리켰다. 힐러리가 날카로운 목소리로 대꾸했다.

"무슨 말씀을 하고 계신 건지 모르겠군요."

"오! 잘 알고 계실 텐데요."

힐러리는 멈칫하고는 머릿속으로 적당한 말을 찾으려고 애를 썼다. 하고 싶은 말이 너무 많았다. 분노를 쏟아 내고 싶기도 했고, 그에게 어서 밖으로 나가라고 소리치고 싶기도 했다. 하지만 정말 이상하게도 강한 호기심이 밀려와 그 모든 것을 잠재웠다. 질문이 어찌나 자연스럽게 입술에서 흘러나왔는지 자신이 무언가를 묻고 있다는 사실조차 거의 의식하지 못했다.

"그 자물쇠 말이에요, 저절로 열렸나요?"

"아, 그건 말이지요!"

갑자기 소년처럼 씩 웃자 젊은 남자는 전혀 딴사람처럼 보였다. 그는 주머니를 뒤적이더니 금속으로 된 도구를 꺼내 그녀에게 살펴보도록 건네주었다.

"작지만 굉장히 유용한 물건이죠. 그걸 반대쪽에서 잠긴 곳에 넣으면 걸려서 돌아가게 돼 있습니다."

그는 힐러리에게서 도구를 되돌려 받은 후 다시 주머니에 쑤셔 넣었다.

"밤손님들이 많이 쓰죠."

"그럼 당신은 도둑인가요?"

"아니, 아닙니다, 크레이븐 부인. 오해는 마십시오. 전 분명히 노

크를 했잖습니까. 도둑은 노크를 하지 않습니다. 그런데 부인께서
절 들여보내 주실 것 같지 않기에 이걸 사용한 겁니다."

"하지만 무엇 때문이죠?"

그녀를 찾아온 방문객의 눈이 다시 테이블 위의 물건들을 훑고
지나갔다.

"제가 부인이라면 이런 짓은 하지 않을 겁니다. 부인이 생각하시
는 것과는 많이 다릅니다. 곧바로 깊은 잠에 빠져들어 영원히 깨어
나지 않을 거라고 생각하시겠죠? 하지만 실제로는 그렇지 않습니
다. 온갖 종류의 불쾌한 결과들이 뒤따르니까요. 때로는 경련이 일
어나고 피부가 썩을 수도 있습니다. 만일 약물이 부인의 몸에 잘 맞
지 않으면 효과가 나타나기까지 제법 긴 시간이 걸릴 테고, 누군가
가 부인을 발견할지도 모르지요. 그다음에는 아주 짜증나고 불쾌한
일들이 이어지죠. 위세척, 피마자유, 뜨거운 커피, 뺨을 찰싹찰싹 때
리고 배를 누르는 일들이죠. 한마디로 망신살 뻗치기 쉽습니다."

힐러리는 등을 의자에 기댔다. 그녀는 눈을 가늘게 뜨고 상대를
바라보았다. 그리고 양손을 맞잡으며 약간 힘을 주었다. 그녀는 억
지로 웃음을 지어 보였다.

"정말 재미있는 분이군요. 제가 자살이나 뭐 그런 일을 저지를 작
정이었다고 추측하신 건가요?"

제솝이라는 젊은 남자가 말했다.

"추측뿐이겠습니까? 전 그렇게 확신하고 있습니다. 당신이 약국
에 들렀을 때 저도 그곳에 들어갔습니다. 실은 치약을 살 생각이었

죠. 하지만 제가 찾는 제품이 없더군요. 그래서 다른 약국으로 갔습니다. 거기서도 당신이 또 수면제를 사고 있었습니다. 아무래도 이상하다는 예감이 들었지요. 그래서 당신을 따라갔습니다. 여러 군데 약국에서 수면제들을 사 모았다, 나올 수 있는 답은 하나뿐이죠."

생각나는 대로 술술 말하는 그의 말투는 다정했지만 확신에 차 있었다. 힐러리 크레이븐은 둘러대기를 그만둬야겠다고 생각했다.

"그렇다면 당신 멋대로 참견해서 저를 방해하는 것도 몹시 무례한 일이란 것쯤은 알 텐데요?"

그는 그 말에 대해 잠시 생각하고 나서 고개를 저었다.

"그렇게 생각하지 않습니다. 이해하실지 모르겠지만, 이건 하지 않을 수 없는 일이었습니다."

힐러리는 흥분해서 말했다.

"지금 잠깐 동안은 저를 막을 수 있을 테죠. 알약들을 제게서 빼앗아 창문 밖으로 던져 버린다든지, 뭐 그렇게 말이에요. 하지만 제가 다음 날 다시 약을 사거나 빌딩 옥상에서 뛰어내리거나 아니면 달려오는 기차를 향해 몸을 던지는 건 막을 수 없을 거예요."

남자는 그녀의 말을 신중하게 생각해 보고 입을 열었다.

"맞습니다. 당신이 그런 일을 저지른다면 전 막을 수 없습니다. 하지만 문제는 당신이 그 일들을 하느냐 하지 않느냐 하는 겁니다. 내일이 되어 봐야 안다는 얘기죠."

"내일이면 제 생각이 달라질 거라고 생각하나요?"

힐러리의 목소리에는 쓸쓸함이 옅게 묻어 있었다.

"사람들은 대개 그렇거든요."

제숍은 마치 변명하듯이 말했다.

"예, 그럴지도 모르죠."

그녀는 생각에 잠겼다.

"뜨거운 절망 속에서라면 그렇겠죠. 그렇지만 얼음처럼 차가운 절망 속에서는 달라요. 저는 살아갈 아무런 이유가 없어요."

제숍은 올빼미 같은 머리를 한쪽으로 기울이고 눈을 깜박거렸다.

"흥미롭군요."

"그렇지 않아요. 흥미로울 것은 하나도 없어요. 저는 별 볼일 없는 여자예요. 사랑했던 남편은 저를 버리고 떠났고, 하나뿐인 아이는 수막염으로 고통스럽게 죽었어요. 가까운 친구나 친척도 없어요. 직업도 없고, 좋아하는 취미나 예술 따위도 없어요."

"힘드셨겠군요."

제숍은 이해가 간다는 듯이 말했다. 그리고 약간 망설이며 덧붙였다.

"하지만 그렇다 해도 이건 잘못된 선택이 아닐까요?"

힐러리는 흥분해서 말했다.

"어째서 잘못됐다는 거죠? 이건 어디까지나 내 목숨이에요."

"아, 물론 그렇고말고요."

제숍은 허둥지둥 대답했다.

"저는 그다지 높은 윤리 기준을 갖고 있진 않습니다. 하지만 왜 그런 사람들도 있잖습니까, 자살이 잘못됐다고 생각하는 사람들 말입니다."

힐러리가 말했다.

"저는 그런 사람이 아니에요."

제숍이 어색하게 대답했다.

"그런 것 같군요."

그는 그대로 가만히 앉아 생각에 잠긴 듯 눈을 깜박거리며 상대를 응시했다.

힐러리가 입을 열었다.

"그럼 이제는 미스터……."

"제숍입니다."

"네, 제숍 씨, 이제 그만 가 주시죠."

그러나 제숍은 고개를 저었다.

"아직은 안 됩니다. 저는 부인이 무슨 사연이 있기에 그런 건지 알고 싶었고, 이젠 분명히 알았습니다. 삶에 아무런 의욕도 없고 더이상 살고 싶지도 않아서 죽음이라는 선택을 하게 된 거지요?"

"그래요."

"알겠습니다."

제숍이 쾌활한 목소리로 말했다.

"그럼 지금 우리가 어디까지 왔는지 서로 잘 알게 된 셈이군요. 이제 다음 단계로 넘어갑시다. 반드시 수면제여야 했나요?"

"무슨 뜻이죠?"

"이미 말씀드렸다시피 수면제는 그다지 낭만적인 방법이 못 됩니다. 건물에서 뛰어내리는 것 역시 그리 추천할 만하지 않고요. 단번에 죽기란 쉽지 않습니다. 기차에 몸을 던지는 일도 마찬가집니다. 그러니까 제가 말씀드리고 싶은 건 다른 방법도 있다는 겁니다."

"대체 무슨 말씀을 하시는 건지 모르겠네요."

"죽을 수 있는 다른 방법을 제안하는 겁니다. 좀 더 모험적인 방법이지요. 짜릿함까지 있어요. 정말 사실대로 말씀드리자면 죽을 확률은 거의 99퍼센트입니다. 지금 상황에서라면 부인께서 딱히 반대하지 않으리라 생각됩니다만."

"정말 무슨 얘기를 하고 있는 건지 알 수가 없군요."

"물론 그러실 겁니다. 아직 본론은 시작도 안 했으니까요. 그러자면 이야기를 좀 해 드려야 하는데, 괜찮을까요?"

"그러시든가요."

제숍은 마지못해 동의하는 그녀의 태도에는 크게 신경 쓰지 않았다. 그는 올빼미 같은 표정을 지으며 다시 이야기를 시작했다.

"부인께서도 신문 정도는 읽어서 대충은 아실 것입니다만…….
과학자들이 실종된다는 기사를 이따금 읽어 보셨을 겁니다. 약 1년 전에는 이탈리아 인 과학자가 한 명 사라지더니, 두 달 전쯤엔 토머스 베터튼이라는 젊은 과학자가 실종됐습니다."

힐러리는 고개를 끄덕였다.

"알아요, 신문에서 읽었어요."

"사실 신문에 보도된 것보다 훨씬 많습니다. 그러니까 더 많은 사람들이 사라졌다는 말입니다. 전부 다 과학자는 아니었습니다. 중요한 의학 연구에 참여하던 젊은이들도 있었습니다. 또 화학자와 물리학자들, 변호사도 한 명 있었지요. 그 수도 한둘이 아닌 데다 장소도 여러 곳이었습니다. 물론 우리나라는 소위 자유 국가이니 원한다면 떠날 수 있죠. 하지만 이런 기묘한 상황에서는 꼭 알아내야만 합니다. 왜 그들이 영국을 떠났고, 어디로 갔으며, 무엇보다도 어떻게 사라졌는지를 말입니다. 그들이 순전히 자신의 자유 의사로 떠났을까요? 아니면 납치된 걸까요? 누군가에게 협박을 받았을까요? 어떤 경로를 택했을까요? 이 모든 일을 벌이고 있는 조직의 정체는 무엇이며 그들의 궁극적인 목표는 무엇일까요? 의문점이 너무나 많습니다. 우리는 그에 대한 해답을 찾고 싶습니다. 그 답을 얻는 데 어쩌면 당신이 도움이 될지도 모르겠습니다."

힐러리는 그를 빤히 쳐다보았다.

"제가요? 어떻게요? 하필 왜 저죠?"

"저는 토머스 베터튼 사건에 주목하고 있었습니다. 그는 불과 두 달 전 파리에서 사라졌습니다. 아내를 영국에 남겨 둔 채로요. 그의 아내는 안절부절못했습니다. 아니 사람들 말로는 그랬다고 합니다. 그녀는 남편이 왜, 어디로, 어떻게 사라졌는지 전혀 모른다고 맹세하더군요. 그 말이 사실일 수도 있지만 아닐 가능성도 있습니다. 일부 사람들은 그녀의 말이 거짓이라고 생각하고 있습니다. 저도 그 중 하나지요."

힐러리는 의자 앞으로 몸을 기울였다. 그녀는 자신도 모르게 흥미로운 이야기에 빠져들고 있었다. 제숍이 계속 말을 이었다.

"우리는 베터튼 부인을 조심스럽게 주시하고 있었습니다. 2주 전쯤 그녀가 제게 와서 하는 말이, 주치의가 자신에게 해외로 나가 푹 쉬면서 기분 전환을 하라고 권유했다고 하더군요. 영국에 있어 봐야 정신적으로 힘들 뿐이니까요. 사람들이 끊임없이 귀찮게 하잖아요. 신문 기자들, 친척들, 친구들……."

힐러리가 냉담하게 맞장구를 쳤다.

"상상이 가요."

"그렇습니다. 힘겨운 일이죠. 그녀가 잠시 떠나 있고 싶어 하는 것도 무리는 아닙니다."

"당연하고말고요."

"하지만 우리로서는 뭔가 냄새가 난다고 생각했습니다. 그래서 베터튼 부인을 감시했지요. 어제 그녀는 예정대로 카사블랑카로 오기 위해 영국을 떠났습니다."

"카사블랑카요?"

"그렇습니다. 물론 모로코의 다른 곳으로 가는 도중이었지요. 모든 면에서 치밀하게 계획이 세워졌고, 예약도 미리 되어 있었습니다. 하지만 이번 모로코 여행은 베터튼 부인이 미지의 그곳으로 떠나기 위한 길이었는지도 모릅니다."

힐러리는 어깨를 으쓱했다.

"어쩌다가 제가 이 일에 끼게 되었는지 모르겠네요."

제숍은 미소를 지었다.

"그건 바로 당신의 아름다운 붉은 머리카락 때문입니다, 크레이븐 부인."

"머리카락요?"

"네. 베터튼 부인의 가장 두드러진 특징도 붉은 머리카락이지요. 혹시 들으셨는지 모르겠지만, 부인이 타고 오신 비행기의 바로 앞 비행기가 착륙하다가 사고가 났습니다."

"알아요. 제가 그걸 탔어야 했는데……. 실은 제가 예약한 것도 그 비행기였답니다."

"재밌군요. 베터튼 부인도 그 비행기에 타고 있었습니다. 죽지는 않았어요. 다행히 비행기 잔해 속에서 구조되어 살아났고, 지금 병원에 있습니다. 하지만 의사 말로는 내일 아침을 넘기기 힘들 거랍니다."

희미한 빛이 힐러리의 얼굴을 스치고 지나갔다. 그녀는 호기심 가득한 눈빛으로 제숩을 쳐다보았다.

"자, 이제 제가 제안하려는 자살 형태를 눈치 채셨을 겁니다. 당신이 베터튼 부인이 되어 주셨으면 합니다."

"하지만 그건 불가능할 것 같은데요. 제 말은…… 제가 그녀가 아니란 걸 그들이 즉시 눈치 채지 않을까요?"

제숩은 머리를 한쪽으로 기울이며 말했다.

"그건 부인이 말하는 '그들'이 누구냐에 전적으로 달려 있습니다. 그건 매우 모호한 단어입니다. 그들은 누구인가? 그들이 과연 존재하기는 하는가? 우리도 모릅니다. 하지만 이것만은 말할 수 있습니다. 그들에 대한 가장 일반적으로 알려진 바를 토대로 한다면, 그들은 외부의 도움이 필요 없는 완벽하고 촘촘한 조직망을 이루어 활동합니다. 자신들의 안전과 보안을 위해서지요. 만일 베터튼 부인의 여행이 모종의 목적을 갖고 있었으며 미리 계획된 것이라면, 이곳에서 그것을 책임지고 관리하는 사람들은 영국 쪽 일에 대해서는 전혀 모를 겁니다. 그들은 약속된 시간에 특정한 장소에서 어떤 특정한 여성과 접촉을 할 것이고, 그 시점부터 일을 진행해 나가겠지요. 베터튼 부인의 여권에는 '키 170센티미터, 붉은 머리, 청록색 눈동자, 입은 보통 크기, 그 외 특별한 신체적 특징은 없음.'이라고 기록되어 있습니다. 사실 그 정도면 충분하죠."

"하지만 이곳의 당국자들도 있잖아요. 제 생각엔 그들이 틀림없이……."

제숍은 미소를 지었다.

"그 부분은 문제없을 겁니다. 프랑스 역시 귀중한 젊은 과학자와 화학자들을 잃어버렸으니까요. 그들도 협조해 줄 겁니다. 그러니까 이렇게 되는 겁니다. 뇌진탕을 입은 베터튼 부인이 병원으로 후송되고, 같은 사고 비행기에 탑승한 또 다른 승객인 크레이븐 부인 역시 병원으로 옮겨집니다. 하루이틀 안에 크레이븐 부인은 병원에서 사망을 하고 베터튼 부인은 병원에서 퇴원합니다. 가벼운 뇌진탕을 입었지만 계속 여행은 할 수 있는 상태이지요. 비행기 사고는 실제로 있었고, 뇌진탕도 실제로 있었던 일입니다. 그리고 뇌진탕은 당신에게 훌륭한 보호막이 될 겁니다. 기억의 오류들과 예기치 못한 다양한 행동들에 대한 핑계거리가 될 테니까요."

힐러리가 고개를 저으며 말했다.

"그건 미친 짓이에요!"

"오, 그렇습니다. 미친 짓이죠. 이건 굉장히 어려운 임무입니다. 만일 그들이 수상한 점을 눈치 채면 당신은 붙잡힐지도 모릅니다. 저는 지금 아주 솔직하게 말씀드리는 겁니다. 하지만 부인을 보아 하니 붙잡혀도 전혀 상관이 없을 뿐더러 오히려 그렇게 되길 바랄 것 같습니다. 달려오는 기차에 몸을 던지거나 뭐 그런 방법을 쓰느니, 이것이 훨씬 더 좋은 방법이 아닐까 싶습니다만."

예상 밖으로 힐러리는 갑자기 웃음을 터뜨렸다.

"당신 말이 맞아요."

"하시겠습니까?"

"그래요. 못할 게 뭐 있겠어요?"

"그렇다면……."

제숍이 갑자기 자리에서 벌떡 일어나며 말했다.

"조금도 지체할 시간이 없습니다."

4장

병원 안은 실제로는 춥지 않았지만 으스스한 한기가 느껴졌다. 공기 중에는 소독약 냄새가 배어 있었다. 바깥 복도에서 수레를 밀고 지나갈 때마다 유리 용기와 기구들이 부딪쳐 달그락거리는 소리가 들렸다. 힐러리 크레이븐은 침대 옆에 놓인 딱딱한 철제 의자에 앉아 있었다.

침대에는 머리에 붕대를 친친 감은 올리브 베터튼이 희미한 불빛 아래 의식을 잃은 채 누워 있었다. 침대 한쪽 옆에는 간호사가 서 있었고 그 반대편에는 의사가 서 있었다. 제숍은 병실 한쪽 구석에 있는 의자에 앉아 있었다. 의사가 그에게 돌아서서 프랑스 어로 말했다.

"얼마 못 견딜 것 같습니다. 부인의 맥박이 현저하게 약해졌습니다."

"그럼 의식을 회복하지 못하는 겁니까?"

프랑스 인 의사는 어깨를 으쓱해 보였다.

"꼭 그렇다고 말할 순 없습니다. 운이 좋으면 마지막 순간에 잠깐 의식을 차릴지도 모르죠."

"별다른 방법이 없단 말입니까? 혹시 자극제는 없나요?"

의사는 고개를 내젓고는 밖으로 나갔다. 간호사도 의사를 따라 나갔다. 잠시 후 간호사 대신 수녀 한 명이 들어오더니 침대 머리맡으로 가서 손에 묵주를 들고 섰다. 힐러리는 제숍을 쳐다보았다. 그리고 그가 잠깐 보자는 눈짓을 하자 그의 곁으로 다가왔다.

"의사가 하는 말 들었지요?"

그가 낮은 목소리로 물었다.

"네. 그녀에게 묻고 싶은 말이 있나요?"

"만일 의식을 회복하면 가능한 한 어떤 정보든 얻어 내야 합니다. 어떤 암호나 신호나 메시지라도. 뭐든지요. 아시겠습니까? 저보다는 당신에게 얘기하기가 더 쉬울 거예요."

그러자 힐러리가 갑자기 울컥해서 대꾸했다.

"죽어 가는 사람을 이용해서 어떻게 해 보라는 말인가요?"

제숍은 이따금 그러듯이 올빼미처럼 머리를 한쪽으로 기울였다.

"그러니까 제 말이 당신에게는 그렇게 들렸나 보군요?"

그는 뭔가 생각하는 표정으로 말했다.

"네, 그래요."

그는 생각에 잠겨 그녀를 쳐다보았다.

"알겠습니다. 그럼 부인께서 하고 싶은 대로 말하고 행동하십시오. 하지만 저는 양심의 가책 따위를 따질 처지가 아닙니다. 이해하시겠습니까?"

"물론이죠. 그게 당신의 임무니까요. 당신이야 무슨 질문이든 원하는 대로 하겠지만, 저한테까지 그렇게 하라고 요구하지는 말아 주세요."

"자유 의지로 행동할 권리가 있다는 말이군요."

"그보다 우리가 결정해야 할 문제가 하나 있어요. 그녀에게 자신이 죽어 간다는 사실을 말해 줘야 할까요?"

"모르겠습니다. 좀 생각해 봐야겠습니다."

그녀는 고개를 끄덕이고 아까 있던 침대 옆으로 돌아갔다. 그녀의 마음은 누워서 죽어 가고 있는 여인에 대한 깊은 동정심으로 가득했다. 사랑하는 남편을 만나기 위해 길을 떠난 여인. 어쩌면 우리의 추측이 틀린 게 아닐까? 이 여인은 정말로 남편이 살았는지 죽었는지 정확한 소식을 알 수 있을 때까지 마음의 위안을 얻기 위해 모로코에 온 것이 아닐까? 힐러리로서는 알 수가 없었다.

시간은 계속 흘러갔다. 거의 두 시간이 지나고 나서 수녀의 딸각거리는 묵주알 소리가 멈췄다. 그녀는 부드러우면서도 감정이 섞이지 않은 목소리로 말했다.

"뭔가 이상해요. 부인, 마지막 순간이 온 것 같습니다. 제가 가서 의사 선생님을 불러오겠습니다."

수녀가 병실을 나갔다. 제숍은 침대 맞은편으로 다가와 벽에 등을 바짝 붙이고 섰다. 누워 있는 여인의 시야에서 자신이 보이지 않도록 하기 위해서였다. 여인의 눈꺼풀이 파르르 떨리더니 열렸다. 초점 잃은 공허한 청록색 눈동자가 힐러리의 눈과 마주쳤다. 그녀의 눈이 감겼다가 이내 다시 열렸다. 눈동자에 당혹한 빛이 희미하게 스쳤다.

"여기가 어디……?"

작고 가쁜 숨을 몰아쉬는 입술 사이로 말들이 떨리듯 새어나왔다. 바로 그때 의사가 들어왔다. 의사는 침대 옆에서 그녀를 내려다보며 손을 잡더니 맥박을 확인했다.

"부인, 여기는 병원입니다. 비행기 사고가 있었습니다."

"비행기라고요?"

그녀는 희미하게 숨을 몰아쉬며 마치 꿈을 꾸듯 그 말을 몇 번 되풀이했다.

"부인, 카사블랑카에서 누구 만날 사람이 있었나요? 혹시 전해 드릴 얘기는요?"

그녀는 고통스럽게 눈을 올려 뜨더니 의사를 쳐다보았다.

"없어요."

그녀는 힐러리를 다시 쳐다보았다.

"누구……. 누구……."

힐러리가 몸을 앞으로 숙이고는 그녀를 향해 분명하고 똑똑한 목소리로 말했다.

"저도 비행기를 타고 영국에서 왔어요. 혹시 제가 도와드릴 일이 있으면 주저하지 말고 말해 보세요."

"아니에요……. 아무것도…… 아무것도 없어요……. 만일……."

"뭐라고요?"

"아니에요."

그녀의 눈이 파르르 떨리더니 반쯤 감겼다. 힐러리는 고개를 들었다가 뭔가 긴급하게 지시하는 듯한 제숩의 눈빛과 마주쳤다. 힐러리는 단호하게 고개를 저었다.

제숩이 침대로 다가왔다. 그는 의사 옆에 바짝 붙어 섰다. 죽어 가는 여자의 눈이 다시 열렸다. 제숩을 알아보는 듯했다. 그녀가 입을 열었다.

"당신을 알아요."

"예, 베터튼 부인. 저를 아시지요? 남편 분에 대해 뭐든 말씀해 주실 수 있겠습니까?"

"몰라요."

그녀의 눈꺼풀이 다시 감겼다. 제숩은 조용히 돌아서서 병실을 나갔다. 의사가 힐러리를 바라보더니 조용하게 말했다.

"세 라 펭!(이제 마지막입니다!)"

죽어 가는 여자의 눈이 다시 열렸다. 두 눈동자는 고통스러운 듯 방 안을 둘러보다가 힐러리에게서 멈췄다. 올리브 베터튼은 아주 힘겹게 손을 들어 올렸다. 힐러리는 본능적으로 그 핏기 없고 싸늘한 손을 꼭 감싸 쥐었다. 의사는 어깨를 으쓱하더니 살짝 고개를 숙여 인사하고는 병실을 나갔다. 방 안에는 두 여자만 남았다. 올리브 베터튼은 무슨 말인가를 하려고 애썼다.

"제게 말해 주세요……. 말해……."

힐러리는 그녀가 무엇을 묻는지 알고 있었다. 문득 힐러리는 자신이 어떻게 행동해야 할지 알 것 같았다. 그녀는 누워 있는 환자에게 몸을 굽혔다.

"그래요……."

힐러리는 분명하고 단호하게 말했다.

"당신은 죽어 가고 있어요. 당신이 알고 싶은 게 그거죠? 자, 제 말 잘 들으세요. 나는 당신 남편이 어디 있는지 알아내서 찾아갈 생각이에요. 만일 내가 남편 분을 찾으면 그에게 전하고 싶은 말이 있나요?"

"그이에게…… 그이에게 말해 주세요……. 조심하라고요. 보리스…… 보리스…… 위험해……."

그녀는 한숨과 함께 또다시 불규칙하게 숨을 몰아쉬었다. 힐러리는 더욱 가까이 몸을 기울였다.

"제게 말해 줄 수 있는 게 없나요? 그러니까 제가 그분을 찾아갈 때 도움이 될 만한 거요. 남편 분을 만날 수 있게 도와주시겠어요?"

"눈."

그 단어가 너무 희미하게 새어나온 탓에 힐러리는 어리둥절했다. 눈? 눈이라고? 그녀는 이해가 가지 않는다는 듯이 되뇌었다. 마치 유령의 속삭임 같은 희미한 소리가 올리브 베터튼의 입술 사이에서 흘러나왔다. 희미하게나마 몇 마디를 알아들을 수 있었다.

눈, 눈, 아름다운 눈!

눈덩이에 걸려 미끄러져도 넘어가세요!

힐러리는 마지막 단어를 되뇌었다.

"가세요…… 가라고? 그에게 가서 보리스에 관해 말해 주라는 건가? 헛소리는 아닐까? 그럴 수도 있지. 하지만 어쩌면 사실일지도……. 그렇다면…… 만일 사실이라면……."

몹시 괴로워하며 뭔가를 묻는 듯한 눈빛이 힐러리를 올려다보고 있었다.

"……조심해야……."

그녀의 목에서 기묘하게 가르랑거리는 소리가 들렸고, 입술이 파르르 떨렸다.

올리브 베터튼은 그렇게 숨을 거두었다.

이후 5일 동안은 육체적인 활동은 없었지만 정신적으로는 매우 고된 시간이었다. 힐러리는 병원 1인실에 갇힌 채 임무 수행에 들어 갔다. 저녁이면 그날 공부한 내용에 대한 시험을 치러야 했다. 올리브 베터튼의 삶에 관해 알아낸 모든 내용이 종이 위에 기록되어 있었고 그녀는 그것들을 꼼꼼하게 암기했다. 올리브 베터튼이 살았던 집, 그녀가 고용했던 가정부, 그녀의 친척들, 그녀가 기르던 애완견과 카나리아의 이름, 토머스 베터튼과 보낸 6개월간의 결혼생활에 관한 시시콜콜한 부분들, 그녀의 결혼식 때 있었던 일, 신부 들러리를 썼던 사람들의 이름과 그들이 입었던 옷, 커튼과 카펫과 가구 커버의 무늬까지 외워야 했다. 또 올리브 베터튼의 취향과 기호, 일상적인 활동들, 좋아하는 음식이나 음료까지 알아야 했다. 얼핏 보기에는 무의미해 보이는 정보들이었지만 한데 모아진 엄청난 양의 정보들에 힐러리는 놀라지 않을 수 없었다. 한번은 그녀가 제솝에게 물었다.

"이런 것들이 과연 중요하게 쓰일까요?"

제솝은 그 질문에 차분하게 대답했다.

"아마 그렇지는 않을 겁니다. 하지만 부인은 그 실제 사실 속으로 완전히 몰입해야 합니다. 자, 이렇게 생각해 보십시오. 당신은 작가입니다. 당신은 지금 한 여인에 관한 소설을 쓰고 있습니다. 올리브라는 여인이지요. 그래서 그녀의 어린 시절과 소녀 시절의 장면들에 관해 묘사합니다. 또 결혼생활과 그녀가 살았던 집에 대해서도요. 당신이 그렇게 할 때마다 그녀는 당신에게 점점 실제 인물처럼 느껴질 겁니다. 그런 다음 소설을 다시 써 보는 겁니다. 이번에는 1인칭 자서전처럼 말입니다. 무슨 뜻인지 아시겠습니까?"

그녀는 천천히 고개를 끄덕이며 자신도 모르게 마음이 일렁이는 것을 느꼈다.

"당신 자신을 스스로 올리브 베터튼이라고 생각하기 전까지는 진짜 올리브 베터튼이라고 할 수 없습니다. 시간이 넉넉하게 있다면 훨씬 좋겠지만 우리에게는 시간적인 여유가 없습니다. 그래서 이렇게 무리하게 주입식으로 할 수밖에 없는 겁니다. 마치 중요한 시험을 앞둔 학생이 벼락공부를 하듯이 말입니다."

그리고 제숍은 이렇게 덧붙였다.

"다행히 당신은 두뇌 회전도 빠르고 기억력도 좋군요."

그는 냉정한 평가를 내리듯 그녀를 관찰했다.

올리브 베터튼과 힐러리 크레이븐의 여권에 기재된 사항은 거의 똑같았지만 두 여인의 얼굴은 전혀 딴판이었다. 올리브 베터튼은 다소 평범한 얼굴로 그다지 예쁜 편은 아니었다. 또 완고해 보이는 인상을 갖고 있었지만 지적인 분위기는 없었다. 그에 비해 힐러리의 얼굴은 강인하면서도 호감을 주는 유형이었다. 짙고 완만한 눈썹 아래로 깊게 들어간 청록빛 눈동자에서는 열정과 지성미가 느껴졌다. 넓고 도톰한 입술은 입 꼬리가 살짝 위로 올라가 있었다. 턱선도 독특했다. 조각가가 본다면 얼굴선이 만들어 내는 각도에 흥미를 느꼈을 것이다.

제숍은 속으로 생각했다.

'열정도 있고 배짱도 있어. 어딘지 의기소침한 구석은 있지만 완전히 기가 꺾이진 않았어. 쾌활하면서도 강인한 면도 있군. 인생을 즐기며 모험을 찾아나서는 기질이 숨어 있어.'

그는 그녀를 향해 말했다.

"부인은 해낼 겁니다. 당신은 총명한 학생이니까요."

지적 능력과 기억력을 요구하는 이 도전 과제는 힐러리를 자극했다. 그녀는 처음보다 훨씬 흥미를 느꼈으며 성공을 거두기 위해 열중하고 있었다. 도중에 한두 번쯤 회의가 든 적도 있었다. 그녀는 그런 마음을 제숍에게 털어놓았다.

"사람들이 제가 올리브 베터튼이 아니란 걸 눈치 채지 못할 거라고 말씀하셨죠? 그들은 일반적인 사실 외에 그녀가 어떻게 생겼는지 모를 거라고요. 하지만 어떻게 그것을 확신할 수 있죠?"

제숍은 어깨를 으쓱해 보였다.

"누구도 확신할 수는 없습니다. 아무것도요. 하지만 우리는 이 모든 일이 어떻게 돌아가는지 웬만큼은 알고 있습니다. 국가 간에 정보 교환은 거의 없는 것 같습니다. 사실 그 점이 그들에게는 커다란 이점으로 작용하고 있죠. 우리가 영국에서 그들의 약한 연결점을 찾아냈는데(어떤 조직에서든 연결이 약한 부분은 있기 마련입니다.), 그 약한 연결점이 프랑스, 이탈리아, 독일 등의 다른 나라에서 진행되고 있는 상황을 전혀 모른다면 우리는 막다른 골목에 부딪히고 말 것입니다. 그들은 전체에서 자신들이 담당하고 있는 작은 부분만을 알고 있을 뿐 그 이상은 모릅니다. 하지만 반대로 생각해 보면 마찬가지입니다. 단언컨대 이곳에서 활동하는 조직들이 알고 있는 것 또한 올리브 베터튼이 어느 비행기를 타고 도착하며, 어떤 지시를 받기로 되어 있다는 내용 정도에 불과합니다. 짐작하시겠지만 올리브 베터튼이 중요한 인물이라면 상황은 다르겠지요. 그들이 그녀를 남편에게 데려다 주려는 것은 남편이 그녀를 원하기 때문입니다. 또 아내를 곁에 두면 그에게서 더 훌륭한 연구를 얻어 낼 수 있으리라 판단했기 때문이기도 합니다. 그녀 자신은 이 게임에서 단순한 담보물에 불과합니다. 또한 당신이 기억해야 할 점은 가짜 올리브 베터튼을 투입한다는 생각은 비행기 사고와 당신의 머리 색깔 때문에 즉흥적으로 생각해 낸 것이라는 사실입니다. 우리의 작전 계획은 올리브 베터튼을 미행하여 그녀가 어디로, 어떤 방법으로 가는지, 누구를 만나는지 등을 알아내는 것이었습니다. 그게 바로 그들이 경계하는 부분이죠."

힐러리가 물었다.

"전에도 이런 일을 해 본 적이 있나요?"

"물론입니다. 스위스에서 시도했었죠. 아주 조심스럽고 은밀하게 말입니다. 하지만 우리의 계획은 실패했습니다. 만일 그녀와 접촉한 누군가가 있었다면, 우리가 그걸 알아채지 못한 겁니다. 눈 깜짝할 사이에 접촉이 이루어진 거죠. 당연히 그들은 누군가가 올리브 베터튼을 미행하리라고 예상할 겁니다. 그에 대한 준비도 철저히 할 거고요. 지난번보다 더 완벽하게 일을 해낼 수 있느냐는 우리에게 달려 있습니다. 우리는 상대보다 더 교묘해져야 합니다."

"그럼 저를 미행하실 건가요?"

"물론이죠."

"어떻게요?"

그는 고개를 저었다.

"그건 말씀드릴 수 없습니다. 부인께서는 모르는 편이 훨씬 낫습니다. 아예 모르는 것에 대해서는 정보를 누설할 수가 없으니까요."

"제가 정보를 누설할 거라고 생각하시나요?"

제숍은 또다시 올빼미 같은 표정을 지었다.

"부인께서 얼마나 훌륭하게 배우 역할을 잘해 낼지, 얼마나 감쪽같이 속일 수 있을지 우리는 알 수 없습니다. 결코 쉬운 일이 아니죠. 실수로 무언가를 말해 버릴까 봐 그러는 게 아닙니다. 생각지 못한 어느 부분에서 수상한 낌새를 흘릴 수 있기 때문입니다. 갑자기 숨을 들이쉰다든지, 무의식적으로 어떤 행동을 하다가 말입니다. 이를테면 담뱃불을 붙이다가 순간적으로 멈칫거린다든지, 어떤 이름이나 친구를 알아본다든지, 뭐 그런 것들이지요. 재빨리 딴청을 부리며 감출 수는 있겠지만 예민한 사람은 순간적인 느낌으로도 충분히 눈치 챌 수 있습니다!"

"알겠어요. 1분 1초도 방심하지 말라는 얘기군요."

"맞습니다. 그러니 수업을 계속해야 합니다! 학창 시절로 되돌아간 기분이죠? 당신은 이제 올리브 베터튼에 대해서는 완벽합니다. 그럼 다음 단계로 넘어가 볼까요?"

암호, 응답 방법, 여러 가지 특성들에 대한 교육이 계속되었다. 질문, 반복적인 연습, 그녀를 혼란시키거나 실수를 유발하려는 시도가 이어졌다. 그러고 나서 가상적인 상황을 설정하고 그녀의 반응을 살펴보는 과정도 있었다. 마침내 제솝은 고개를 끄덕이며 만족감을 표시했다.

"부인은 잘해 낼 겁니다."

그는 자상한 아저씨처럼 그녀의 어깨를 가볍게 두드렸다.

"부인은 총명한 학생입니다. 그리고 이것 하나만 기억하십시오. 임무를 수행하는 동안 때때로 당신 혼자뿐이라는 기분이 들더라도,

아마 그렇지는 않을 거라는 점을요. 내가 '아마'라고 말한 건……
저도 그 이상으로 장담할 수는 없기 때문입니다. 상대가 워낙 영리
하고 교활한 놈들이라서……."

"제가 목적지에 도착하면 어떻게 되는 거죠?"

"무슨 뜻이죠?"

"마침내 토머스 베터튼을 만나게 됐을 때 말이에요."

제숍은 굳은 표정으로 고개를 끄덕였다.

"맞습니다. 그때는 참으로 위험한 순간이지요. 만일 모든 일이 순
조롭게 진행된다면 당신은 보호를 받을 수 있을 것이라는 말밖에는
해 드릴 수가 없군요. 다시 말해서 우리가 바라던 대로 진행된다면
말입니다. 하지만 부인께서도 기억하시겠지만 이번 작전은 살아남
을 확률이 그다지 높지 않다는 사실이 그 출발점입니다."

"1퍼센트라고 하지 않으셨나요?"

힐러리가 담담하게 말했다.

"확률을 조금 더 낮출 수도 있을 겁니다. 전 당신이 어떤 여자인
지 몰랐습니다."

"아뇨, 그리고 싶진 않을 거예요."

그녀는 골똘히 생각에 잠겼다.

"당신이 보기에 나는 그저……."

그가 그녀를 대신해서 말을 마무리했다.

"눈에 띄는 붉은 머리카락을 지녔고 살아갈 용기를 잃은 여자였
지요."

그녀가 얼굴을 붉혔다.

"가혹한 판단이군요."

"사실이잖습니까? 저는 사람들을 동정하는 일에 찬성하지 않습니다. 그 한 가지 이유는 동정이란 상대에게 모욕을 주는 행위이기 때문입니다. 스스로 자신을 처량하게 여기면 다른 사람들도 그에게 동정심을 느끼게 되는 법입니다. 그러나 자기연민은 요즘 세상에서 가장 쓸모없는 것입니다."

힐러리는 생각에 잠겼다가 입을 열었다.

"당신 말이 맞는 것 같네요. 만약 제가 이번 임무를 수행하는 도중에 죽는다면 당신은 제게 동정심을 느낄 건가요?"

"동정이요? 아뇨. 관심과 노력을 쏟을 만한 누군가를 잃어버린 것에 대해 저주를 퍼부을 겁니다."

"어쨌거나 듣기 좋은 말이군요."

힐러리는 자기도 모르게 기분이 좋아졌다.

그녀는 사무적인 말투로 다시 말을 이었다.

"방금 막 떠오른 게 한 가지 있어요. 당신은 올리브 베터튼이 어떻게 생겼는지 아무도 모를 거라고 말했지만, 만약 누군가가 저를 알아보면 어떡하죠? 카사블랑카에는 제가 아는 사람이 전혀 없지만, 저와 같은 비행기를 타고 여기까지 온 사람들이 있잖아요. 또 이곳 관광객들 중에서 저를 아는 누군가와 마주칠 수도 있고요."

"비행기 승객들에 대해서는 걱정하실 필요 없습니다. 파리에서 당신과 같은 비행기를 타고 온 사람들은 대부분 사업상 온 사람들이었고, 그들은 전부 다카르로 갔습니다. 이곳에 내린 사람은 딱 한 명 있었고, 그는 다시 파리로 돌아갔어요. 부인은 여기서 나가면 처음 묵었던 것과 다른 호텔에 묵게 될 겁니다. 베터튼 부인이 예약했던 호텔이지요. 그녀의 옷을 입고 그녀의 헤어스타일로 머리를 만진 후 얼굴에 반창고를 한두 개쯤 붙이면, 당신은 완전히 다른 사람으로 보일 겁니다. 그래서 말인데, 의사 한 명을 불렀습니다. 부분 마취를 할 테니 별로 아프지는 않을 겁니다. 진짜 사고가 난 것처럼 흔적을 몇 개 만들어야 하니까요."

"정말 철저하시군요."

"그래야 하니까요."

"묻지 않으시는군요. 올리브 베터튼이 죽기 전에 제게 무슨 말을 했는지 말이에요."

"부인께서 양심의 가책을 느낄 거라고 생각했어요."

"미안해요."

"천만에요. 그 점에 관해서는 부인을 존경합니다. 저도 양심의 가책 같은 걸 느끼면서 살았으면 좋겠지만……. 그건 우리 계획에 들어 있지 않아서……."

"그녀가 말한 게 있는데, 아무래도 당신에게 말해 줘야 할 것 같네요. 이렇게 말했어요. '그이에게…… 그이에게 말해 주세요……. 조심하라고요. 보리스…… 위험해.' 그이는 아마 베터튼이겠죠?"

"보리스라……."

제숍은 흥미로운 표정으로 그 이름을 되풀이하더니 곧 탄성을 질렀다.

"아! 그 예의 바른 외국인인 보리스 글리드르 소령!"

"그를 아세요? 누구예요?"

"폴란드 인입니다. 런던에 있을 때 저를 만나러 왔었죠. 그는 토머스 베터튼의 인척으로 추정되는 사람입니다."

"추정이라고요?"

"그러니까 더 정확히 설명하자면, 만약 그의 말이 사실이라면 그는 죽은 베터튼 부인의 사촌입니다. 하지만 그의 설명 이외의 다른 경로로 확인된 바는 없습니다."

"그녀는 겁에 질려 있었어요."

힐러리는 얼굴을 찌푸렸다.

"그가 어떻게 생겼는지 설명해 줄 수 있나요? 혹시 보면 알아볼 수 있게요."

"그게 낫겠군요. 키는 180센티미터쯤이고 몸무게는 72킬로그램 정도예요. 금발에 무표정한 얼굴이고, 연한 눈동자와 외국인 특유의 딱딱한 태도, 영어는 매우 정확히 구사하지만 외국인 억양이 두드러집니다. 또 군인다운 뻣뻣한 태도를 지녔지요."

그리고 그는 덧붙여 말했다.

"그가 내 사무실을 나갈 때 미행을 붙였습니다. 별 수확은 없었어요. 그가 곧장 미국 대사관으로 갔거든요. 조금의 망설임도 없이 말입니다. 그는 처음에 대사관에서 써 준 소개장을 갖고 왔었습니다. 정중함을 표현하기 위한 별다른 특징 없는 평범한 소개장이었습니다. 추정컨대 그는 다른 누군가의 차를 이용하거나, 아니면 직원으로 변장하여 뒷문으로 빠져나간 것 같습니다. 어쨌거나 그는 우리를 따돌렸습니다. 그래요, 보리스 글리드르가 위험한 인물이라고 한 올리브 베터튼의 말이 어쩌면 맞을지도 모릅니다."

5장

생 루이 호텔의 작은 살롱 안에 있는 세 여인은 각자의 일에 몰두해 있었다. 작은 키에 몸집이 통통하고 머리를 푸른색으로 염색한 켈빈 베이커 부인은 무슨 일에든 늘 열정적인 에너지를 쏟듯이 그와 마찬가지로 열심히 편지를 쓰고 있었다. 척 보기에도 그녀는 세상 돌아가는 모든 일을 정확히 알고 싶어 하는 강한 호기심을 지닌, 남부러울 것 없이 풍족한 미국인 여행객이었다.

불편한 프랑스 제정 시대풍의 의자에는 헤더링턴 양이 앉아 있었다. 그녀 역시 전형적인 영국인 여행객이었다. 그녀는 영국인 중년 여성들이 흔히 취미 삼아 할 법한, 아직 형태가 잡히지 않은 우울한 색깔의 옷가지를 뜨고 있었다. 키가 크고 마른 체격에 앙상한 목과 헝클어진 머리를 한 그녀는, 세상에 대한 온갖 도덕적인 환멸을 느끼는 듯한 표정을 짓고 있었다.

프랑스 인인 잔 마리코 양은 등받이가 곧은 의자에 우아하게 앉아 창밖을 내다보며 하품을 하고 있었다. 갈색 머리를 금발로 염색한 잔 마리코 양은 예쁜 얼굴은 아니었지만 화려하게 화장을 하고 있었다. 그녀는 옷을 멋지게 차려입었으며 방 안의 다른 사람들이 무슨 일을 하는지에는 전혀 관심이 없었다. 사실 그녀는 내심 다른 사람들을 완전히 무시하고 있었다. 자신의 남자관계에 일어난 중요한 변화에 대해 골똘히 생각하고 있던 터라 다른 관광객들 따위에 관심을 돌릴 여유는 없었다.

헤더링턴 양과 캘빈 베이커 부인은 생 루이 호텔에서 이틀을 지내는 동안 서로 아는 사이가 되었다. 미국인 특유의 친절함을 지닌 캘빈 베이커 부인은 누구에게나 쉽게 말을 걸었다. 헤더링턴 양은 사람들을 사귀고 싶은 마음은 컸지만 웬만큼 사회적 지위가 있다고 여겨지는 영국인이나 미국인이 아니면 대화를 나누기를 꺼려 했다. 그녀는 부모님과 함께 저녁 식사를 하는 동안 훌륭한 가정환경이 증명되지 않는 한 프랑스 인과는 상종도 하지 않는다고 했다.

부유한 사업가처럼 보이는 한 프랑스 남자가 살롱 안을 들여다보더니, 여자들만 있는 분위기에 움찔했는지 잔 마리코 양에게 못내 아쉬운 눈길을 던지며 다시 밖으로 나갔다.

잠시 후 헤더링턴 양이 조그만 목소리로 뜨개질 코를 세기 시작했다.

"스물여덟, 스물아홉……. 어디더라? 아, 그렇지. 딱 여기까지 세었어."

그때 붉은 머리의 키 큰 여자가 방 안을 들여다보고 잠시 머뭇거리더니 식당으로 향하는 복도를 따라 걸어갔다.

캘빈 베이커 부인과 헤더링턴 양은 즉시 날카로운 관심을 보였다. 베이커 부인이 글을 쓰고 있던 테이블에서 몸을 돌려 흥분된 목소리로 속삭이듯 말했다.

"헤더링턴 양, 방금 이쪽을 들여다본 붉은 머리 여자 봤어요? 지난주에 있었던 끔찍한 비행기 사고에서 유일하게 살아남은 생존자래요."

흥분으로 뜨개질 코 하나를 빠뜨리며 헤더링턴 양이 대꾸했다.

"오늘 오후에 이곳에 도착하는 걸 봤어요. 앰뷸런스를 타고 왔더라고요."

"지배인이 병원에서 막 퇴원하는 길이라고 하더군요. 병원에서 그렇게 빨리 퇴원한 게 잘한 건지 모르겠어요. 뇌진탕이라고 그러던데……"

"얼굴에 반창고도 붙였던데……. 아마 유리에 다쳤겠죠? 화상을 안 입은 게 얼마나 다행이에요. 그런 비행기 사고에서 화상을 당하면 진짜 끔찍하잖아요."

"생각만 해도 끔찍한 일이에요. 아직 젊은 여자가 안됐지 뭐예요. 남편과 함께 타고 있었을까요? 그럼 남편은 죽은 걸까요?"

"그렇진 않을 거예요."

헤더링턴 양이 머리를 가로저었다.

"신문에서 읽었는데 그 여자 혼자였다고 하더군요."

"맞아요. 이름도 실려 있었어요. 베벌리라든가……. 아니 참, 베터튼이라고 했어요."

"베터튼……."

헤더링턴 양이 반사적으로 대꾸했다.

"아, 생각나요. 베터튼! 나도 신문에서 봤어요. 그래요, 그 이름 맞아요."

잔 마리코 양이 혼자 프랑스 어로 중얼거렸다.

"탕 피 푸르 피에르, 일레 브레망 엥쉬포르타블! 메 르 프티 쥘, 뤼 일레 비엥 장티. 에 쏭 페르 에 트레 비엥 플라쎄 당 레자페르. 앙펭, 주 므 데씨드!(피에르한테는 안됐지만 어쩔 수 없어. 그 남자는 정말이지 끔찍해! 하지만 귀여운 쥘, 그 사람은 아주 친절하지. 아버지도 사업이 잘되고 있고. 그래, 결심했어!)"

그러고 나서 잔 마리코 양은 폭이 넓은 우아한 걸음걸이로 방에서 나가 그 층에서 사라졌다.

토머스 베터튼 부인은 사고 후 5일째 되는 날 오후에 병원에서 퇴원했다. 앰뷸런스가 그녀를 생 루이 호텔까지 데려다 주었다.

병색이 완연한 창백한 얼굴에 반창고까지 붙인 베터튼 부인은 예약되어 있던 방으로 곧장 안내되었다. 배려 깊은 지배인이 줄곧 곁을 지키며 그녀를 안내했다.

"얼마나 충격이 크셨습니까, 부인!"

지배인은 방이 그녀의 마음에 드는지 상냥하게 물어보고 불필요하게 전깃불까지 전부 켜 보인 다음 말했다.

"하지만 이렇게 무사히 살아남다니 기적입니다! 하늘이 도우셨나 봐요! 제가 알기론 생존자가 세 명뿐인데, 그중 한 명은 아직도 위독하다고 들었습니다."

힐러리는 맥없이 의자에 풀썩 주저앉았다.

"예, 그래요."

그녀는 작은 목소리로 말했다.

"저도 믿기지가 않아요. 지금도 기억이 희미해요. 사고가 일어나기 전에 24시간 동안 있었던 일들이 아직도 가물거리는걸요."

지배인은 그럴 만하다는 듯이 고개를 끄덕였다.

"아, 맞습니다. 뇌진탕 때문에 그럴 거예요. 예전에 제 여동생에게도 그런 일이 있었습니다. 여동생은 전쟁 중에 런던에 있었는데 폭탄이 떨어지는 바람에 의식을 잃었지요. 하지만 곧 정신을 차리고 런던 거리를 배회하다가 유스턴 역에서 기차를 탔답니다. 피귀레부.(정말입니다.) 잠이 들었다가 리버풀까지 가서야 깨어났는데 폭탄에 대해서도, 런던 거리를 배회한 것도, 기차를 타고 거기까지 어떻게 갔는지조차도 몽땅 기억을 못했습니다! 그녀가 기억한 일 중 가장 마지막 일이 런던에 있는 옷장에 치마를 걸어 둔 것이었대요. 정말 희한한 일 아닙니까?"

힐러리는 그렇다고 동의했다. 지배인은 인사를 한 뒤 방을 나갔다. 힐러리는 일어나 거울에 비친 자신의 모습을 바라보았다. 새로운 인물로 지독하게 세뇌를 당한 탓인지, 진짜로 끔찍한 사고를 겪고 병원에서 막 퇴원한 사람처럼 온 팔다리에 힘이 풀렸다.

　이미 책상을 살펴보았지만 특별한 메시지나 편지 같은 것은 없었다. 그녀는 새로 맡은 역할의 첫걸음을 매우 은밀하게 디뎌야 했다. 올리브 베터튼은 어떤 번호로 전화를 하거나 카사블랑카에 있는 어떤 사람과 접촉하라는 지시를 받았을지도 모른다. 하지만 그에 관해서는 단서가 전혀 없었다. 힐러리가 얻은 정보는 올리브 베터튼의 여권과 신용장, 쿡스 여행사의 티켓과 예약 사항들이 전부였다. 예약한 내용에 따르면 이틀은 카사블랑카에서, 엿새는 페스(카사블랑카 동쪽의 도시 — 옮긴이)에서, 닷새는 마라케시(카사블랑카 남쪽의 도시 — 옮긴이)에서 보내기로 되어 있었다. 물론 이 예약 날짜들은 이제 의미가 없어졌으니 다시 별도의 조치가 취해졌을 것이다. 여권, 신용장, 그에 따른 신분증은 이미 적절하게 처리가 되어 있었다. 여권에는 힐러리의 사진이 붙어 있었고, 신용장에도 힐러리의 필체로 '올리브 베터튼'이라고 씌어 있었다. 그녀를 증명해 줄 서류는 모두 준비가 되었다. 이제 그녀가 할 일은 맡은 역할을 적절히 수행하면서 기다리는 것뿐이다. 그녀는 비행기 사고, 또 그로 인한 기억 상실과 흐릿한 사고력이라는 유리한 패를 갖고 있었다.

　그것은 실제로 일어난 사고였고, 올리브 베터튼이 그 비행기에 탑승했던 것도 틀림없는 사실이었다. 설령 그녀가 지시 받은 사항을 제대로 수행하지 못한다 할지라도 뇌진탕을 입었다는 사실이 그것을 적절하게 덮어 줄 것이다. 당황한 데다 머리가 멍해지고 심신이 허약해진 올리브 베터튼은 가만히 앉아서 지시를 기다릴 것이다.

지금으로서는 쉬는 것이 가장 나을 성싶었다. 그녀는 침대에 누웠다. 그리고 두 시간 동안 그동안 배운 내용들을 곰곰이 떠올려 보았다. 올리브의 짐은 비행기 사고로 모두 망가진 상태였다. 힐러리에게는 병원에서 받은 몇 가지 물건밖에 없었다. 잠시 뒤 그녀는 머리를 빗고 립스틱을 바른 후에 저녁을 먹으러 식당으로 내려갔다.

그녀는 사람들의 호기심 어린 시선이 자신에게 향한 것을 알아챘다. 몇몇 테이블에는 사업가들이 앉아 있었는데 이들은 그녀에게 거의 눈길을 주지 않았다. 하지만 다른 테이블에 있는 관광객들은 그녀를 보고 계속 수군거렸다.

"저기 저 여자 말이에요, 붉은 머리 여자요. 이번 비행기 사고에서 살아남았대요. 병원에서 이곳 호텔까지 앰뷸런스에 실려서 왔어요. 저도 봤답니다. 아직도 안색이 굉장히 안 좋네요. 병원에서 왜 그렇게 빨리 퇴원시켰는지 모르겠어요. 얼마나 끔찍한 일인지…….
거기서 살아남다니 정말 기적이에요!"

식사를 마친 힐러리는 작은 살롱에 잠시 앉아 있었다. 누군가가 어떤 식으로든 접근해 오지 않을까 하는 생각이 들었기 때문이다. 방 안에는 한두 명의 여자들이 띄엄띄엄 앉아 있었다. 곧 작은 체격에 통통하고 푸른색 머리칼을 지닌 중년 여성이 힐러리 가까이에 있는 의자로 옮겨 와 앉았다. 그녀는 힐러리를 향해 쾌활하고 상냥한 미국인 억양으로 말문을 열었다.

"실례합니다만, 물어보고 싶은 게 있는데요. 요전 날 비행기 사고에서 기적적으로 살아나신 분 맞죠?"

힐러리는 읽고 있던 잡지를 내려놓았다.

"예."

"세상에나! 정말 끔찍했죠? 그 사고 말이에요. 생존자가 세 명밖에 안 된다고 하던데, 정말 그랬나요?"

"두 명이에요. 셋 중 한 명은 병원에서 죽었어요."

"저런! 정말인가요? 혹시 괜찮으시다면 성함이 미스……, 미세스……."

"베터튼이에요."

"혹시 실례가 안 된다면 궁금한 게 한 가지 더 있어요. 비행기에서 어디쯤 앉아 있었나요? 앞쪽? 아니면 뒤쪽?"

힐러리는 이 질문에 대한 대답을 알고 있었기 때문에 즉시 대답했다.

"뒤쪽 근처였어요."

"사람들 말이 거기가 가장 안전한 자리라고 하더군요. 저도 늘 뒷문 가까이에 있는 자리에 앉겠다고 고집하곤 한답니다. 들었어요, 헤더링턴 양?"

그녀는 옆에 있던 다른 중년 여인에게 고개를 돌리며 말했다. 헤더링턴 양은 말상의 길쭉하고 우울한 얼굴을 한 전형적인 영국인이었다.

"제가 요전에 그렇게 말했잖아요. 비행기를 탈 때 승무원이 앞자리로 안내하더라도 그냥 시키는 대로 앉아서는 안 된다고요."

그러자 힐러리가 말했다.

"앞쪽에도 누군가는 앉아야 하잖아요."

그녀의 새 미국인 친구가 얼른 대꾸했다.

"하지만 나는 안 된다는 거죠. 내 이름은 베이커예요, 캘빈 베이커지요."

힐러리가 인사를 받자 베이커 부인은 대화를 독점하며 신이 난다는 듯 이야기를 이어 갔다.

"난 모가도르(모로코 서부의 도시 에사우이라의 옛 이름 — 옮긴이)에서 막 왔고, 이쪽 헤더링턴 양은 탕헤르(카사블랑카 북쪽의 도시 — 옮긴이)에서 왔어요. 우리는 여기서 알게 됐죠. 마라케시로 갈 예정인가요, 베터튼 부인?"

"그럴 예정이었죠. 하지만 이번 사고로 일정이 전부 엉망이 돼 버렸어요."

"저런! 당연히 그랬겠지요. 알 만해요. 그래도 마라케시는 절대 빼놓으면 안 돼요. 그렇지 않아요, 헤더링턴 양?"

헤더링턴 양이 대꾸했다.

"마라케시는 너무 비싸요. 빠듯한 여행 비용으로는 모든 게 힘들어요."

베이커 부인이 다시 말을 이었다.

"거기에 마무니아라는 멋진 호텔이 있어요."

그러자 헤더링턴 양이 말을 받았다.

"터무니없이 비싼 곳이죠. 저는 생각할 수도 없는 가격이에요. 물론 베이커 부인은 미국인이라서 다르겠지만요. 누군가 그곳에 있는 조그만 호텔 이름을 알려 줬는데, 꽤 괜찮고 깨끗하대요. 음식도 맛깔스럽고요."

"베터튼 부인, 다른 데는 어디를 가 보실 계획인가요?"

캘빈 베이커 부인이 힐러리에게 물었다. 힐러리는 조심스럽게 대답했다.

"페스에 한번 가 보고 싶어요. 물론 다시 예약을 해야겠지만요."

"아, 그렇군요. 페스나 라바트(모로코의 수도 ― 옮긴이)는 절대 놓치면 안 돼요."

"페스에 가 보셨나요?"

"아직은요. 하지만 곧 가 볼 계획이에요. 헤더링턴 양도 마찬가지고요."

헤더링턴 양이 말했다.

"유서 깊은 도시라서 아직까지 옛 모습을 그대로 간직하고 있을 거예요."

한동안 계속된 여인들의 대화는 이런저런 산만한 잡담들로 채워졌다. 힐러리는 병원에서 나온 첫날이라 피곤하다고 말하고는 자기 방으로 올라갔다.

그날 저녁까지는 이렇다 할 특징이 없는 시간들이었다. 그녀와 대화를 나눈 두 여자는 어디서나 흔히 볼 수 있는 평범한 여행객이어서 겉으로 보이는 모습 이면에 다른 정체를 숨기고 있을 것이라고는 생각하기 힘들었다. 그녀는 만약 내일도 어떤 메시지나 접촉이 없다면, 쿡스 여행사로 찾아가서 페스와 마라케시 일정과 관련해서 새로 문의를 해 봐야겠다고 생각했다.

이튿날 아침에도 아무런 편지나 메시지, 전화가 없었으므로 그녀는 11시쯤 여행사를 찾아갔다. 차례를 기다리는 사람들이 있어서 줄을 서서 기다려야 했다. 마침내 카운터에 도달해 직원과 막 얘기를 시작하려는데 누군가가 끼어들었다. 고참으로 보이는 안경 쓴 직원이 젊은 직원을 팔꿈치로 밀었다. 안경 너머의 눈이 밝게 웃으며 힐러리를 응시했다.

"베터튼 부인이시죠? 제가 부인의 예약을 담당해서 처리한 사람입니다."

"날짜가 지나 버려서 걱정이 돼서 왔어요. 그동안 병원에 있는 바람에……."

"아, 메 위.(그러셨겠지요.) 다 알고 있습니다. 무사히 살아나셔서 정말 다행입니다, 부인. 새로 예약해 달라는 부인의 메시지를 전달받고 이미 준비해 두었습니다."

힐러리의 심장 박동이 빨라졌다. 그녀가 아는 한 여행사에 전화를 건 사람은 아무도 없었다. 이것이야말로 올리브 베터튼의 여행 일정을 누군가가 감독하며 지시하고 있다는 확실한 단서였다. 힐러리가 말했다.

"그들이 전화를 했는지 안 했는지 잘 모르겠어요."

"하셨습니다, 부인. 여기 보여 드리지요."

그는 기차표와 호텔 숙박권을 보여 주었고, 몇 분 후에 모든 처리가 완료되었다. 힐러리는 다음 날 페스로 떠나기로 되어 있었다.

캘빈 베이커 부인은 점심때도 저녁때도 식당에 나타나지 않았다. 헤더링턴 양은 식당에 있었다. 그녀는 힐러리가 테이블 옆을 지나가며 가볍게 고개를 숙여 인사하자 알아보았지만 대화를 나누려고 시도하지는 않았다. 다음 날 힐러리는 몇 가지 필요한 옷가지와 속옷을 구입한 후 기차를 타고 페스로 떠났다.

힐러리가 페스로 출발한 바로 그날, 캘빈 베이커 부인이 여느 때처럼 활기찬 걸음걸이로 호텔로 들어섰다. 그때 헤더링턴 양이 흥분한 얼굴로 가늘고 긴 코를 실룩거리며 캘빈 베이커 부인에게 말을 걸었다.

"베터튼이라는 이름, 기억났어요. 실종된 과학자예요. 신문마다 아주 떠들썩했었죠. 두 달쯤 전이었어요."

"맞아요, 나도 이제 기억나요. 영국인 과학자였어요. 맞아요…….
아마 파리에서 열리는 무슨 회의엔가 참석했다가 사라졌다지요?"

"그랬어요. 혹시 그 여자가 그 사람 부인이 아닐까요. 투숙객 명단을 보니까 그 여자 주소가 하웰이더라고요. 하웰이면 핵 연구소가 있는 곳이잖아요. 난 원자 폭탄은 아주 잘못된 연구라고 생각해요. 코발트 탄은 특히 끔찍하다죠? 그림 물감 중에서 코발트 색은 예뻐서 어렸을 때 즐겨 사용했는데……. 무엇보다도 끔찍한 건 아무도 살아남지 못한다는 사실이에요. 원래 그런 실험들을 하면 안되는 건데……. 제가 아는 사람의 사촌이 굉장히 똑똑한데요, 그의 말로는 전 세계가 방사능으로 뒤덮일지도 모른대요."

"오, 저런!"

캘빈 베이커 부인이 신음을 내뱉었다.

6장

카사블랑카는 힐러리에게 조금 실망스러운 곳이었다. 거리에 붐
비는 사람들을 제외하고는 동양적인 분위기나 신비로움 같은 것은
전혀 찾아볼 수 없는 현대화된 프랑스 식 도시였기 때문이었다.

맑고 청명한 하늘 아래로 날씨는 더할 나위 없이 좋았다. 그녀는
기차가 북쪽으로 달리는 동안 창밖의 풍경들을 마음껏 즐기고 있었
다. 그녀의 맞은편에는 출장 나온 세일즈맨처럼 보이는 체구 작은
프랑스 남자가 앉아 있었고, 저쪽 구석에는 다소 불만스러운 표정
을 한 수녀가 묵주를 돌리며 기도를 하고 있었다. 객차의 다른 공간
에서는 짐을 잔뜩 들고 탄 무어 인 여인 두 명이 즐겁게 대화를 나
누고 있었다. 맞은편의 작은 프랑스 인이 담뱃불을 건네며 말을 걸
어 왔다. 그는 창밖으로 지나가는 흥미로운 풍경들에 관해 이야기
했고 모로코에 관한 이런저런 정보들을 알려 주었다. 그녀는 그가

흥미롭고 지적인 사람이라고 느꼈다.

"라바트에는 꼭 가 보셔야 합니다, 부인. 라바트를 빼놓는 건 커다란 실수지요."

"그랬으면 좋겠네요. 하지만 시간이 별로 없어서요. 게다가……."

그녀는 살짝 미소를 지었다.

"주머니도 가볍고요. 해외여행을 할 때 가지고 다니는 돈은 한정돼 있잖아요."

"하지만 그건 간단한 문제입니다. 이곳에 친구 한 명만 있으면 해결되죠."

"아쉽게도 전 모로코에 아는 친구가 없어요."

"부인, 다음에 여행하실 때는 제게 알려 주십시오. 제 명함을 드리지요. 제가 모든 걸 도와드리겠습니다. 저는 일 때문에 영국을 자주 방문하니 그때 신세를 갚으시면 됩니다. 정말 간단한 일이지요."

"정말 친절하신 분이군요. 다음에 모로코에 다시 올 수 있으면 좋겠네요."

"영국에 있다가 여기 오시니 분위기가 많이 다르지요? 영국은 춥고 안개도 자욱하고 우울하니까요."

"맞아요. 이곳은 정말 다르네요."

"저도 마찬가지 기분입니다. 3주 전에 파리에서 이곳으로 왔거든요. 파리도 안개에다 비까지 짜증나는 날씨였어요. 여기 오니 온통 햇살뿐입니다. 하지만 공기는 쌀쌀한 편이죠. 그래도 참 맑고 깨끗하지 않습니까? 떠나올 무렵 영국 날씨는 어땠습니까?"

"거기도 마찬가지였어요. 온통 안개에 뒤덮여 있었죠."

"아, 그래요. 안개가 많을 계절이지요. 눈은…… 올해 눈을 보셨습니까?"

"아니요. 아직 눈은 안 왔어요."

힐러리는 여행 경험 많은 이 작은 프랑스 남자가 날씨를 화제로 삼는 것이 적절한 영국식 대화법이라고 생각하고, 이야기를 그렇게 풀어 나가는 것이 재미있다는 생각이 들었다. 그녀가 모로코와 알제리의 정치적 상황에 관해 한두 가지 질문을 던지자, 남자는 자신의 유식함을 드러내 보이고 싶은 듯 흔쾌히 대답해 주었다.

힐러리는 저쪽 구석을 흘깃 쳐다보았다. 그녀는 수녀의 못마땅한 눈초리가 자신에게 고정돼 있는 것을 보았다. 무어 인 여인들은 내리고 다른 여행객들이 기차에 탔다. 기차는 저녁 무렵에 페스에 도착했다.

"제가 도와드리겠습니다, 부인."

힐러리는 역의 부산한 움직임과 소음에 당황스러워하며 제자리에 서 있었다. 아랍 인 짐꾼들이 저마다 다른 호텔을 추천하며 고함을 지르고 떠들어 대며 그녀의 손에 든 짐을 차지하려고 애쓰고 있었다. 그녀는 감사하는 표정으로 새로 사귄 프랑스 인 친구를 쳐다보았다. 그가 물었다.

"팔레 자마이 호텔로 가실 거죠? 네 쓰 파, 마담?(그렇지요, 부인?)"

"네."

"역시 그렇군요. 여기서 8킬로미터쯤 떨어져 있습니다."

힐러리는 깜짝 놀랐다.

"8킬로미터나요? 그럼 시내가 아니군요."

"구시가지 근처에 있죠. 저는 이곳 번화한 시내에 있는 호텔에 묵을 예정입니다. 하지만 휴가와 휴식, 여행의 진정한 즐거움을 위해서라면 당연히 팔레 자마이로 가셔야 합니다. 그곳은 예전에 모로코 귀족들이 살던 저택이라고 해요. 정원이 매우 아름답습니다. 옛 도시의 모습을 그대로 간직한 페스의 분위기가 물씬 느껴질 겁니다. 호텔에서 기차 도착 시간에 맞춰 차를 보내지 않은 것 같군요. 괜찮으시다면 제가 택시를 잡아 드리겠습니다."

"정말 친절하시군요. 하지만……."

프랑스 남자는 짐꾼들에게 빠른 아랍 어로 뭐라고 이야기했다. 조금 후 힐러리는 택시를 탔고 짐도 차에 실었다. 프랑스 남자는 돈만 기다리는 짐꾼들에게 정확히 얼마를 줘야 할지 그녀에게 얘기해 주었다. 짐꾼들이 돈이 적다며 항의하자 프랑스 남자는 아랍 어로 따끔하게 쏘아 주며 그들을 쫓아 버렸다. 그는 주머니에서 재빨리 명함을 꺼내 그녀에게 건넸다.

"제 명함입니다, 부인. 제가 도와드릴 일이 있으면 언제든 연락하십시오. 저는 앞으로 나흘 동안 그랜드 호텔에 묵을 예정입니다."

그는 모자를 벗어 인사한 뒤 멀어져 갔다. 힐러리는 명함을 내려다보았다. 택시가 밝은 역 주변을 벗어나기 직전에 그녀는 명함에 쓰인 이름을 읽을 수 있었다.

앙리 로리에

택시는 시내를 힘차게 빠져나간 뒤 교외 지역을 통과해 비탈길을 올라갔다. 힐러리는 어디쯤 지나고 있는지 알고 싶어서 창밖을 내다보았지만 이미 바깥은 어둠이 짙게 깔려 있었다. 불이 환하게 켜진 건물 옆을 지날 때를 제외하곤 아무것도 보이지 않았다. 혹시 정상적인 코스에서 벗어나 어딘가 알 수 없는 엉뚱한 곳으로 끌려가는 것은 아닐까? 그 로리에라는 남자는 토머스 베터튼을 설득해 연구와 가정과 아내를 떠나도록 만든 조직에서 보낸 첩자가 아닐까? 그녀는 자리에 앉아 줄곧 택시가 자신을 어디로 데려갈지 불안해하며 걱정으로 몸을 떨었다.

그러나 택시는 그녀를 정확히 팔레 자마이까지 데려다 주었다. 택시에서 내려 아치형 문을 지나 동양적인 분위기의 실내 장식을 한 호텔 안으로 들어서자 묘한 흥분이 일었다. 긴 소파와 커피 테이블과 토속적인 양탄자가 눈에 들어왔다. 그녀는 접수 데스크를 거쳐 서로 연결되어 있는 방 몇 개를 통과한 뒤 테라스로 나갔다. 오렌지나무와 향기로운 꽃들을 지나 구불구불한 계단을 올라가자 근사한 침실이 나왔다. 침실 역시 동양적인 분위기였지만 20세기 여행객들에게 필요한 현대식 시설을 훌륭히 갖추고 있었다.

저녁 식사 시간은 7시 30분부터라고 종업원이 알려 주었다. 힐러리는 짐을 약간 풀고 나서 씻은 후 머리를 매만졌다. 그리고 동양풍의 기다란 흡연실을 지나 아래층으로 내려갔다. 테라스로 나가 계단을 몇 개 올라가자 직각 방향으로 환하게 불이 켜진 식당이 보였다.

식사는 훌륭했다. 힐러리가 식사를 하는 동안 다양한 종류의 사람들이 식당을 들락거렸다. 너무 피곤해서 그들을 자세히 관찰해 볼 수는 없었지만 그중에서도 유독 눈에 띄는 한두 사람이 있었다. 누런 얼굴에 염소처럼 짧은 턱수염을 기른 초로의 남자가 있었다. 그녀가 그에게 주목하게 된 이유는 그에게 과도하게 굽실거리는 종업원들의 태도 때문이었다. 다 먹은 접시는 재빨리 치워졌고 그가 고개만 까딱해도 금세 다음 요리가 준비되었다. 눈썹을 약간 움직이자 웨이터가 그의 테이블로 서둘러 달려갔다. 힐러리는 그가 누군지 궁금했다. 식사를 하는 대부분의 손님들은 여행을 즐기는 관광객이 확실했다. 중앙의 커다란 테이블에는 독일인 남자가 앉아 있었다. 스웨덴 인 혹은 덴마크 인으로 보이는 매우 아름다운 여성과 함께 온 중년 남자도 있었다. 두 명의 아이를 데려온 영국인 가족과 다양한 그룹의 미국 여행객들도 눈에 띄었다. 프랑스 인 가족도 세 팀이 있었다.

식사를 마친 후 그녀는 테라스에서 커피를 마셨다. 약간 쌀쌀했지만 많이 추운 건 아니어서 기분 좋은 꽃향기를 즐기며 앉아 있을 만했다. 그러고는 일찌감치 잠자리에 들었다.

다음 날 아침, 힐러리는 햇빛을 가려 주는 빨간 줄무늬 양산을 쓰고 테라스에 앉아 있었다. 그녀에게는 이 모든 상황이 환상처럼 느껴졌다. 그녀는 지금 어떤 죽은 여자를 가장해 여기 앉아서 뭔가 멜로드라마 같은 특별한 일이 일어나길 기다리고 있는 것이다. 가엾은 올리브 베터튼이 정말로 슬픈 생각을 떨치고 마음을 추스르기 위해 해외로 나온 것은 아니었을까? 어쩌면 그 가엾은 여인 역시 다른 이들과 마찬가지로 아무것도 모르고 있었는지도 모른다.

그러나 올리브 베터튼이 죽기 전에 한 말은 확실히 의문의 여지가 있었다. 그녀는 토머스 베터튼에게 보리스라는 사람을 조심해야 한다는 말을 전해 주길 원했다. 그녀는 정신이 혼미한 와중에서 이상한 짧은 시구를 중얼거렸고, 처음에는 믿을 수 없었다는 말도 했다. 무엇을 믿을 수 없었다는 말일까? 어쩌면 토머스 베터튼이 납치되었다는 사실을 가리킨 것인지도 모른다.

불길한 징후도, 도움이 될 만한 어떤 단서도 전혀 없었다. 힐러리는 아래쪽에 있는 정원을 내려다보았다. 이곳은 아름다웠다. 아름답고 평화로웠다. 아이들이 재잘대며 테라스를 오르락내리락 뛰어다니자 프랑스 인 어머니가 아이들을 불러 꾸짖었다. 금발 머리의 스웨덴 여자가 나타나 앞쪽 테이블에 앉더니 하품을 했다. 그녀는 옅은 핑크색 립스틱을 꺼내 이미 예쁘게 칠해져 있는 입술 위에 덧발랐다. 그리고 얼굴을 약간 찌푸리며 거울 속에 비친 자기의 모습을 진지하게 뜯어보았다.

곧 여자의 일행이 나타났다. 남편인 것도 같았고 또는 아버지인 것도 같았다. 여자는 웃으면서 남자를 맞았다. 그녀는 몸을 앞으로 숙이고 그에게 뭔가를 말했다. 남자를 타이르는 것 같은 분위기였다. 남자는 반발하다가 이내 사과했다.

누런 얼굴에 염소 수염을 가진 초로의 남자가 아래 정원에서 테라스로 올라왔다. 그가 벽 쪽에 있는 가장 끝 테이블에 앉자 웨이터가 쏜살같이 달려갔다. 그가 주문을 하자 웨이터는 인사를 한 다음 주문을 신속하게 처리하려는 듯 총총걸음으로 사라졌다. 립스틱을 바르던 금발 여자가 옆에 있는 남자의 팔을 세게 붙잡더니 초로의 남자를 쳐다보았다.

힐러리는 주문한 마티니가 도착하자 웨이터에게 낮은 목소리로 물었다.

"저기 벽을 등지고 앉아 있는 나이 든 남자는 누구죠?"

웨이터가 바짝 몸을 숙이고 대답했다.

"아! 아리스티데스 씨입니다. 엄청난, 정말로 어마어마한 거부랍니다."

웨이터는 엄청난 부를 생각하며 황홀한 듯 한숨을 내쉬었다. 힐러리는 멀리 테이블에 앉아 있는 야위고 구부정한 인물을 바라보았다. 주름살투성이에 미라처럼 바짝 마른 볼품없는 늙은이일 뿐이었다. 하지만 엄청나게 부자라는 이유만으로 웨이터들은 총알같이 달려가서 겁먹은 목소리로 그의 시중을 들었다. 아리스티데스 씨가 자세를 약간 고쳐 앉았다. 그 순간 그의 눈이 힐러리와 마주쳤다. 그는 잠깐 그녀를 쳐다보더니 곧 눈길을 돌렸다.

'어쨌든 범상한 사람은 아닌 것 같아.'

힐러리는 속으로 생각했다. 멀리서 보기에도 그의 눈은 놀라울 정도로 총명하고 생기가 넘쳤다.

금발 머리 여자와 그녀의 파트너가 자리에서 일어나 식당으로 걸어갔다. 웨이터는 이제는 자기가 힐러리의 안내자 겸 조언자라도 되는 양 컵을 치우면서 몇 가지 사실을 더 알려 주었다.

"세 무슈 라,(저 남자,) 저기 있는 저 남자는 스웨덴에서 온 대 사업가입니다. 엄청난 부자에다 거물이죠. 그리고 함께 있는 여자는 영화배우인데, 제2의 그레타 가르보라고들 합니다. 굉장히 세련되고 아름답죠. 그녀와 함께 다니는 것 자체가 세간의 화제랍니다! 그녀는 여기서 도통 마음에 들어 하는 게 없어요. 보석 가게 하나 없는 페스가 싫증이 난 겁니다. 또 자기의 옷차림을 감탄과 부러움으로 쳐다봐 줄 사치스러운 여자들도 없으니까요. 내일은 좀 더 재미난 곳으로 가자고 남자에게 졸라 대지 뭐예요. 아! 부자라고 해서 늘 마음 편하게 살 수 있는 건 아니지요."

그는 약간은 설교 투로 마지막 말을 하고 나서, 누군가 자기에게 집게손가락으로 손짓을 하는 걸 보고 전기 자극이라도 받은 사람처럼 쪼르르 테라스를 가로질러 달려갔다.

"부르셨습니까, 선생님?"

대부분의 사람들이 점심 식사를 하러 갔지만 힐러리는 아침을 늦게 먹은 탓에 점심 생각이 없었다. 그녀는 음료를 한 잔 더 주문했다. 잘생긴 젊은 프랑스 남자가 바에서 나와 테라스를 지나가면서 조심스럽게 힐러리를 흘끔 쳐다보았다. 마치 '여기 무슨 특별한 거라도 있나요?' 하는 표정이었다. 그는 아래쪽 테라스로 이어지는 계단을 내려가면서 프랑스 오페라의 한 구절을 반은 노래하듯 반은 흥얼거리듯 불렀다.

르 롱 데 로리에 로즈

레방 드 두스 쇼즈

(장밋빛 월계수를 따라서

달콤한 것들을 꿈꾸며)

그 구절을 듣자 문득 힐러리의 머릿속에 떠오르는 것이 있었다. '르 롱 데 로리에 로즈.' 로리에, 로리에? 그건 기차에서 만난 프랑스 인의 이름이었다. 그 남자와 이 노래가 무슨 관련이라도 있는 걸까? 아니면 그냥 우연의 일치일까? 힐러리는 핸드백을 뒤적여 그에게 받은 명함을 찾아냈다. 앙리 로리에, 카사블랑카 크루아상 거리 3번지. 명함을 뒤집어 보니 뒷면에 희미한 연필 자국 같은 것이 있었다. 무언가 썼다가 지운 듯했다. 그녀는 뭐라고 쓰여 있는지 알아보기 위해 애를 썼다. 메모는 '우 쏭'(어디에)이란 단어로 시작되었고 중간의 내용은 알아볼 수 없었다. 마지막에 있는 '당탕'(옛날의)이라는 글자를 알아볼 수 있었다. 혹시 무슨 메시지가 아닐까 하는 생각이 잠깐 들었지만 고개를 젓고 명함을 다시 집어넣었다. 어떤 인용구를 보고 적어 두었다가 지운 것이 틀림없었다.

그림자 하나가 그녀 위로 떨어졌다. 그녀는 고개를 들어 올리고 깜짝 놀랐다. 아리스티데스 씨가 태양을 가리고 서 있었던 것이다. 그는 힐러리를 보고 있지 않았다. 정원 너머의 저 멀리 낮은 산등성이 풍경을 바라보고 있었다. 그는 한숨을 내쉬더니 갑자기 식당 쪽으로 몸을 돌렸다. 그 순간 그의 코트 소맷자락이 힐러리의 테이블 위에 있는 컵을 건드리는 바람에 컵이 테라스 바닥으로 떨어져 깨지고 말았다. 그가 재빨리 몸을 돌려 정중하게 사과했다.

"이런! 밀 파르동, 마담.(정말 죄송합니다, 부인.)"

힐러리는 미소를 지으며 괜찮다고 프랑스 어로 대답했다. 그는 손가락 끝을 튀겨 웨이터를 불렀다.

웨이터는 여느 때처럼 재빨리 달려왔다. 아리스티데스 씨는 힐러리의 음료를 다시 가져오라고 주문한 다음 다시 한 번 사과하고 식당으로 향했다.

조금 전의 젊은 프랑스 남자가 여전히 콧노래를 흥얼대며 다시 계단을 올라왔다. 그는 힐러리의 옆을 지나가며 눈에 띄게 꾸물거렸지만, 그녀가 아무런 관심도 보이지 않자 체념한 듯 살짝 어깨를 으쓱하더니 식당으로 들어갔다.

한 프랑스 인 가족이 테라스를 가로질러 갔다. 부모가 아이들을 부르며 말했다.

"메 비엥 동, 보보. 케스크 튀 페? 데페슈 투아!(보보, 이리 와. 뭐 하는 거니? 빨리 와!)"

"레스 타 발, 셰리. 옹 바 데죄네.(애야, 공은 그냥 놔둬. 점심 먹으러 가야지.)"

그들은 계단을 지나 식당으로 들어갔다. 행복하고 화목해 보이는 가족이었다. 힐러리는 문득 외롭고 두려운 기분이 들었다.

웨이터가 음료를 가져왔다. 그녀는 아리스티데스 씨가 이곳에 혼자 있느냐고 물어보았다.

"오, 부인. 아리스티데스 씨처럼 돈 많은 분이 혼자 여행하실 리가 없지요. 시중을 들어 주는 하인과 비서 두 명, 운전사까지 데리고 오셨습니다."

웨이터는 아리스티데스 씨 같은 사람이 수행원 없이 혼자 여행할 수 있다고 생각한 힐러리가 더 놀라운 모양이었다.

그러나 힐러리가 식당으로 들어갔을 때 그 노인은 전날 저녁과 마찬가지로 혼자서 테이블에 앉아 있었다. 옆 테이블에 젊은 남자 두 명이 앉아 있었는데 아마도 비서들인 것 같았다. 그들은 긴장과 경계를 늦추지 않고 쭈글쭈글한 원숭이처럼 생긴 아리스티데스 씨가 점심을 먹는 동안 계속 그쪽을 쳐다보고 있었다. 아리스티데스 씨는 그들의 존재에 대해서는 전혀 신경 쓰지 않았다. 아리스티데스 씨에게 비서 따위는 사람으로 보이지도 않는 듯했다!

오후는 몽롱한 꿈을 꾸듯 지나갔다. 힐러리는 테라스 사이를 왔다 갔다 하면서 정원을 한가롭게 거닐었다. 모든 것이 숨이 막힐 만큼 아름답고 평화로웠다. 분수에서 쏟아지는 물소리, 반짝거리는 황금빛 오렌지들, 정원을 가득 채운 향기로운 냄새……. 세속과 격리된 듯한 동양적인 분위기에 힐러리는 매우 만족스러웠다. '나의 누이, 나의 신부는 잠근 동산이요…….'(아가 4장 12절 — 옮긴이)라는 성경 구절이 세상과 단절된 채 초록빛과 황금빛으로 가득한 이곳 정원을 뜻하는 것 같았다.

힐러리는 이곳에 계속 머물 수 있다면 얼마나 좋을까 하고 생각했다. 영원히 머물 수 있다면…….

그녀의 마음속에 있는 것은 실제 팔레 자마이의 정원이 아니라 그것이 가져다주는 마음의 상태였다. 그녀가 더 이상 평화를 찾으려 하지 않자 비로소 평화가 찾아왔다. 모험과 위험 속으로 뛰어들자 도리어 마음의 평화가 찾아온 것이다.

하지만 어쩌면 아무런 위험이나 모험이 일어나지 않을지도 모른다……. 이곳에 잠시 머물고 나서 아무 일도 일어나지 않을지도 모른다……. 그럼 그다음엔…….

그다음엔 어떻게 되는 거지?

갑자기 차가운 산들바람이 불어오자 힐러리는 몸을 떨었다. 너는 평화로운 삶이 있는 정원 속으로 길을 잘못 든 거야. 하지만 결국엔 그 안에서 또다시 배신을 당하게 되겠지. 세상의 혼란, 삶의 가혹함, 후회와 절망, 이 모든 것들이 그녀의 머릿속을 스치고 지나갔다.

어느덧 늦은 오후가 되었고, 햇살도 점차 힘을 잃어가고 있었다. 힐러리는 여러 개의 테라스를 지나 호텔 안으로 들어갔다.

어둑어둑한 동양풍의 라운지에 들어서자 한쪽에서 수다스럽고 쾌활한 분위기가 느껴졌다. 눈이 침침한 실내에 익숙해지자, 힐러리는 놀랍게도 그 분위기의 주인공이 캘빈 베이커 부인이라는 것을 알았다. 캘빈 베이커 부인은 머리를 새로 푸른색으로 염색했는데, 외모는 여전히 말끔했다.

"지금 막 비행기로 도착했답니다. 이곳 열차는 도저히 참을 수가 없어서 말이에요. 얼마나 오래 걸리는지 알아요? 게다가 거기 타는 사람들은 또 얼마나 지저분한지! 이 나라 사람들은 위생 관념이라곤 찾아볼 수가 없다니까요. 세상에! 부인도 시장에서 파는 고기를 봤어야 하는데. 온통 파리투성이에요. 그 사람들은 사방에 파리가 새까맣게 앉아 있어도 아무렇지 않게 여기는 모양이에요."

"정말 그런 것 같아요."

힐러리가 맞장구를 쳤다.

캘빈 베이커 부인은 그런 충격적인 이야기를 그냥 넘어갈 사람이 아니었다.

"나는 클린 푸드 운동을 적극적으로 지지하고 있어요. 집에서도 상하기 쉬운 음식은 반드시 셀로판 포장지에 싸야 해요. 하지만 런던에서조차 빵이나 케이크를 포장하지 않고 그냥 놔두는 사람들이 있대요. 참, 그런데 구경은 하셨나요? 오늘은 이곳 도시를 좀 둘러보셨을 것 같은데요?"

"아무것도 한 게 없는 것을 어쩌죠. 전 그냥 앉아서 햇볕만 쬐었답니다."

힐러리가 웃으며 대답했다.

"아, 그러시겠죠. 병원에서 퇴원한 지 얼마 안 되셨잖아요. 제가 깜박했어요."

캘빈 베이커 부인은 힐러리가 구경을 못 한 게 최근에 몸이 안 좋았기 때문이라고 생각했다.

"어쩜 그렇게 바보 같은 질문을 했을까요? 맞아요, 뇌진탕 후엔 하루 중 대부분을 어두운 방 안에 누워서 쉬어야 해요. 곧 나와 함께 둘러볼 수 있을 거예요. 나는 꽉 찬 일정으로 하루를 보내는 걸 좋아하는 사람이랍니다. 모든 게 계획되어 있죠. 한시도 비어 있지 않아요."

힐러리는 지금 기분으로는 그 말이 지옥 같은 나날을 예고하는 것처럼 들렸지만, 켈빈 베이커 부인의 넘치는 에너지를 칭찬해 주었다.

"아무튼 나는 내 나이의 다른 여자들에 비하면 꽤 많이 돌아다니는 편이지만 피로를 느낀 적은 거의 없어요. 카사블랑카에서 만난 헤더링턴 양 기억나세요? 얼굴이 긴 영국 여자 말이에요. 그 여자는 오늘 저녁에 도착할 예정이에요. 그녀는 비행기보다 기차를 더 좋아하거든요. 이 호텔에는 어떤 사람들이 묵고 있죠? 아마 대부분 프랑스 인이나 신혼 부부겠죠? 이제 그만 가서 제 방을 봐야겠어요. 방이 마음에 안 든다고 하니까 바꿔 주겠다고 하더군요."

작은 에너지 회오리바람 같은 켈빈 베이커 부인이 자리를 떴다.

그날 저녁 힐러리가 식당으로 들어가자 가장 먼저 눈에 띈 사람은 헤더링턴 양이었다. 그녀는 벽 옆의 작은 테이블에 앉아 책을 앞에 펼쳐 놓고 식사를 하고 있었다.

저녁 식사 후 세 여인은 함께 커피를 마셨다. 헤더링턴 양은 그 스웨덴 재벌과 금발 영화배우에 관해 남다른 흥미를 나타냈다.

"내가 알기로는 아직 미혼인데……."

그녀는 내심 재미있어하는 마음을 비꼬는 투로 가장해서 말했다.

"외국 여행을 하다 보면 저런 커플을 흔히 볼 수 있죠. 창문 옆 테이블에 앉아 있는 프랑스 인 가족은 무척 화목해 보이는군요. 아이들이 아빠를 많이 좋아하는 것 같아요. 프랑스 아이들은 늦게까지 잠을 안 자도 부모들이 별 말을 하지 않는대요. 10시가 넘어 잠자리에 들 때도 많지요. 또 여느 아이들처럼 우유와 비스킷만 먹는 대신 메뉴에 있는 건 뭐든지 시켜 먹는다니까요."

그러자 힐러리가 웃으면서 응수했다.

"그 때문인지 정말 건강해 보이는데요."

헤더링턴 양이 고개를 내젓고 혀를 차며 못마땅한 표정을 지었다. 그러더니 불길한 예언이라도 하듯 말했다.

"나중에는 반드시 그 대가를 치르게 될 거예요. 심지어 부모들이 아이들에게 와인까지 마시게 한대요."

헤더링턴 양의 넌더리 내는 태도는 거기까지였다.

캘빈 베이커 부인이 다음 날 계획에 관한 얘기를 늘어놓기 시작했다.

"구시가지 구경은 안 할 생각이에요. 지난번에 샅샅이 둘러봤거든요. 짐작이 가실지 모르겠지만 굉장히 흥미롭고 미로 같은 곳이에요. 무척 기묘한 옛날 도시지요. 만약 안내원이 없었다면 호텔로 다시 돌아오는 길을 찾지 못했을 거예요. 방향 감각을 잃어버리거든요. 하지만 안내원이 퍽 친절해서 재미있는 얘기를 많이 해 줬답니다. 그는 미국에 형제가 있다고 했어요. 아마 시카고라고 한 것 같아요. 시내 관광을 끝내고 나서 그가 우리를 음식점 겸 찻집인 곳으로 데려갔는데, 도시가 훤히 내려다보이는 산 중턱에 있었어요. 경치가 정말 장관이었죠. 나는 박하차를 마셨는데 맛이 정말 역겨웠

답니다. 그리고 이것저것 자꾸 사라는 거예요. 어떤 물건들은 꽤 근
사했지만 쓸모없는 것들도 많았어요. 그럴 때는 아주 단호하게 대
처해야 한답니다."

"그렇고말고요."

헤더링턴 양이 말을 받았다. 그녀는 자못 생각에 잠긴 듯 덧붙여
말했다.

"기념품 살 돈까지 남겨 두긴 힘들어요. 이놈의 주머니 사정은 정
말 두통거리예요."

7장

힐러리는 페스라는 옛 도시를 구경하는 데 헤더링턴 양처럼 우울한 사람과 동행하고 싶지는 않았다. 다행히 베이커 부인이 헤더링턴 양에게 함께 자동차 여행을 하자고 제안했다. 베이커 부인이 자동찻삯을 내겠다고 하자, 여행 경비가 모자라 곤란을 겪고 있던 헤더링턴 양은 흔쾌히 동의했다. 힐러리는 안내 데스크에 문의한 다음 소개 받은 안내원과 함께 페스의 구시가지 관광을 떠났다.

그들은 테라스에서 출발해 계단식으로 이어진 여러 개의 정원을 통과해 내려간 뒤, 가장 아래층의 벽에 나 있는 거대한 문 앞에 도착했다. 안내원이 엄청나게 큰 열쇠를 꺼내 문에 넣고 돌렸다. 문이 천천히 움직이며 열리자 안내원이 그녀에게 먼저 들어가라는 손짓을 했다.

마치 다른 세상에 들어온 기분이었다. 페스의 오래된 벽들이 주변을 둘러싸고 있었다. 좁고 구불구불한 길들, 높은 벽, 그리고 이따금 출입구를 통해 벽 안쪽의 모습이나 안뜰이 보였다. 짐을 실은 당나귀와 등짐을 진 남자들, 소년들, 베일을 쓰거나 쓰지 않은 여인들이 주변을 오갔다. 무어 인 도시의 수수께끼 같은 삶이 분주하게 진행되고 있었다. 그녀는 좁은 길을 걸으면서 모든 것을, 자신의 임무와 괴로웠던 과거의 삶을, 심지어 자기 자신까지도 잊었다. 그녀는 눈을 크게 뜨고 귀를 활짝 열어 놓은 채 꿈속의 세상을 거닐었다. 쉴 새 없이 떠드는 안내원의 목소리만이 그녀를 귀찮게 했다. 안내원은 그녀가 별로 들어가고 싶지도 않는 상점들로 그녀를 데려가려고 했다.

"부인, 이것 보십시오. 여기 있는 물건은 정말 근사합니다. 값도 싸고 고풍스러운데다 진짜 무어 족 골동품이에요. 가운과 비단옷도 있군요. 정말 예쁜 목걸이가 있는데 어떻습니까?"

서양에 대한 동양의 판촉은 끝날 줄 모르고 계속되었지만, 도시의 매력에 흠뻑 빠진 힐러리의 기분을 방해하진 못했다. 그녀는 곧 모든 공간 감각과 방향 감각을 잃어버리고 말았다. 온통 성벽으로 둘러싸인 이곳에서는 북쪽으로 걷는지, 아니면 남쪽으로 걷는지, 이미 지나온 길을 다시 걷고 있는지조차 알 수가 없었다. 그녀가 기진맥진했을 때 안내원이 마지막 제안을 했다. 늘 거치는 코스인 것 같았다.

"이제 아주 좋은 곳으로 모시겠습니다. 매우 근사한 곳이지요. 그곳엔 제 친구들이 있습니다. 박하차를 드시면서 그들이 보여 주는 멋진 물건들을 구경할 수 있을 겁니다."

힐러리는 그것이 캘빈 베이커 부인이 말해 준 뻔한 수작이라는 것을 알아챘다. 하지만 어떤 제안을 받든 일단은 따라가 보기로 마음먹었다. 그러면서 마음속으로 결심했다. 내일은 혼자 이곳에 와서 옆에서 조잘대는 안내원 없이 이곳저곳을 돌아다녀 보리라. 그녀는 안내원을 따라 출입문 하나를 지나 성벽 바깥쪽으로 이어진 약간 구부러진 통로를 올라갔다. 마침내 그들은 정원으로 둘러싸인 토속적인 분위기의 예쁜 건물 앞에 도착했다.

커다란 방으로 들어가니 전망이 좋아 도시 전체가 내려다보였다. 그녀는 아담한 커피 테이블 앞으로 안내되었다. 정해진 순서대로 박하차가 날라져 왔다. 차에 설탕을 넣는 것을 좋아하지 않는 힐러리로서는 박하차를 마시는 일이 고역이었다. 하지만 그것이 차라는 생각을 지워 버리고 그냥 새로운 종류의 레모네이드쯤으로 생각하니 그럭저럭 마실 만했다. 또한 양탄자와 구슬로 만든 장신구, 각종 직물과 자수 제품, 다양한 물건들을 구경했다. 그리고 꼭 필요해서라기보다는 예의상 한두 가지 작은 물건을 구입했다. 지칠 줄 모르는 안내원이 말했다.

"차를 한 대 준비해 뒀으니 멋진 드라이브를 시켜 드리겠습니다. 한 시간 동안 아주 멋진 풍경과 전원을 구경하실 수 있을 겁니다. 그리고 다시 호텔로 돌아가게 될 겁니다."

그러고는 짐짓 조심스러운 표정을 지으며 덧붙였다.

"그전에 여기 이 아가씨가 근사한 숙녀용 화장실로 안내해 드릴 겁니다."

아까 차를 날라 왔던 아가씨가 옆에서 미소를 머금고 서 있다가 조심스럽게 영어로 말했다.

"예, 부인. 저를 따라오세요. 여기에는 매우 깨끗하고 예쁜 화장실 이 있습니다. 리츠 호텔처럼요. 뉴욕이나 시카고에 있는 것과 똑같 답니다. 가 보면 아실 거예요!"

힐러리는 미소로 답한 뒤 아가씨를 따라갔다. 화장실은 천장이 너무 낮아서 제대로 일어설 수도 없었지만 수돗물은 제대로 나왔 다. 세면대 하나와 금이 간 작은 거울이 있었다. 힐러리는 금이 간 거울에 비친 일그러진 자기의 얼굴을 보고 하마터면 놀라서 뒷걸음 을 칠 뻔했다. 그녀는 손을 씻고 가지고 온 손수건으로 물기를 닦았 다. 걸려 있는 타월이 그다지 깨끗해 보이지 않았기 때문이다. 그러 고는 밖으로 나오려고 돌아섰다.

하지만 웬일인지 화장실 문이 잠겨 있었다. 손잡이를 돌리고 덜 컹거리도록 움직여 보았지만 아무 소용이 없었다. 문은 꿈쩍도 하 지 않았다. 밖에서 빗장을 걸어 놓은 것일까? 그녀는 화가 치밀었 다. 도대체 무엇 때문에 나를 여기에 가둔 거지? 그런데 잠시 후 화 장실 한쪽 구석에 있는 다른 문이 눈에 띄었다. 그녀는 그쪽으로 다 가가 손잡이를 돌렸다. 이번에는 문이 수월하게 열렸다. 그녀는 문 을 열고 안으로 들어갔다.

그녀가 들어간 곳은 조그만 동양풍의 방이었다. 벽 위쪽의 갈라 진 틈으로 빛이 새어 들어오고 있었다. 낮고 긴 의자에 누군가가 앉아서 담배를 피우고 있었다. 기차에서 만난 키 작은 프랑스 인 앙리 로리에였다.

그는 그녀에게 인사하기 위해 일어서지 않았다. 그냥 앉아서 말을 했는데, 목소리의 음색이 약간 달라져 있었다.

"안녕하십니까, 베터튼 부인."

순간 힐러리는 꼼짝도 할 수 없었다. 너무 놀랐기 때문이다. 그래, 이것이구나! 그녀는 정신을 차리려 애썼다. 이게 바로 내가 기다리던 거잖아. '그녀'라면 어떻게 할지 잘 생각해 보고 행동해야 한다. 그녀는 앞으로 다가가 적극적으로 말했다.

"무슨 전할 말을 갖고 오셨나요? 저를 도와주실 건가요?"

그는 고개를 끄덕이고는 나무라듯이 말했다.

"저는 기차 안에서 당신을 알아봤습니다. 그런데 부인께서는 왠지 둔감하더군요. 날씨 얘기는 너무 익숙하고 흔한 얘기라 그랬나 보죠?"

"날씨요?"

그녀는 당황해서 그를 쳐다보았다.

기차에서 저 남자가 날씨에 대해 뭐라고 했었지? 추위? 안개? 눈?

눈. 그것이다. 올리브 베터튼이 죽어 가면서 중얼거렸던 단어. 그녀는 알 수 없는 짧은 시구를 중얼거렸다……. 그게 뭐였더라?

눈, 눈, 아름다운 눈!

눈덩이에 걸려 미끄러져도 넘어가세요!

힐러리는 그 구절을 더듬거리며 말했다.

"맞습니다. 왜 지시 받은 대로 즉시 답하지 않았습니까?"

"당신은 모르실 거예요. 저는 아팠어요. 비행기 사고를 당했고, 그 뒤에는 뇌진탕 때문에 병원에 있었답니다. 그바람에 기억력에 문제가 생겼어요. 아주 오래전 일들은 뚜렷하게 기억났지만, 끔찍한 공백이 생겨 버렸어요. 엄청난 틈이 생긴 거죠."

그녀는 손으로 머리를 가리켰다. 떨리는 목소리로 말하는 것은 그다지 어렵지 않았다.

"얼마나 끔찍한 일인지 모르실 거예요. 중요한 것들을, 정말 중요한 것들을 잊어버렸다는 느낌……. 기억해 내려 애쓸수록 더 생각이 안 나요."

"예, 비행기 사고는 정말 안된 일입니다."

차갑고 사무적인 말투였다.

"그렇다면 당신이 여행을 계속하는 데 필요한 끈기와 용기가 있는지가 중요하겠군요."

"당연히 저는 여행을 계속할 거예요."

힐러리가 강한 어조로 대답했다.

"제 남편은……."

그녀의 목소리가 높아졌다.

122

그는 미소를 지었다. 하지만 그리 기분 좋은 미소는 아니었다. 왠지 고양이를 떠올리게 만드는 미소였다.

"제가 알기론, 베터튼 씨는 당신을 애타게 기다리고 있다고 합니다."

힐러리는 다소 흥분한 말투로 말했다.

"당신은 몰라요. 그이가 실종된 이후 내가 겪은 시간들이 어땠는지……."

"영국 정부에서 부인이 뭔가 알고 있는지 아닌지에 관해 정확한 결론을 내렸다고 생각하십니까?"

힐러리는 양손을 넓게 벌려 보이며 대답했다.

"제가 어떻게 알겠어요? 어떻게요? 그래도 그들은 만족해하는 것 같았어요."

"그렇지만……."

그는 무슨 말을 하려다 말았다.

"그들이 저한테 미행을 붙였을 가능성은 충분히 있다고 봐요. 누구라고 특정한 사람을 꼬집을 순 없지만, 영국을 떠난 이후로 줄곧 감시를 받는 듯한 느낌이 들어요."

로리에가 차갑게 말했다.

"당연합니다. 우리도 이미 예상한 일입니다."

"당신에게 알려 줘야 한다고 생각했어요."

"베터튼 부인, 우리는 그렇게 어리숙하지 않습니다. 우리가 하는 일을 잘 알고 있지요."

힐러리가 미안해하며 말했다.

"죄송해요. 제가 미처 몰랐어요."

"우리의 지시만 잘 따른다면 당신이 조금 모른다고 해도 문제가 될 건 없습니다."

"잘 따르겠어요."

힐러리는 작은 목소리로 대답했다.

"분명히 당신은 영국에서 밀착 감시를 받았습니다. 남편이 떠난 그날 이후부터요. 그럼에도 불구하고 당신에게 메시지가 왔지요?"

"예."

로리에가 사무적인 태도로 말했다.

"자, 이제 부인께 지령을 하나 내리겠습니다."

"그러세요."

"모레 여기를 출발해 마라케시로 가십시오. 그건 당신의 계획이었고 예약해 둔 것과도 일치합니다."

"알겠어요."

"거기 도착한 다음 날 영국에서 온 전보를 받게 될 겁니다. 무슨 내용일지는 나도 모릅니다. 하지만 당신이 영국으로 돌아가는 계획을 세우기에는 충분할 겁니다."

"제가 영국으로 돌아가나요?"

"제 말을 잘 들으세요. 아직 끝나지 않았습니다. 그리고 그다음 날 카사블랑카를 떠나는 비행기 좌석을 하나 예약하십시오."

"만일 예약을 할 수 없다면……. 그러니까 남아 있는 좌석이 없다면요?"

"그렇지는 않을 겁니다. 모든 게 준비되어 있으니까요. 자, 지시를
이해했겠지요?"

"예."

"그럼 이제 안내원이 기다리는 곳으로 돌아가십시오. 화장실에
너무 오래 있었습니다. 참, 그런데 팔레 자마이에 묵고 있는 미국인
여자와 영국인 여자와는 친해졌나요?"

"예. 그게 혹시 잘못한 건가요? 어쩔 수 없었어요."

"천만에요. 우리 계획에 잘 들어맞는 일입니다. 그들 중 한 명을
설득해 마라케시에 함께 갈 수 있다면 더욱 좋죠. 그럼 안녕히 가십
시오, 부인."

"오르부아, 무슈.(안녕히 가세요.)"

로리에는 전혀 무관심한 투로 말했다.

"아마 부인을 다시 만날 일은 없을 것 같군요."

힐러리는 화장실로 다시 돌아갔다. 이번에는 화장실 밖으로 나가
는 문이 잠겨 있지 않았다. 그녀는 차 마시는 방에 있는 안내원과
다시 만났다. 안내원이 말했다.

"아주 멋진 자동차를 대기시켜 두었습니다. 즐겁고 유익한 드라
이브 코스로 안내하지요."

여행은 계획대로 진행되었다.

"그러니까 부인은 내일 마라케시로 떠난다는 거죠?"

헤더링턴 양이 물었다.

"페스에 오래 있지도 않았잖아요? 이럴 바에는 차라리 마라케시를 먼저 갔다가 그다음에 페스, 그리고 카사블랑카로 돌아가는 게 훨씬 낫지 않았을까요?"

"저도 그렇게 생각해요. 하지만 예약하기가 좀 힘들었어요. 여기는 사람들이 꽤 붐비잖아요."

그러자 헤더링턴 양이 다소 우울한 목소리로 말했다.

"하지만 영국인은 별로 없죠. 어찌 된 게 요즘은 같은 나라 사람 한 명 만나기도 힘드니……. 온통 프랑스 사람 천지예요."

그녀는 깔보듯이 주위를 둘러보았다.

힐러리는 보일 듯 말 듯 웃었다. 모로코가 프랑스 식민지였다는 사실을 헤더링턴 양은 전혀 염두에 두지 않는 모양이었다. 헤더링턴 양은 전 세계의 호텔을 영국 관광객들의 특권을 과시하는 곳으로 여겼다.

"프랑스 인뿐 아니라 독일인, 미국인, 그리스 인까지 있죠. 저 왜소하고 마른 늙은이는 아마 그리스 인일 거예요."

캘빈 베이커 부인이 조그맣게 웃으며 말했다.

그러자 힐러리가 응수했다.

"그렇다고 들었어요."

베이커 부인이 다시 덧붙였다.

"무척 중요한 사람인가 봐요. 웨이터들이 저 남자한테 쏜살같이 달려가는 걸 보면 말이에요."

헤더링턴 양이 우울하게 말했다.

"요즘엔 영국인들한테는 신경도 안 쓴다니까. 나한테 뒤쪽에 있는 가장 형편없는 침실을 주지 뭐예요. 예전에 하녀나 하인들이 쓰던 방 말이에요."

"글쎄요, 저는 모로코에 와서는 숙박 시설에 대해 불편함을 느껴본 적이 없어요. 항상 가장 편안한 침실과 욕실을 구할 수 있었거든요."

"당신은 미국인이잖아요."

날카롭게 쏘아붙이는 헤더링턴 양의 목소리에 독기가 담겨 있었다. 그녀는 뜨개질 바늘을 일부러 소리 나게 움직였다.

힐러리가 입을 열었다.

"두 분도 저와 함께 마라케시로 가면 좋겠어요. 여기서 만나 얘기를 나누게 되어 무척 즐거웠거든요. 정말이지 혼자서 여행하는 건 외로워요."

헤터링턴 양이 놀란 목소리로 말했다.

"저는 벌써 마라케시에 가 보았는걸요."

그러나 캘빈 베이커 부인은 약간 솔깃한 눈치였다.

"그거 괜찮은 생각인데요. 마라케시에 다녀온 지도 한 달이 넘었으니 다시 가 보는 것도 좋을 거 같아요. 또 제가 베터튼 부인을 데리고 다니며 안내해 주면 바가지 쓰는 일도 없잖아요. 어떤 곳이든 직접 제대로 둘러보기 전에는 속임수에 넘어가기 십상이거든요. 그럼 저는 사무실로 가서 준비해야 할 것이 있는지 알아보고 올게요."

그녀가 자리를 뜨자 헤더링턴 양이 심술궂게 말했다.

"저게 바로 미국 여자들의 특징이랍니다. 이리 갔다 저리 갔다 어디 한 군데 진득하니 머물지를 않는다니까요. 오늘은 이집트, 내일은 팔레스타인, 그런 식으로 말예요. 가끔은 자기들이 어느 나라에 있는지도 모르는 게 아닌가 싶어요."

그녀는 말을 뚝 멈추더니 뜨개질감을 꼼꼼하게 챙긴 뒤, 자리에서 일어나 힐러리에게 가볍게 목례를 하고는 터키 풍의 방을 나갔다. 힐러리는 흘끔 손목시계를 보았다. 평소처럼 저녁 식사 때문에 저녁 시간을 즐기는 것을 방해 받고 싶지 않았다. 그녀는 동양풍의 커튼이 걸려 있고 천장이 낮은 어둑어둑한 방에 홀로 앉아 있었다. 웨이터가 안을 들여다보더니 램프 두 개에 불을 붙여 놓고 다시 나갔다. 불이 별로 밝지 않은 편이라 방 안은 기분 좋을 만큼 적당히 어슴푸레한 분위기가 감돌았다. 동양 특유의 평온함이 느껴졌다. 힐러리는 낮고 긴 소파에 등을 기대고 앉아 앞일을 생각했다.

어제까지만 해도 그녀는 자기가 겪고 있는 이 모든 일이 환상이 아닐까 하고 생각했다. 하지만 지금 그녀는 진짜 여행의 출발점에 서 있었다. 이제부터 정말로 신중해야 한다. 행여 작은 실수라도 해서는 안 된다. 진짜 올리브 베터튼이 되어야 한다. 적당하게 교육 받았고, 예술적 취미는 없고, 지극히 평범하지만 분명한 좌익 성향을 지닌, 그리고 남편에게 헌신적인 한 여자가 되어야 하는 것이다.

"실수해서는 안 돼."

힐러리는 작은 목소리로 혼잣말을 했다.

모로코까지 와서 이렇게 혼자 앉아 있다는 사실이 문득 낯설게 느껴졌다. 마치 어떤 신비로운 마법의 세계에 들어와 있는 기분이었다. 혹시 옆에 있는 어둑어둑한 놋쇠 램프를 양손 사이에 넣고 문지르면 램프의 요정이라도 나타나는 게 아닐까? 문득 그런 생각이 들어 그녀는 실제로 그렇게 해 보았다. 그때 램프 너머에서 불쑥 어떤 형체가 나타났다. 주름진 작은 얼굴과 뾰족한 턱수염. 아리스티데스 씨였다. 그가 정중하게 인사를 한 다음 그녀 옆에 앉으며 말했다.

"부인, 실례해도 되겠습니까?"

힐러리 역시 정중하게 허락했다.

그는 담배 케이스에서 담배 한 대를 꺼내 그녀에게 권했다.

그녀는 그것을 받아 불을 붙였고, 그 역시 담배 한 대를 꺼내 불을 붙였다.

"이 나라가 마음에 드십니까, 부인?"

잠시 후 그가 물었다.

"이곳에 온 지 얼마 되지는 않았어요. 지금까지는 아주 매혹적이네요."

"그렇군요. 구시가지에는 가 보셨습니까? 부인의 마음에 드시던가요?"

"정말 멋진 곳이었어요."

"그럼요, 멋지고말고요. 그곳은 과거가 존재하는 곳입니다. 과거의 교역과 음모들, 은밀한 목소리들, 비밀스러운 움직임들, 도시의 모든 신비로움과 열정이 좁은 거리와 성벽들 안에 담겨 있지요. 제가 페스의 거리를 걸을 때 무슨 생각을 하는지 아십니까?"

"글쎄요……."

"런던에 있는 그레이트 웨스트 거리를 생각합니다. 그 길 양편에 죽 늘어선 거대한 공장 건물들 말입니다. 네온등으로 환하게 밝힌 그 건물들과 그 안의 사람들을 생각합니다. 차를 타고 지나가다 보면 길에서도 훤히 보이잖아요. 감춰진 것도, 신비로운 것도 전혀 없습니다. 창문에도 커튼 하나 없지요. 그들은 전 세계가 마음만 먹으면 그들을 관찰할 수 있는 그런 곳에서 일을 하고 있습니다. 마치 개미탑 꼭대기를 잘라 놓은 것 같지요."

"그러니까 그곳과 대조되는 점이 흥미롭다는 말씀이군요?"

아리스티데스 씨는 거북 같은 늙은 머리를 끄덕였다.

"그렇습니다. 거기는 모든 게 열려 있는 반면, 페스의 오래된 거리에서는 아무것도 볼 수 없습니다. 모든 게 어둠 속에 감춰져 있죠……. 하지만……."

그는 몸을 앞으로 숙여 놋쇠로 된 작은 커피 테이블을 손가락으로 톡톡 두드렸다.

"……하지만 똑같은 일이 일어납니다. 똑같이 잔혹한 행위와 억압, 똑같은 권력욕과 똑같은 흥정과 거래……."

"인간의 본성은 어디를 가나 똑같다고 생각하시는군요?"

"모든 나라가 마찬가지입니다. 과거든 현재든 언제나 세상을 지배하는 두 가지가 존재합니다. 바로 잔혹함과 자비죠! 둘 중 하나일 때도 있고, 때로는 둘이 공존하기도 합니다."

그는 태도를 조금도 흐트리지 않고 말을 이었다.

"부인께서는 얼마 전에 카사블랑카에서 끔찍한 비행기 사고를 당하셨다면서요?"

"예, 그랬어요."

"부럽습니다."

아리스티데스 씨는 뜻밖의 말을 했다.

힐러리는 깜짝 놀라서 그를 쳐다보았다. 그는 자신의 말을 강조하듯 머리를 흔들며 말했다.

"그렇습니다, 저는 당신이 부럽습니다. 특별한 경험을 했으니까요. 저도 그렇게 죽음에 가까이 다가가는 경험을 해 보고 싶습니다. 그런 일을 겪고도 살아남으셨다니……. 그 이후로 뭔가 자신이 달라졌다고 느끼지 않습니까, 부인?"

"더 불행해진걸요. 뇌진탕을 입어서 심한 두통이 생긴 데다 기억도 흐릿해졌어요."

"그런 것들은 그저 단순한 불편함일 뿐이지요."

아리스티데스 씨가 손을 내저으며 말했다.

"하지만 부인은 이를테면 영적 경험을 했잖습니까?"

"그래요, 영적 경험을 한 건 사실이죠."

힐러리가 천천히 대답했다. 그녀는 비시 미네랄워터와 수면제 알들을 떠올렸다.

"저는 그런 경험을 해 본 적이 없습니다."

아리스티데스 씨는 아쉬운 듯 말했다.

"다른 일들은 많이 겪어 봤지만 아직까지 그런 영적 경험은 없었지요."

그는 일어나서 힐러리에게 인사를 하고 한 마디 덧붙인 뒤 자리를 떴다.

"메 조마쥬, 마담.(감사합니다, 부인.)"

8장

어느 곳이나 공항이란 왜 이리도 비슷한 걸까! 힐러리는 공항을 둘러보며 생각했다. 공항은 낯선 익명성을 띤 공간이었다. 어디를 가나 공항은 도심이나 시가지에서 어느 정도 떨어져 있고, 그 때문에 아무 곳에도 속하지 않은 무국적자가 된 듯한 기묘한 느낌을 주었다. 런던에서 비행기를 타면 마드리드, 로마, 이스탄불, 카이로 등 원하는 곳이면 어디든 갈 수 있다. 그러나 만약 직행 비행기를 타고 그 위를 지나간다면 그 도시들이 어떤 모습을 하고 있는지 전혀 알 수 없을 것이다! 비행기 창밖으로 잠깐 내려다보면, 그것들은 실제와 달리 아름답게 그려진 지도이거나 장난감 벽돌로 만들어진 모습일 뿐이었다.

힐러리는 주위를 둘러보며 짜증스럽게 생각했다. 왜 공항에는 늘 이렇게 일찍 나와 있어야 하는 걸까?

그들은 대기실에서 거의 30분 가까이 기다리고 있었다. 힐러리와 함께 마라케시로 가기로 한 캘빈 베이커 부인은 공항에 도착한 이후 잠시도 쉬지 않고 떠들어 댔다. 힐러리는 거의 기계적으로 대꾸했다. 그러다 그녀는 이제 대화의 흐름이 다른 쪽으로 바뀌었음을 깨달았다. 베이커 부인은 가까이에 앉아 있던 다른 두 여행객에게 관심을 돌렸다. 둘 다 키가 크고 잘생긴 젊은 남자였다. 한 명은 환하게 웃고 있는 미국인이었다. 다소 심각한 표정의 다른 한 남자는 덴마크 인 혹은 노르웨이 인 같았다. 그는 조심스러운 영어로 점잔을 빼며 현학적인 말투로 이야기를 했다. 미국인 남자는 또 다른 미국인 여행객을 발견하고 매우 반가운 표정을 지었다. 곧 캘빈 베이커 부인이 자못 진지한 태도로 힐러리에게 눈길을 보내며 입을 열었다.

"성함이……? 제 친구인 베터튼 부인을 소개해 드릴게요."

"앤드루 피터스라고 합니다. 친구들은 저를 앤디라고 부르지요."

또 다른 젊은이는 자리에서 일어나 다소 딱딱하게 인사를 했다.

"토르퀼 에릭슨입니다."

그러자 베이커 부인이 유쾌하게 말했다.

"이제 모두 아는 사이가 되었군요. 우리 모두 다 마라케시로 갈 예정이죠? 제 친구는 그곳이 처음이랍니다."

그러자 에릭슨이 말했다.

"저도 이번이 처음입니다."

피터스도 이어서 말했다.

"저도 처음입니다."

갑자기 스피커가 켜지더니 귀에 거슬리는 프랑스 어 안내 방송이 흘러나왔다. 잘 알아들을 수는 없었지만 비행기에 탑승하라는 내용인 것 같았다.

베이커 부인과 힐러리를 제외하고도 승객은 네 명이 더 있었다. 피터스와 에릭슨 외에 키가 크고 호리호리한 프랑스 인과 매우 엄격해 보이는 수녀가 있었다.

날씨는 맑고 화창해서 비행하기에 좋은 날씨였다. 힐러리는 반쯤 눈을 감고 의자에 등을 기댄 채 동승한 승객들을 찬찬히 살펴보았다. 그런 식으로라도 마음속에서 일어나는 불안한 의문들에서 해방되고 싶었다.

통로를 사이에 두고 한 좌석 앞에 회색 여행복을 입고 앉아 있는 캘빈 베이커 부인은 통통하게 살이 오른 기분 좋은 오리처럼 보였다. 그녀는 깃이 달린 작은 모자를 푸른색 머리 위에 쓰고 고급 잡지의 페이지를 넘기고 있었다. 그러다가도 이따금 몸을 앞으로 기울여 자기 앞자리에 앉은 유쾌한 표정의 젊은 미국인인 피터스의 어깨를 톡톡 건드렸다. 그럴 때마다 피터스는 몸을 돌려 익살스럽게 싱긋 웃어 보이며 그녀의 말에 쾌활하게 대답했다. 힐러리는 속으로 생각했다. 미국인들은 정말 친절하고 붙임성이 좋구나. 뻣뻣하고 쌀쌀한 영국인들과는 달라. 예를 들어 헤더링턴 양이라면 설령 자기네 나라 사람이라 하더라도 비행기에서 처음 만난 젊은이와 쉽게 말을 트고 대화를 나누는 것은 상상조차 할 수가 없을 것이다.

또 영국 남자라면 이 미국 젊은이처럼 자연스럽고 싹싹하게 대화를 받아 줄지도 의심스러웠다.

힐러리의 자리를 기준으로 했을 때 통로 건너편에는 노르웨이 인인 에릭슨이 앉아 있었다.

그녀와 눈이 마주치자 그는 어색하게 살짝 목례를 하고는 이제 막 마지막 책장을 덮은 잡지를 통로 쪽으로 몸을 기울여 그녀에게 건네주었다. 그녀는 고맙다고 인사하며 잡지를 받았다. 에릭슨의 뒷자리에는 호리호리하고 가무잡잡한 프랑스 인이 있었다. 그는 두 다리를 죽 뻗고 잠이 든 것 같았다.

힐러리는 고개를 돌려 뒤를 보았다. 거기에는 완고하게 생긴 수녀가 앉아 있었다. 냉랭하고 무관심한 수녀의 눈이 힐러리와 마주쳤으나 그녀는 아무 표정도 짓지 않았다. 수녀는 손을 앞으로 모은 채 꼼짝 않고 앉아 있었다. 누군가가 시간에 이상한 장난을 해서 전통적인 중세 복장을 한 여자가 20세기로 옮겨 와 비행기를 타고 있는 것 같았다.

힐러리는 생각했다. 이 여섯 사람은 몇 시간 동안은 같은 비행기를 타고 가지만 각각 다른 목적을 가지고 각자 다른 곳으로 가겠지. 몇 시간 후면 뿔뿔이 흩어져 그 뒤로는 다시 만날 일이 없을 거야. 그녀는 그런 비슷한 주제를 가진 소설, 즉 여섯 사람의 삶이 전개되는 소설을 언젠가 읽은 적이 있었다. 그녀는 나름대로 추측해 보았다. 저 프랑스 인은 휴가를 즐기고 있을 거야. 꽤 피곤해 보이는군. 젊은 미국인은 학생처럼 보여. 에릭슨은 일자리를 얻으러 가는 중인 것 같고, 수녀는 자기네 수도회로 가고 있는 게 틀림없어.

힐러리는 눈을 감고 승객들에 대한 생각을 지워 버렸다. 그녀는 요전 날 자기에게 내려진 지령이 혼란스럽기만 했다. 내가 영국으로 돌아가게 된다니! 정말 말도 안 되는 얘기야! 어쩌면 그녀의 능력이 미흡하다고 판단했거나 의심 받고 있는지도 몰랐다. 진짜 올리브라면 제시해야 했을 모종의 암호나 증명서를 그녀가 제시하지 못했는지도 모른다. 그녀는 한숨을 쉬고 불안한 듯 몸을 뒤척였다.

'아냐, 지금 내가 하는 것보다 더 잘할 수는 없어. 만일 내가 실패했다면…… 실패했다면……. 아냐. 어쨌든 지금까지는 난 최선을 다했어.'

순간 불현듯 또 다른 생각이 그녀의 머리를 스쳤다. 앙리 로리에는 그녀가 모로코에 있는 동안 당연히 영국 정부에 철저한 감시를 받을 거라고 생각했다. 어쩌면 그 지령이 영국 정부의 의심을 없애기 위한 수단이 아닐까? 베터튼 부인이 갑자기 영국으로 돌아간다면 그녀가 남편처럼 어디론가 '사라지기' 위해 모로코에 온 것은 아니라고 여겨질 것이다. 그렇게 되면 의혹은 줄어들 것이다. 정말 순수한 여행자로 여겨질 테니까.

그녀는 영국으로 떠나게 된다. 에어프랑스를 타고 파리를 경유해서 말이다. 그리고 어쩌면 파리에서…….

그렇다. 파리는 토머스 베터튼이 사라진 곳이기도 했다. 그곳이야말로 실종 사건 하나쯤 연출하기에 알맞은 곳이 아닌가. 어쩌면 토머스 베터튼은 파리를 떠나지 않았을지도 모른다. 어쩌면……. 그녀는 쓸데없는 공상을 하다가 지쳐서 깜박 잠이 들었다. 잠깐 잠이 깼지만 다시 꾸벅꾸벅 졸다가 이따금 손에 들고 있는 잡지에 무심코 눈길을 던졌다. 깊이 잠들었다가 갑자기 깼을 때 비행기는 급강하하면서 공중을 선회하고 있었다. 그녀는 흘끔 시계를 보았다. 아직 도착하기에는 이른 시간이었다. 게다가 창밖을 내려다보니 비행장 표시 같은 것도 전혀 없었다.

희미한 불안감이 스치고 지나갔다. 호리호리하고 가무잡잡한 프랑스 인이 하품을 하며 기지개를 펴더니 바깥을 내다보며 프랑스 어로 뭐라고 알아들을 수 없는 말을 했다. 에릭슨이 통로 건너편에서 몸을 기울이며 말했다.

"이곳에 착륙할 모양인데……. 하지만 무슨 일일까요?"

캘빈 베이커 부인이 좌석에서 몸을 일으켰다. 힐러리가 그녀에게 말했다.

"착륙할 것 같은데요."

베이커 부인이 그녀를 보면서 웃으며 고개를 끄덕였다.

비행기는 고도를 더욱 낮추며 급강하했다. 아래 지역은 거의 사막인 것 같았다. 집이나 마을의 흔적은 찾아볼 수도 없었다. 격렬한 진동과 함께 비행기 바퀴가 땅에 닿았고 덜커덩거리며 얼마쯤 앞으로 이동하더니 마침내 멈춰 섰다. 다소 거친 착륙 과정이 끝난 후 살펴보니 비행기는 어딘지 모를 땅 한가운데에 서 있었다.

엔진에 무슨 이상이 생겼나? 아니면 연료가 떨어진 걸까? 힐러리는 궁금했다. 피부가 가무잡잡하고 잘생긴 젊은 조종사가 앞문으로 나오더니 승객들에게 말했다.

"모두 내려주시기 바랍니다."

그는 뒤쪽에 있는 문을 열고 짧은 사다리를 내렸다. 그리고 한 사람씩 모두 내릴 때까지 기다렸다. 승객들은 몸을 약간 떨면서 땅 위에 내려섰다. 날씨가 제법 쌀쌀했다. 멀리 있는 산 쪽에서 날카로운 칼바람이 불어왔다. 눈으로 뒤덮인 그 산은 퍽 아름다웠지만 바람은 매서울 만큼 차가웠다. 조종사가 비행기에서 내려오더니 프랑스어로 말했다.

"모두 내리신 거 맞죠? 죄송하지만 조금 기다리셔야 할 것 같습니다. 아, 아니군요. 저기 오는군요."

그는 멀리 지평선에 보이는 작은 점 하나를 가리켰다. 점은 서서히 이쪽으로 다가왔다. 힐러리는 약간 당황스러운 목소리로 물었다.

"우리가 왜 여기 착륙했나요? 뭐가 잘못됐나요? 여기서 얼마나 기다려야 하죠?"

그러자 프랑스 인 승객이 말했다.

"저기 스테이션왜건이 오고 있는 것 같은데요. 저걸 타셔야 할 겁니다."

힐러리가 다시 물었다.

"엔진이 고장 난 건가요?"

피터스가 싱긋 웃으며 말했다.

"아뇨, 그건 아닐 거예요. 제가 듣기에 엔진 소리는 정상이었어요. 하지만 뭔가 고칠 게 있는 모양입니다."

힐러리는 어리둥절한 표정으로 그를 빤히 쳐다보았다. 캘빈 베이커 부인이 투덜거렸다.

"어휴, 여기 서 있으니 정말 추운데요. 지독하게 매서운 날씨군요. 해가 있긴 하지만 해 질 때가 돼서 그런지 정말 추워요."

조종사가 알아듣기 힘든 작은 소리로 뭐라고 투덜거렸다. 힐러리가 짐작하기엔 이렇게 말하는 것 같았다.

"투쥬르 데 르타르 엥쉬포르타블.(지긋지긋하게도 항상 꾸물거린단 말이야.)"

스테이션왜건이 무서운 속도로 그들 쪽으로 다가왔다. 베르베르인(북아프리카 토착민 — 옮긴이) 운전사가 날카로운 브레이크 소리를 내며 차를 세웠다. 그는 차에서 내리자마자 화가 난 조종사와 말다툼을 했다. 베이커 부인이 말싸움에 끼어들더니 프랑스 어로 중재를 했다. 힐러리에게는 그 사실이 무척 놀라울 따름이었다.

"시간을 낭비하지 말아요. 싸워 봤자 무슨 소용이 있어요? 우리는 어서 여기를 떠나야 해요."

그녀의 목소리는 꽤 단호했다.

운전사가 어깨를 으쓱하더니 스테이션왜건으로 걸어가 자동차의 뒷부분에 있는 덮개를 떼어 냈다. 그 안에 커다랗게 포장된 상자가 하나 있었다. 조종사와 에릭슨, 피터스가 함께 그것을 꺼내 땅바닥에 내려놓았다. 세 명이 힘을 쓰는 모양새로 보아 꽤 무거운 듯했다. 그중 한 명이 막 상자 뚜껑을 열려는 찰나 캘빈 베이커 부인이 힐러리의 팔을 잡으며 말했다.

"저런! 난 보고 싶지 않아. 보기 좋은 장면이 아니야."

그녀는 힐러리를 약간 떨어진 곳으로 데려갔다. 스테이션왜건의 반대편이었다. 프랑스 인과 피터스도 그들을 따라왔다. 프랑스 인이 프랑스 어로 말했다.

"저들이 지금 뭘 하고 있는 겁니까?"

그러자 베이커 부인이 말했다.

"당신이 배런 박사군요?"

프랑스 인은 살짝 고개를 숙이며 맞다는 표시를 했다.

"만나서 반가워요."

베이커 부인이 말했다. 그녀는 파티에서 손님을 맞는 여주인처럼 손을 내밀었다. 힐러리는 어리둥절한 목소리로 다시 물었다.

"도무지 이해가 안 가는군요. 대체 무슨 일이죠? 뭘 안 보는 게 낫다는 거죠?"

앤드루 피터스가 생각에 잠긴 표정으로 그녀를 쳐다보았다. 힐러리는 그를 보며 정말 호감이 가는 얼굴이라고 생각했다. 그의 얼굴에서는 왠지 정직함과 신뢰 같은 것이 느껴졌다. 그가 그녀에게 말했다.

"저는 알고 있습니다. 조종사한테 들었어요. 별로 보기 좋은 건 아닙니다. 하지만 어쩔 수 없지요."

그러고는 조그만 목소리로 덧붙였다.

"저 속에는 시체들이 들었어요."

"시체라고요?"

힐러리는 눈이 휘둥그레져서 그를 쳐다보았다.

"아, 살해당한 시체나 뭐 그런 건 아닙니다. 완전히 합법적으로 연구용 시체를 구한 것이니까요. 의학 연구용으로 말입니다."

그는 안심하라는 듯 미소를 지어 보였다. 하지만 힐러리는 여전히 놀랍기만 했다.

"도무지 이해가 안 돼요."

"아, 베터튼 부인, 이곳이 바로 여행이 끝나는 곳입니다. 일단 하나의 여행이 말입니다."

"끝이라고요?"

"그렇습니다. 시체들을 저 비행기에 가지런히 싣고 나면 조종사가 알아서 처리할 겁니다. 우리는 차를 타고 거기서 멀어질 거고, 멀리서 화염이 피어오르는 걸 보게 될 겁니다. 또 다른 비행기 한 대가 추락해서 불길에 휩싸이는 거죠. 생존자는 단 한 명도 없을 거예요!"

"하지만 왜 그런 일을……? 정말 이상한 일이군요!"

"그렇지만 분명히……."

중간에 끼어든 사람은 배런 박사였다.

"분명히 부인도 우리가 가고 있는 곳을 알고 있을 거라고 생각합니다만?"

베이커 부인이 가까이 다가서며 쾌활하게 말했다.

"물론 그녀도 알고 있어요. 하지만 그 순간이 이렇게 빨리 오게 될 줄은 몰랐을 거예요."

힐러리가 당황해서 어쩔 줄 몰라 하다가 입을 열었다.

"그러면…… 우리 모두가……?"

그녀는 주위를 둘러보았다. 그러자 피터스가 차분하게 말했다.

"우린 모두 동지들이에요."

젊은 노르웨이 인이 고개를 끄덕이고는 거의 광신적일 만큼 열정이 가득 담긴 목소리로 덧붙였다.

"맞습니다. 우리는 모두 동지들입니다."

9장

조종사가 그들에게 다가왔다.

"지금 출발합시다. 가능한 한 빨리 가야 해요. 할 일이 많습니다. 원래 일정보다 늦었어요."

힐러리는 번뜩 정신을 차렸다. 그녀는 초조하게 손으로 목을 더듬었다. 걸고 있던 진주 목걸이가 손가락 힘에 의해 투두둑 끊어졌다. 그녀는 풀어진 진주알들을 주머니에 쑤셔 넣었다.

일행이 모두 스테이션왜건에 올라탔다. 힐러리는 긴 의자에 앉았다. 한쪽 옆에는 피터스가, 다른 쪽 옆에는 베이커 부인이 앉았다. 힐러리가 베이커 부인에게 고개를 돌리며 물었다.

"그러니까 베이커 부인, 당신이 말하자면 연락 장교 역할이었던 거군요?"

"정확하게 말씀하셨어요. 저도 스스로를 그렇게 부르죠. 그런 일엔 적격이거든요. 여기저기 돌아다니며 혼자 여행하는 미국 여자를 수상하게 생각할 사람은 아무도 없죠."

그녀는 여전히 통통한 얼굴에 미소를 띠고 있었다. 하지만 힐러리는 뭔가 다른 느낌을 감지했다. 겉으로 보기에 약간 멍청한 것 같으면서도 평범한 이미지는 이제 사라지고 없었다. 이 여자는 똑똑하고 능력이 있으며 냉혹한 인물이 틀림없었다.

"신문 헤드라인을 떠들썩하게 장식하겠군요."

베이커 부인이 말했다. 그녀는 재미있다는 듯이 웃음을 터뜨렸다.

"부인 말이에요. 불운이 줄줄 따라다녔다고 하겠어요. 처음엔 카사블랑카에서 사고로 거의 죽을 뻔했다가 이제 더 비참하게 죽었으니 말이에요."

힐러리는 그들이 세운 계획의 교묘함과 용의주도함에 부르르 몸을 떨었다.

"이 사람들은요……?"

힐러리가 낮게 물었다.

"내가 알고 있는 대로가 맞나요?"

"아, 배런 박사는 세균학자인 걸로 알고 있어요. 에릭슨은 유명한 물리학자고 피터스는 화학 연구원이죠. 물론 니드하임 양도 수녀가 아니에요. 그녀는 내분비학자죠. 그리고 나는 연락 장교일 뿐 과학자들 그룹에 속하진 않아요."

그녀는 다시 웃으며 말을 이었다.

"헤더링턴 양은 운이 없었어요."

"헤더링턴 양은…… 그 여자는……."

베이커 부인이 단호하게 고개를 끄덕였다.

"궁금하다면 말해 줄게요. 그 여자는 당신을 미행하고 있었어요. 카사블랑카에서 당신 뒤를 쫓는 사람쯤은 벌써 파악했어요."

"하지만 그 여자는 제가 그렇게 함께 오자고 했는데도 같이 안 왔잖아요."

"그랬다면 그 여자답지 않다고 이상하게 여겼을 테니까요. 마라케시에 이미 가 보았는데 또 가겠다고 하면 수상하지 않겠어요? 그녀는 전보를 치거나 전화로 연락을 했을 거예요. 당신이 도착하면 미행하려고 마라케시에서 다른 누군가가 기다리고 있을 거예요. 도착하지도 않을 텐데, 정말 우습지 않아요? 저길 봐요, 저기! 불길이 타오르고 있어요."

그들이 탄 차는 빠른 속도로 사막을 가로질러 달렸다. 힐러리는 조그만 창문 밖으로 길게 목을 빼고 바깥을 내다보았다. 자동차가 지나온 뒤쪽으로 멀리 시뻘건 화염이 보였다. 희미한 폭발음도 들려왔다. 피터스가 머리를 뒤로 젖히고 웃으며 말했다.

"마라케시 행 비행기 추락! 여섯 명 사망!"

힐러리가 들릴 듯 말 듯한 목소리로 중얼거렸다.

"정말…… 정말 무서운 일이군요."

"미지의 세계로 발을 내딛는 것이 두렵다는 얘기입니까?"

이렇게 물은 사람은 피터스였다. 그의 음성은 자못 진지하게 들렸다.

"하지만 그 길뿐입니다. 우리는 지금 과거를 떠나 미래를 향해 발걸음을 내딛고 있는 중입니다."

갑자기 그의 얼굴이 열정으로 번득였다.

"우리는 구세계의 모든 사악하고 미친 짓에서 벗어나야 합니다. 부패한 정부와 전쟁광들에게서 말입니다. 우리는 신세계에 들어서야 합니다. 과학의 세계, 더러운 쓰레기와 찌꺼기들이 깨끗하게 없어진 세계로."

힐러리는 숨을 깊이 들이마셨다. 그리고 일부러 이렇게 말했다.

"남편이 늘 하던 말과 똑같군요."

그러자 피터스가 그녀를 흘끔 쳐다보며 물었다.

"남편요? 토머스 베터튼 말입니까?"

힐러리는 고개를 끄덕였다.

"정말 훌륭한 분이지요. 하지만 미국에서 그분과 가깝게 지낸 적은 없습니다. 몇 번인가 만날 뻔한 적은 있었지만요. ZE 분열은 금세기 최대의 업적이지요. 정말이지 그분에게 경의를 표하고 싶습니다. 만하임이라는 노교수와 함께 연구를 했다지요?"

"맞아요."

"그분은 만하임의 딸과 결혼했다고 들었는데……. 하지만 당신은 그의 딸이 아닌 것 같은데요……."

"저는 그이의 두 번째 아내예요."

힐러리의 얼굴이 약간 붉어졌다.

"그이의 첫 부인은…… 엘사는 미국에서 죽었답니다."

"아, 기억납니다. 그 뒤에 베터튼이 연구를 위해 영국으로 건너갔다고 들었어요. 그러다가 갑자기 사라져 버려서 영국을 발칵 뒤집어 놓았고요."

그는 갑자기 웃음을 터뜨렸다.

"파리의 어느 회의에서 빠져나와 어디론가 사라져 버린 거라고 하더군요."

그리고 마치 더욱 상세히 알고 있다는 듯이 덧붙였다.

"오, 그들의 조직은 정말로 완벽하지요!"

힐러리는 그의 말에 동의했다. 그들 조직이 얼마나 완벽한지 서늘한 불안감마저 들 정도였다. 그렇게 공들여 준비한 계획, 암호, 신호 등 그 모든 것이 이제 쓸모없는 것이 되어 버렸고, 지금으로서는 자신을 추적할 수 있는 어떤 흔적도 없게 되었다. 일은 너무나 철저하게 진행되었으며, 그 운명적인 비행기에 탄 사람들은 이제 토머스 베터튼이 향했던 미지의 목적지를 향해 가고 있었다. 어떤 실마리나 흔적도 남지 않을 것이다. 다 타 버린 비행기 한 대뿐. 비행기의 잔해 속에는 까맣게 타 버린 시체들만 있을 것이다. 과연 제숩과 그의 기관이 힐러리가 그 타 버린 시체들 중에 '없다는' 사실을 알아낼 수 있을까? 그녀는 확신이 들지 않았다. 비행기 사고는 너무나 확실하고 교묘했다.

피터스가 다시 입을 열었다. 마치 어린아이처럼 흥분한 목소리였다. 그에겐 아무런 걱정이나 불안도 없었고, 주춤거리는 일 없이 오로지 앞으로 나아가려는 열정만 있었다.

"어디로 갈지 궁금한데요."

힐러리 역시 궁금했다. 많은 것들이 그들이 향하는 방향에 따라 좌우될 것이기 때문이다. 머지않아 가는 도중에 누군가를 만나게 될 것이다. 만일 조사가 진행된다면 문제의 그날 아침 비행기를 타고 출발한 사람들과 인상착의가 비슷한 여섯 명을 태운 스테이션 왜건을 누군가가 목격한 사실이 알려질지도 모른다. 그녀는 일부러 옆에 있는 젊은 미국인처럼 들뜬 어린아이 같은 목소리로 베이커 부인에게 물었다.

"지금 우린 어디로 가고 있나요? 다음 일은 어떻게 되죠?"

"곧 알게 될 거예요."

베이커 부인은 한껏 밝은 목소리로 대답했지만 왠지 불길한 기운이 느껴졌다.

차는 계속 달렸다. 멀리 뒤쪽으로 여전히 비행기의 화염이 보였다. 태양이 막 지평선 아래로 떨어지고 있는 터라 불길은 더욱 선명하게 보였다. 이윽고 사위에 어둠이 내려앉았다. 차는 쉬지 않고 계속 달렸다. 간선 도로를 타지 않았기 때문에 도로 상태는 그다지 좋지 않았다. 때로는 들판의 좁은 길을 달리기도 했고 때로는 탁 트인 전원 지역을 가로지르기도 했다.

힐러리는 오랫동안 잠이 들지 않고 깨어 있었다. 이런저런 생각과 걱정이 머릿속에서 뒤엉켜 몹시 혼란스러웠다. 그러나 이쪽저쪽으로 몸이 흔들리다가 마침내 지쳐서 잠이 들었다. 그녀는 졸다 깨다를 반복했다. 그러다가 길에 패인 수많은 웅덩이 때문에 차의 진동이 심해지자 잠에서 깼다. 그녀는 지금 있는 곳이 어디인지 잠시 혼란스러워하다가 이내 현실로 되돌아왔다. 잠시 정신을 차린 몇 분 동안은 혼란과 불안감에 휩싸였다. 그러나 곧 다시 고개를 앞으로 떨어뜨리고 잠이 들었다.

차가 급정거하는 바람에 힐러리는 갑자기 눈을 떴다. 피터스가 조심스럽게 그녀의 팔을 흔들었다.

"일어나세요. 어딘가 도착한 모양입니다."

일행은 스테이션왜건에서 내렸다. 비좁은 차 안에서 시달린 터라 다들 지쳐 있었다. 주변은 여전히 깜깜했다. 차는 야자나무로 둘러싸인 어떤 집 앞에 멈춰 서 있었다. 약간 떨어진 곳에 마을이 있는지 희미한 불빛들이 점점이 눈에 들어왔다. 손에 든 램프 불빛에 의지해 그들은 집 안으로 들어갔다. 원주민의 집이었다. 베르베르 인 여자 두세 명이 쿡쿡 소리 죽여 웃으면서 호기심 어린 눈으로 힐러리와 캘빈 베이커 부인을 쳐다보았다. 그들은 수녀에게는 아무런 관심도 보이지 않았다.

일행 중 여자 셋은 위층에 있는 아담한 방으로 안내되었다. 바닥에 요 세 장이 깔려 있었고 덮는 이불이 한쪽에 쌓여 있었다. 가구는 하나도 없었다.

"내가 너무 가혹했나 봐요. 그렇게 먼 길을 비좁은 차 안에서 오게 했으니……."

베이커 부인이 이렇게 말하자 수녀가 대답했다.

"조금 불편한 것쯤이야 괜찮아요."

수녀의 목소리는 허스키하면서도 자신감에 차 있었다. 비록 억양은 형편없었지만 그녀는 유창하게 영어를 구사하고 있었다.

베이커 부인이 말했다.

"당신다운 말씀이군요, 니드하임 양. 당신을 보면 새벽 4시에 수도원에서 무릎을 꿇고 기도하는 진짜 수녀를 보는 것만 같아요."

그러자 니드하임 양이 경멸하는 듯한 미소를 지었다.

"기독교는 여자들을 멍청이로 만들어 놨어요. 나약함에 대한 찬미, 굴욕스럽게도 눈물이나 질질 짜는 행태를 보면 정말이지……. 반대로 비기독교인 여성들에게는 힘이 있어요. 그들은 기뻐할 줄도 알고 무언가를 정복해 나갈 수도 있지요! 정복을 위해서라면 어떤 불편함도 참아야 합니다. 어떤 어려움도 감수해야 하지요."

베이커 부인이 하품을 하며 말했다.

"지금쯤 페스의 팔레 자마이에 있는 침대 위에 누워 있다면 얼마나 좋을까. 베터튼 부인, 당신은 어때요? 자동차가 워낙 흔들려서 뇌진탕에 안 좋았을 텐데……."

"그런 것 같아요."

"조금 있으면 먹을 걸 가져올 거예요. 제가 아스피린을 준비해 드릴게요. 부인은 빨리 잠자리에 드는 게 좋겠어요."

밖에서 계단 올라오는 소리와 호들갑스럽게 웃는 여자들의 웃음소리가 들렸다. 베르베르 인 여자 두 명이 세몰리나(파스타, 푸딩 용의 거친 밀가루 — 옮긴이)로 만든 음식과 고기 스튜를 담은 커다란 접시를 쟁반에 받쳐 들고 방으로 들어왔다. 그들은 쟁반을 바닥에 내려놓고 나갔다가 물이 담긴 금속 대야와 타월을 가지고 다시 들어왔다. 그들 중 하나가 힐러리의 코트를 손가락으로 만져 보더니 다른 여자에게 뭐라고 말을 했다. 그러자 다른 여자가 재빨리 고개를 끄덕였다. 처음 여자는 베이커 부인의 옷에도 똑같은 관심을 보였다. 두 명 다 수녀에게는 눈길도 주지 않았다.

"쉬이⋯⋯."

베이커 부인이 손짓을 하며 그들을 물러가게 했다.

"쉬이, 쉬쉬!"

마치 닭을 쫓아내는 동작과 흡사했다. 원주민 여자들은 여전히 호들갑스럽게 웃으면서 방을 나갔다.

베이커 부인이 말했다.

"어리석은 것들! 도무지 참아 줄 수가 없다니까요. 오로지 아기들과 옷밖에 관심이 없거든요."

니드하임 양이 말했다.

"그들다운 행동이군요. 그들은 노예 종족이니까요. 윗사람 시중드는 일에만 쓸모가 있지, 그것 말고는 쓸데없는 족속이에요."

니드하임의 태도를 못마땅하게 여긴 힐러리가 한마디했다.

"말이 너무 심하지 않아요?"

"난 감상적인 생각은 딱 질색이에요. 지배하는 사람은 소수고, 하인 노릇하는 사람은 많은 법이지요."

"하지만⋯⋯."

그때 베이커 부인이 다소 위압적인 태도로 끼어들었다.

"자, 자, 그런 문제에 대해서는 각자 생각이 다른 법이죠. 매우 흥미로운 주제이기도 해요. 하지만 지금은 그런 토론을 할 때가 아니에요. 휴식이나 취하자고요."

박하차가 준비되었다. 힐러리는 아스피린 몇 알을 꿀꺽 삼켰다. 진짜로 두통이 심했기 때문이다. 세 여자는 담요 위에 누워 잠이 들었다.

그들은 다음 날 늦게까지 잠을 잤다. 저녁이 되기 전까지는 출발하지 않을 것이라고 베이커 부인이 일러 주었기 때문이다. 방의 바깥쪽에 있는 계단을 따라 올라가면 지붕 같은 평평한 공간이 있었는데, 그곳에 올라가서 보니 주변 풍경을 웬만큼 둘러볼 수 있었다. 약간 떨어진 곳에 마을이 보였다. 하지만 그들이 있는 이 집은 커다란 야자나무 정원에 둘러싸여 고립되어 있었다. 일어나자마자 베이커 부인은 문 앞에 놓여 있는 옷 꾸러미 세 개를 가리켰다.

"이 다음 단계로는 원주민 복장으로 갈아입어야 해요. 다른 옷들은 모두 여기에 벗어 두어야 한답니다."

단정한 미국 여자가 입었던 깔끔한 옷 한 벌과 힐러리의 트위드 코트와 스커트, 그리고 수녀복은 모두 치워졌다. 지붕 위에 앉아서 잡담을 나누는 세 여인은 영락없는 모로코 원주민이었다. 힐러리는 이 모든 게 현실처럼 느껴지지 않았다.

힐러리는 니드하임 양을 좀 더 꼼꼼히 관찰했다. 정체를 가늠할 수 없는 수녀복을 이제 벗었기 때문이다. 그녀는 힐러리의 예상보다 훨씬 젊었다. 서른세 살이나 서른네 살도 채 안 돼 보였다. 외모는 깔끔하고 맵시가 있었다. 창백한 피부에 짧고 굵은 손가락을 지녔고, 가끔씩 광신적인 섬광이 번뜩이는 차가운 눈빛은 매력적이라기보다는 불쾌감을 주었다. 말투는 무뚝뚝하면서도 완고했다. 그녀는 베이커 부인과 힐러리를 볼 때마다 마치 사귈 가치도 없는 사람인 양 심한 경멸감을 드러냈다. 힐러리는 그런 오만한 태도가 무척 거슬렸다. 하지만 베이커 부인은 그 점을 거의 눈치 채지 못하는 것 같았다. 이상하게도 힐러리는 서구 세계에서 함께 온 두 명의 여자들보다도 음식을 가져다주며 호들갑스럽게 웃는 베르베르 인 여자들에게 훨씬 더 친근감이 느껴졌다. 그 젊은 독일 여자는 자신이 어떤 인상을 풍기는지에는 전혀 관심이 없었다. 그녀의 태도에는 어떤 초조함 같은 게 감춰져 있었고, 어서 여행을 이어 가길 바라는 듯했으며, 두 명의 동료 여인에게는 아무런 관심이 없는 게 확실했다.

힐러리는 베이커 부인의 태도에 대해서도 곰곰이 생각해 보았다. 하지만 생각할수록 알쏭달쏭할 뿐이었다. 비인간적인 독일 여자에 비하면 베이커 부인은 훨씬 평범해 보였다. 하지만 태양이 서쪽 하늘로 기울어 갈수록 헬가 니드하임보다는 베이커 부인에게 훨씬 더 많은 의아함과 불안함이 느껴졌다. 다른 사람을 대하는 베이커 부인의 태도는 거의 로봇처럼 정확했다. 그녀가 내뱉는 말과 의견은 전부 자연스럽고 평범하기 그지없는 것들이었다. 하지만 그녀는 마치 700번쯤 같은 부분만을 연기하는 배우 같았다. 베이커 부인이 실제로 생각하거나 느끼고 있을 법한 것들과는 완전히 별개인 기계적인 연기였다. 도대체 캘빈 베이커의 정체는 무엇일까? 그녀는 왜 저렇게 기계적인 연기를 수행하게 된 것일까? 그녀 역시 광신자일까? 화려한 신세계에 대한 꿈을 꾸고, 자본주의 체제에 격렬한 반항심을 품고 있는 사람일까? 그녀야말로 정치적 신념과 포부 때문에 자신의 모든 평범한 삶을 포기한 게 아닐까? 도무지 알 수가 없었다.

그날 저녁 그들은 다시 여행을 시작했다. 이번엔 스테이션왜건이 아니라 덮개가 없는 관광용 자동차였다. 모두들 모로코 전통 의상으로 갈아입었다. 남자들은 흰색 젤라바(북아프리카와 아랍 국가 남성들이 입는 두건 달린 긴 상의 — 옮긴이)를 입고 여자들은 얼굴을 가렸다. 그들은 차 안에 꽉 차게 들어앉아 다시 출발하여 밤새 어둠 속을 달렸다.

"기분은 좀 어떠세요, 베터튼 부인?"

힐러리는 앤드루 피터스의 인사에 밝은 미소로 답했다. 태양이 막 떠오를 무렵 그들은 아침 식사를 하기 위해 차를 세웠다. 휴대용 버너를 이용해 만든 전통 빵과 달걀, 차가 준비되었다.

"마치 꿈을 꾸고 있는 것 같아요."

힐러리가 말했다.

"그래요. 그와 좀 비슷하죠."

"여기가 어디쯤이죠?"

피터스는 어깨를 으쓱했다.

"누가 알겠습니까? 캘빈 베이커 부인이야 알겠지만."

"여기는 너무 적막해요."

"그렇죠. 사실상 거의 사막이나 마찬가지예요. 하지만 그래야 하지 않겠어요?"

"흔적을 남기지 않기 위해서인가요?"

"그렇습니다. 모든 일이 매우 신중하게 진행되어야 합니다. 그러니까 이 여행의 각 단계들은 완전히 분리되어 있습니다. 불타 버린 비행기와 어둠 속을 달린 구식 스테이션왜건. 이 둘은 아무 관련성이 없는 겁니다. 설령 누군가가 스테이션왜건을 봤다 해도 이 지역에서 발굴 작업을 진행 중인 고고학 답사팀 차량이라는 글씨를 써 붙여 두었으니 수상할 게 없습니다. 또 베르베르 인이 가득 타고 있는 자동차는 이 근처 도로에서는 그야말로 흔하디흔한 광경이지요. 그리고 다음 단계는……."

그는 어깨를 으쓱했다.

"아무도 모릅니다."

"정말이지 우리는 어디로 가고 있는 건가요?"

앤드루 피터스는 고개를 저으며 말했다.

"물어도 소용없어요. 하지만 곧 알게 될 겁니다."

프랑스 인 배런 박사가 대화에 끼어들었다.

"그럼요. 곧 알게 될 겁니다. 하지만 묻지 않을 수 없는 것도 사실 아닙니까? 그건 우리 서구인의 타고난 기질입니다. '그날로 족하니라.' 하는 것은 말도 안 됩니다. 언제나 우리에게는 내일이 있으니까요. 과거를 뒤로 하고 미래를 향해 전진하는 것, 그게 바로 우리에게 필요한 겁니다."

"어서 빨리 그 세계에 가고 싶은 모양이죠, 박사님?"

피터스가 물었다. 그러자 배런 박사가 대답했다.

"할 일은 너무나 많은 데 반해 인생은 너무 짧습니다. 인간에게는 더 많은 시간이 있어야 합니다. 더 많은, 좀 더 많은 시간이……."

그는 양손을 뻗으며 격렬하게 손짓을 해 보였다.

피터스가 힐러리를 돌아보며 물었다.

"부인 나라에서 말하는 네 가지 자유가 뭐죠? 빈곤으로부터의 자유, 두려움으로부터의 자유……."

프랑스 인이 불쑥 끼어들며 씁쓸하게 말했다.

"바보들로부터의 자유. 그게 바로 내가 원하는 것입니다! 또 내 연구에 필요한 것이기도 하지요. 언제나 궤변의 일색인 경제로부터의 자유! 연구를 방해하는 끊임없는 모든 규제로부터의 자유!"

"당신은 세균학자시죠, 배런 박사님?"

"그래요, 나는 세균학자입니다. 아, 당신은 모르겠군요, 그게 얼마나 흥미진진한 연구인지 말입니다. 하지만 이 연구에는 인내심, 무한한 인내심이 필요하지요. 반복되는 실험도요. 그리고 엄청난 돈이 필요합니다! 장비에다 조수들에다 이런저런 원료와 재료들도! 원하는 게 모두 갖춰지기만 한다면 못 이룰 일이 뭐가 있겠습니까?"

힐러리가 물었다.

"행복은요?"

그는 그녀에게 재빨리 미소를 보냈다. 문득 그의 얼굴에 인간적인 표정이 스쳤다.

"아, 당신은 여성이지요, 부인. 언제나 행복 타령을 하는 건 여성들이지요."

"그러면서도 좀처럼 얻지 못한다는 뜻인가요?"

힐러리의 말에 그는 어깨를 으쓱하며 대꾸했다.

"그럴지도 모르겠군요."

피터스가 진지한 어조로 말했다.

"개인의 행복은 중요하지 않습니다. 전체가 행복해야 합니다. 정신적인 형제애! 자유롭고 단결된 노동자들이 생산 수단을 소유하는 세상, 전쟁광들과 모든 것을 자기 손아귀에 넣으려는 탐욕스러운 자들로부터의 해방! 과학은 모두를 위한 것입니다. 어떤 하나의 권력에 의해 독점되어서는 절대 안 됩니다."

그러자 에릭슨이 한껏 동감하듯 말했다.

"그렇습니다! 당신 말이 옳아요. 과학자들이 주인이 되어야 합니다. 그들이 통제하고 지배해야 합니다. 그들만이 진정한 초인입니다. 중요한 사람은 바로 이 초인들입니다. 노예들도 잘 대우해 줘야 하지만 그들은 어디까지나 노예일 뿐입니다."

힐러리는 그들에게서 약간 떨어진 곳으로 걸어갔다. 잠시 후 피터스가 그녀를 뒤따라왔다. 그가 익살스럽게 말했다.

"부인은 약간 겁을 먹은 것 같군요."

"그런 것 같아요……."

그녀는 짧게 숨죽여 웃었다.

"배런 박사가 한 말은 옳아요. 난 단지 여자일 뿐이에요. 나는 과학자도 아니고, 연구와 수술을 하거나 세균학을 아는 사람도 아니에요. 지적인 능력이 뛰어나지도 않고요. 배런 박사 말대로 나는 행복을 원해요. 다른 어리석은 여자들과 마찬가지로."

"그게 나쁠 게 뭐가 있습니까?"

"글쎄요, 여기 같이 있는 사람들에 비하면 제 이해력이 좀 부족한 것 같아서요. 뭐, 나는 그저 남편을 만나러 가는 한 명의 여자일 뿐이니까요."

"그게 뭐 어떻습니까. 부인은 당연하면서도 중요한 일을 하고 있습니다."

"그렇게 말씀해 주시니 고마워요."

"사실인걸요."

그는 착 가라앉은 목소리로 물었다.

"남편 분을 몹시 사랑하시는군요?"

"그러지 않았다면 제가 왜 여기 있겠어요?"

"물론 그러시겠지요. 부인은 남편의 견해에 동의하십니까? 그는 공산주의자라고 알고 있는데요."

힐러리는 직접적인 대답을 피했다.

"공산주의자를 언급하시다니……. 우리 일행에 대해 뭔가 이상한 생각이라도 들었나요?"

"그게 무슨 말이죠?"

"우리는 모두 같은 목적지를 향해 가고 있지만 속마음은 제각기 다른 것 같아요."

피터스는 생각에 잠겨 신중하게 말했다.

"글쎄요. 부인께서 뭔가 제대로 짚으신 것 같군요. 저는 그런 식으로 생각해 본 적은 없어요……. 하지만 부인의 말이 맞는 것 같습니다."

"배런 박사는 결코 정치적 신념을 가진 사람이 아니에요. 그는 자기의 실험과 연구를 위해 돈이 필요할 뿐이죠. 헬가 니드하임은 공산주의자가 아니라 파시스트처럼 보여요. 그리고 에릭슨은……."

"에릭슨은요?"

"나는 그가 두려워요. 그는 위험한 외골수예요. 마치 영화에 나오는 미치광이 과학자 같아요!"

"그리고 나는 인류 동포주의를 신봉하는 사람이고 당신은 남편을 지극히 사랑하는 아내이지요. 그리고 캘빈 베이커 부인은……. 당신은 그녀를 어떻게 보는지요?"

"모르겠어요. 가장 알 수 없는 사람 같아요."

"오! 저는 그렇게 생각하지 않습니다. 그녀야말로 가장 뻔한 사람 아닙니까?"

"무슨 말씀이죠?"

"캘빈 베이커 부인이 줄곧 따라다닌 것은 돈입니다. 그녀는 짭짤한 보수를 받고 일하는 큰 톱니바퀴의 한 부품일 뿐입니다."

"나는 그녀 역시 두려워요."

"왜요? 도대체 그녀가 왜 두렵단 말입니까? 미치광이 과학자와는 비교도 안 되는데요."

"너무나 평범하기 때문이에요. 보시다시피 어디서나 볼 수 있는 흔한 여자지요. 그런데도 그녀는 이 모든 일에 깊숙이 관여하고 있잖아요."

피터스는 엄한 표정을 지으며 말했다.

"당은 지극히 현실적이에요. 임무에 가장 적격자인 사람만 고용하지요."

"그렇지만 돈만 바라는 사람이 가장 적격자라고 할 수 있을까요? 배신하고 다른 쪽으로 넘어갈 수도 있잖아요."

피터스는 낮은 음성으로 대답했다.

"그건 정말 큰 모험이겠지요. 캘빈 베이커 부인은 약삭빠르고 빈틈없는 여자입니다. 제 생각엔 그녀가 그런 모험을 감수할 것 같지는 않군요."

힐러리가 갑자기 몸을 떨었다.

"춥습니까?"

"네, 약간 쌀쌀해요."

"조금 걸을까요?"

그들은 이리저리 거닐었다. 피터스가 걸음을 멈추고 허리를 굽히더니 무언가를 주워들었다.

"이거, 부인이 흘리셨는데요."

힐러리는 그것을 건네받았다.

"아, 맞아요. 내 목걸이에서 떨어진 진주알이에요. 엊그제 줄이 끊어졌어요. 아니, 어제 같군요. 굉장히 오래된 것이라서…….."

"진짜 진주는 아닌 것 같은데요."

힐러리는 미소를 지었다.

"물론 아니에요. 모조 장신구죠."

피터스는 담배 케이스를 주머니에서 꺼냈다.

"모조 장신구라, 재미있는 말이군요!"

그는 힐러리에게 담배를 권했다.

"특히 지금 이런 상황에서는…… 좀 우습게 들리네요."

그녀는 담배 한 개비를 집었다.

"담배 케이스가 특이하네요. 꽤 무거워 보이고."

"납으로 만들었거든요. 전쟁 기념품입니다. 폭탄 파편으로 만든 건데 그 폭탄 때문에 죽으려다 살아났죠."

"전쟁에 참가했었나요?"

"비밀 연구소 같은 데서 '꽝' 하고 터지는 물건들을 좀 만졌지요. 전쟁 얘기는 그만합시다. 내일 닥칠 일이나 신경 쓰자고요."

"우리는 어디로 가고 있는 거죠? 통 아무도 말을 해 주지 않으니……. 우리는……."

그가 그녀의 말을 잘랐다.

"섣부른 추측은 좋을 게 없습니다. 당신은 지시 받은 곳으로 가고 있고, 또 지시대로 하면 됩니다."

그러자 힐러리가 갑자기 흥분한 목소리로 말했다.

"강압적으로 그저 지시만 듣고 자기 의견은 말하지도 못하는 게 좋은가요?"

"저는 필요하다면 그런 것도 받아들일 준비가 돼 있습니다. 그리고 실제로 필요하기도 하고요. 우리는 세계의 평화, 세계의 규율, 세계의 질서를 세워야 합니다."

"그게 가능할까요? 이룰 수 있을까요?"

"지금 살고 있는 혼란스러운 세상보다야 무엇이든 더 나을 겁니다. 안 그런가요?"

순간적인 피로감과 지금 이 상황에서의 외로움, 이른 아침 햇살에서 느껴지는 묘한 아름다움에 대한 감상이 한꺼번에 밀려오면서 그녀의 입에서 열렬한 반대 의견이 튀어나올 뻔했다. 그녀는 이렇게 말해 주고 싶었다.

'우리가 사는 세계를 그렇게 비난하는 이유가 도대체 뭐죠? 세상에는 좋은 사람들도 많아요. 따뜻한 마음과 사람들의 개성을 키우기에는 강요된 질서의 세계보다 이 혼란스러운 세상이 더 적합하지 않을까요? 강요된 세계의 질서란 오늘은 옳다가도 내일은 틀려질 수도 있지 않나요? 나는 연민과 이해와 인정과 결별한 뛰어난 로봇의 세계보다는 차라리 결점이 있을지라도 따뜻한 인간의 세계를 선택하겠어요.'

하지만 그녀는 그 말을 목구멍 깊숙이 밀어넣었다. 대신 흥분이 가라앉은 척 가장하며 말했다.

"그래요, 당신 말이 옳아요. 제가 좀 피곤했나 봐요. 우리는 지시에 잘 따르며 앞으로 나아가야 해요."

그가 싱긋 웃었다.

"그러는 편이 낫죠."

10장

꿈속의 여행. 마치 꿈을 꾸고 있는 것 같았다. 시간이 갈수록 그
느낌은 더 강해졌다. 힐러리는 마치 지금까지의 모든 생애 동안 이
상하게 선발된 이 다섯 명의 사람들과 함께 죽 여행을 한 듯한 느낌
이 들었다. 그들은 단단하게 다져진 길에서 벗어나 허공의 세계로
발을 내디뎠다. 어떤 의미에서 보자면 그들의 여행을 도피라고 할
수는 없었다. 그들은 모두 자유 의지로 움직이는 사람들이었다. 스
스로 선택한 곳으로 가고자 하는 자유 의지를 지닌 이들이었다. 그
녀가 아는 한 그들은 어떤 범죄도 저지르지 않았으므로 경찰이 뒤
쫓지는 않을 것이다. 하지만 지나온 흔적을 없애기 위해 커다란 노
력과 수고를 감수해야 했다. 때때로 그녀는 왜 이렇게까지 해야 하
는지 의문이 들었다. 그들은 도망자가 아니었기 때문이다. 마치 모두
가 자기 자신이 아닌 다른 사람이 되기 위한 과정에 있는 것 같았다.

그것은 힐러리 자신도 마찬가지였다. 영국을 떠날 때는 힐러리 크레이븐이었는데 이제는 올리브 베터튼이 되었으니 말이다. 어쩌면 그녀가 느끼는 비현실적인 낯선 기분은 그 때문인지도 몰랐다. 시간이 지날수록 그럴듯한 정치 구호들이 그녀의 입술에서 예전보다 더 쉽게 흘러나왔다. 그녀는 자신이 진지하고 열정적으로 변하고 있는 게 느껴졌다. 동행한 사람들에게 영향을 받은 탓이었다.

힐러리는 자신이 그들을 두려워하고 있다는 사실도 깨달았다. 지금까지는 천재라고 불리는 사람들을 만나 본 적이 없었다. 그런 그녀가 천재들과 살을 맞대며 지내고 있는 것이다. 천재들에게는 평범한 사람을 뛰어넘는 남다른 점이 있었고, 그것이 평범한 사람의 생각이나 감정에는 커다란 부담으로 작용했다. 이들 다섯 명은 각기 달랐지만 불타는 열정과 목표를 향한 고집스러운 집중력이라는 이상한 기질을 지녔다는 점에서는 일치했다. 섬뜩한 인상마저 주는 그러한 기질이 비상한 두뇌 때문인지, 미래에 대한 독특한 시각 때문인지, 아니면 정열 때문인지 그녀로서는 알 수가 없었다. 하지만 그녀는 그들 모두가 나름대로 열정적인 이상주의자라는 생각이 들었다. 배런 박사는 자기의 전용 실험실에서 무제한의 연구비와 자원을 지원 받으면서 연구하고 싶은 강렬한 욕구를 지니고 있었다. 하지만 도대체 무엇을 위한 연구란 말인가? 그녀는 배런 박사 자신도 스스로 그런 질문을 던져 보지 않았을까 생각했다. 언젠가 박사는 그녀에게 파괴력에 대해 말한 적이 있었다. 그는 조그만 유리병 하나면 광대한 대륙 전체를 파괴할 수도 있다고 말했다. 그녀는 그 말에 이렇게 대꾸했다.

"하지만 과연 그렇게 할 수 있을까요? 진짜 그 일을 실행할 수 있겠냐고요."

그러자 그는 다소 놀란 눈으로 그녀를 쳐다보며 말했다.

"예, 물론 할 수 있습니다. 정말 불가피한 경우라면 말이지요."

그는 대수롭지 않다는 듯이 말을 이었다.

"정확한 방법, 정확한 진보의 길을 찾아낸다면 정말 흥미로운 일이 될 겁니다."

그리고 깊은 한숨을 내쉬며 덧붙여 말했다.

"아직은 연구하고 밝혀내야 할 것이 너무나 많지만요."

잠시나마 힐러리는 이해가 갔다. 수백만 명의 삶과 죽음 따위를 본질적으로 중요하지 않은 것으로 제쳐 둘 만큼의 강렬한 열정, 앎에 대한 진실한 욕구에 감화되었던 것이다. 그것은 하나의 가치관이었으며, 어떤 면에서 보면 그리 비열한 생각도 아니었다. 그보다 더 적대감을 불러일으키는 인물은 헬가 니드하임이었다. 그 젊은 여자의 하늘 높은 줄 모르는 오만함은 혐오감마저 불러일으켰다. 그나마 피터스가 마음에 들긴 했지만, 이따금 그의 두 눈에 번득이는 광신적인 섬광을 볼 때면 불쾌함과 두려움이 앞섰다. 힐러리는 피터스에게 이렇게 말했다.

"당신은 신세계를 창조하고 싶은 게 아니에요. 구세계를 파괴함으로써 그걸 즐기려는 것 아닌가요?"

"잘못 보셨습니다. 그런 말씀을 하시다니……."

"아니에요. 잘못 본 게 아니에요. 당신의 마음속에는 증오가 담겨 있어요. 저는 그걸 느낄 수 있어요. 증오와 파괴하고 싶은 욕망."

그들 중 가장 헷갈리는 인물은 에릭슨이었다. 에릭슨은 몽상가인 것 같았다. 프랑스 인 박사보다 더 비현실적이었지만 미국인보다 파괴적인 열정은 훨씬 덜했다. 그는 과거 바이킹 같은 기묘하고 광신적인 이상주의를 품고 있었다. 그는 이렇게 말했다.

"우리는 정복해야 합니다. 반드시 세계를 정복해야 합니다. 그래야 우리가 지배할 수 있습니다."

"우리라고요?"

그는 고개를 끄덕였다. 야릇하면서도 차분한 표정에 눈가에는 믿을 수 없는 온화함이 감돌았다.

"그렇습니다. 우리는 가치 있는 소수의 사람들입니다. 명석한 두뇌 집단이지요. 그 사실이 중요합니다."

힐러리는 생각했다. 우리는 지금 어디로 가고 있을까? 이 여행의 끝은 어디일까? 이 사람들은 모두 미쳤다. 하지만 각자 그 방식은 달랐다. 각자 다른 목표, 다른 신기루를 향해 나아가고 있는 것이다. 그래, 그게 맞는 표현이야. '신기루'. 캘빈 베이커 부인에 대해서도 곰곰이 생각해 보았다. 그녀에게는 광신적인 열정도, 증오도, 몽상도, 오만함도, 포부도 없었다. 이 여자에게서 힐러리가 찾아내거나 느낄 수 있는 것은 아무것도 없었다. 가슴도 양심도 없는 여자였다. 그녀는 보이지 않는 거대한 세력의 수중에 있는 유능한 도구일 뿐이었다.

사흘째 날이 거의 지나가고 있었다. 일행은 어느 작은 마을에 도착해 조그만 원주민 호텔에서 여장을 풀었다. 이곳에서 그들은 다시 유럽 인 복장으로 갈아입게 되어 있었다. 그날 밤 그녀는 회칠을 한 좁고 휑뎅그렁한 방에서 잤다. 마치 조그만 감방 같았다.

이른 새벽, 캘빈 베이커 부인이 그녀를 깨웠다.

"지금 곧바로 출발합니다. 비행기가 대기하고 있어요."

"비행기라고요?"

"그래요. 다시 문명인다운 여행으로 돌아가는 거죠."

그들은 한 시간쯤 달린 끝에 비행장에 도착했다. 폐쇄된 군용 비행장 같았다. 조종사는 프랑스 인이었다. 그들은 산맥을 넘어 몇 시간을 날아갔다. 비행기에서 내려다보며 힐러리는 이상하게도 위에서 내려다보면 세상의 모습이 다 똑같아 보인다고 생각했다. 산이며 계곡이며, 도로나 집들 전부가 그랬다. 항공 전문가가 아닌 다음에야 모든 게 비슷비슷하게 보일 것이다. 어떤 지역은 인구가 조밀하고 어떤 지역은 그렇지 않은 편이라는 정도만 겨우 알 수 있을 뿐이다. 가는 동안의 반은 비행기가 구름 위로 지나가는 바람에 아무것도 볼 수 없었다.

정오를 조금 지났을 무렵, 비행기가 고도를 낮추기 시작했다. 여전히 산악 지대였지만 아래쪽에 평탄한 평지가 보였다. 소형 비행장이 뚜렷하게 보였고, 그 근처에 있는 흰색 건물 한 채가 보였다. 그들은 안전하게 착륙했다.

베이커 부인이 일행을 건물 쪽으로 안내했다. 건물 옆에는 기동

력 있어 보이는 자동차 두 대와 운전사들이 대기하고 있었다. 어떤 공식적인 절차나 접수가 없는 걸로 봐서 개인 비행장이 틀림없었다.

베이커 부인이 밝은 목소리로 말했다.

"여행은 끝났어요. 모두 들어가서 깨끗하게 씻고 몸단장도 하세요. 그러고 나면 자동차가 준비되어 있을 거예요."

힐러리는 눈을 둥그렇게 뜨고 그녀를 쳐다보았다.

"여행이 끝났다니요? 하지만 우리는…… 바다를 건너지도 않았는데요."

베이커 부인이 재미있다는 듯 대답했다.

"바다를 건너갈 줄 알았나요?"

힐러리는 어리둥절할 뿐이었다.

"그래요, 저는 그럴 줄 알았어요. 제 생각엔……."

그녀는 말꼬리를 흐렸다. 베이커 부인이 고개를 끄덕였다.

"그래요. 많은 사람들이 그렇게 생각하죠. 철의 장막을 두고 말도 안 되는 얘기들이 무성해요. 하지만 나는 철의 장막이란 어디든 있을 수 있다고 생각해요. 물론 사람들은 그렇게 생각하지 않지만."

아랍 인 하인 두 명이 그들을 맞이했다. 그들은 몸을 씻고 기운을 차린 뒤 커피와 샌드위치, 비스킷을 먹었다. 베이커 부인이 시계를 흘끔 쳐다보며 말했다.

"자, 정말 긴 여행이었지요? 저는 이제 여러분과 헤어질 거예요."

힐러리가 놀란 얼굴로 물었다.

"모로코로 돌아가시나요?"

"그렇진 않아요. 다들 내가 사고 비행기에서 타서 죽은 걸로 알고 있을 테니까요! 이제 나는 다른 일로 뛰어들게 될 거예요."

"하지만 누군가가 당신을 알아볼지도 모르잖아요. 그러니까 카사블랑카나 페스의 호텔에서 당신과 마주쳤던 사람들 말이에요."

"아, 그건 염려 없어요. 저는 이제 다른 여권을 갖고 있거든요. 내 동생인 캘빈 베이커 부인은 비행기 사고에서 죽은 걸로 되어 있는 거죠. 언니와 나는 꼭 닮았답니다. 그리고 호텔에서 마주치는 사람들이야 어느 미국 여자 여행객이 다른 여행객과 꽤 비슷하게 생겼다고 생각하고 말겠죠."

힐러리는 충분히 그럴 수 있겠다고 생각했다. 베이커 부인에게는 외적인 특징, 중요하지 않은 특징들이 모두 있었다. 단정하고 말끔함 옷차림과 깔끔하게 빗은 푸른 머리칼, 매우 단조로우면서도 수다스러운 목소리……. 하지만 내적인 특징은 철저하게 가려져 있었다. 아니, 어쩌면 존재하지 않는지도 몰랐다. 그녀는 세상과 자기 일행에게 늘 겉모습만 보여 주었을 뿐, 그 뒤에 존재하는 모습은 전혀 보여 주지 않았다. 마치 그녀를 다른 사람과 구분해 주는 뚜렷한 개성이나 특성들을 일부러 없애 버린 것 같았다.

힐러리는 문득 그녀에게 그렇게 말해 주고 싶은 기분이 들었다. 그녀와 베이커 부인은 나머지 일행과 약간 떨어진 곳에 서 있었다.

"당신이 어떤 사람인지 도무지 모르겠군요."

"굳이 알아야 할 이유가 있을까요?"

"왜 알아야 하느냐고요? 저는 왠지 그래야 할 것 같아요. 우리는 지금까지 한 공간에 있으면서 오랫동안 함께 여행을 해 왔어요. 그런데 당신에 대해 아는 게 하나도 없다니 이상하잖아요. 그러니까 내 말은 당신의 진짜 모습, 당신이 무얼 느끼고 생각하는지, 무얼 좋아하고 싫어하는지, 또 당신에게 중요한 것이 무엇인지, 그런 것들 말이에요."

"호기심이 많으시군요. 하지만 제가 충고 한 가지 하겠는데, 그런 호기심은 눌러 버리세요."

"저는 당신이 미국 어느 지역 출신인지조차 모른다고요."

"그건 하나도 중요하지 않아요. 저는 제 조국과 관계를 끊었어요. 조국으로 돌아갈 수 없는 이유가 몇 가지 있지요. 그 나라에 대한 깊은 원한을 갚을 수만 있다면 철저하게 갚아 줄 텐데……."

그 순간 그녀의 표정과 목소리에 격렬한 증오가 스쳤다. 하지만 언제 그랬냐는 듯이 곧바로 유쾌한 여행객의 목소리로 돌아왔다.

"어쨌든 베터튼 부인, 안녕히 가세요. 남편 분과의 행복한 재회를 빌게요."

힐러리는 힘없이 말했다.

"저는 여기가 도대체 어딘지 모르겠어요. 세상 어느 구석에 와 있는지, 원."

"아, 그건 간단히 대답해 드리죠. 이제는 굳이 숨길 필요가 없으니까요. 이곳은 하이 아틀라스(모로코 중부에 있는 산맥 — 옮긴이)에 있는 어느 외딴 지역이에요. 이젠 거의 다 왔어요."

베이커 부인은 저쪽으로 가서 다른 사람들과 작별 인사를 나누기 시작했다. 그녀는 명랑하게 손을 흔들며 비행장 포장도로를 가로질러 걸어갔다. 이미 연료를 다시 채운 비행기 옆에서 조종사가 그녀를 기다리고 있었다. 언뜻 차가운 냉기가 힐러리의 몸을 휘감았다. 이제 외부 세계와 영영 작별이라는 생각이 들었다. 바로 옆에 서 있던 피터스도 그녀의 기분을 눈치 챈 것 같았다. 그가 낮은 음성으로 말했다.

"다시 돌아서 나갈 수 없는 곳, 우리는 이제 그곳으로 갈 겁니다."

배런 박사가 힐러리를 보며 말했다.

"설마 겁을 먹은 건 아니겠죠, 부인. 지금이라도 저 미국인 친구를 따라서 비행기를 타고 예전의 세계로 다시 돌아가고 싶으신 건가요?"

"내가 원한다고 해서 그렇게 할 수 있나요?"

프랑스 인 박사는 어깨를 으쓱했다.

"글쎄요."

앤드루 피터스가 그녀에게 물었다.

"내가 저 여자를 불러 줄까요?"

힐러리가 날카롭게 대답했다.

"아뇨. 그럴 필요 없어요."

헬가 니드하임이 경멸적인 투로 말했다.

"이곳에는 나약한 여성을 위한 공간은 없어요."

배런 박사가 낮은 목소리로 말했다.

"저 부인은 나약한 여성이 아니에요. 조금이라도 똑똑한 여자라면 저 부인처럼 스스로에게 질문을 던질 겁니다."

배런 박사는 그 독일 여자에게 들으라는 듯 '똑똑한'이라는 말을 유난히 강하게 발음했다. 하지만 니드하임은 전혀 개의치 않았다. 그녀는 모든 프랑스 인을 경멸했으며 자신의 가치관에 대한 확신에 젖어 있었다. 에릭슨이 신경질적인 음성으로 대꾸했다.

"마침내 자유에 도달하고 나면 과연 되돌아갈 마음이 생길까요?"

힐러리가 말했다.

"되돌아갈 수 없다면, 아니 되돌아갈 수 있는 선택권이 없다면 그건 자유가 아니죠!"

하인 한 명이 다가와서 말했다.

"지금 차량이 출발하려고 대기 중입니다."

그들은 건물 반대편에 있는 문을 통해 밖으로 나갔다. 제복을 입은 운전사들과 캐딜락 두 대가 대기하고 있었다. 힐러리는 운전사 옆 좌석에 앉고 싶다는 의사를 표시하며, 승용차의 흔들림 때문에 차멀미를 하는 체질이라고 설명을 덧붙였다. 그렇게 설명하면 쉽게 받아들여질 것 같았기 때문이다. 가는 동안 힐러리는 이따금씩 운전사와 날씨 얘기나 차가 훌륭하다는 얘기 등 이런저런 잡담을 나누었다. 그녀는 능숙하게 프랑스 어를 구사했으며 운전사는 유쾌하게 대답해 주었다. 그의 태도는 자연스럽고 적당히 사무적이었다.

잠시 후 힐러리가 물었다.

"얼마나 걸리죠?"

"비행장에서 병원까지 말입니까? 아마 두 시간쯤 걸릴 겁니다."

힐러리는 깜짝 놀라며 뭔가 꺼림칙한 기분을 느꼈다. 헬가 니드하임이 숙박 시설에서 간호사복으로 갈아입은 사실이 퍼뜩 떠올랐기 때문이다. 운전사의 말과 뭔가 들어맞는 구석이 있었다.

"그 병원에 대해 좀 얘기해 주시겠어요?"

운전사는 열을 올리며 대답했다.

"아, 부인, 정말 엄청난 곳이죠. 시설이 그야말로 세계 최고입니다. 많은 의사 선생님들이 와서 둘러보고 입에 침이 마르도록 칭찬하는 곳이랍니다. 인류를 위한 위대한 일이 그곳에서 이루어지고 있지요."

"그럼요. 두말할 것 없이 그래야죠."

"불쌍한 사람들! 그러니까 옛날 같으면 외딴 섬으로 추방되어 죽어 갈 사람들이죠. 하지만 이곳에서는 콜리니 박사님의 새로운 치료법으로 수많은 사람들이 치료되고 있죠. 거의 다 죽어 가는 사람들까지도 말입니다."

"병원이 아주 외진 곳에 있는 모양이군요."

"아, 부인께서 가시는 곳은 아주 외딴 곳입니다. 당국에서 그런 곳을 강력히 원했죠. 하지만 공기가 얼마나 좋은지 모릅니다. 부인, 저기 보십시오. 이제 목적지가 보이기 시작하는데요."

그가 손가락으로 앞쪽을 가리켰다. 자동차는 앞에 보이는 산맥에서 첫 번째 돌출된 부분을 향해 접근하고 있었다. 산허리를 마주한 한쪽 평지 위에 기다랗고 하얀 건물이 어슴푸레하게 보였다.

"이런 곳에 저런 건물을 세우다니 정말 대단한 일이죠. 어마어마한 돈이 들었을 겁니다. 모두가 전 세계의 자선가들 덕택이죠. 그분들은 언제나 싼 비용으로만 일을 처리하려는 정부와는 다릅니다. 이곳엔 돈이 정말 물 뿌리듯 뿌려졌다고 합니다. 후원자가 세계 최고 거부들 중 하나라고들 하던걸요. 인류의 큰 고통을 덜어 주기 위한 위대한 업적을 세운 셈이죠."

자동차는 구불구불한 길을 따라 올라갔다. 마침내 그들은 빗장을 지른 거대한 철문 앞에 도착했다. 운전사가 말했다.

"여기서 내리셔야 합니다. 저는 차를 몰고 안으로 들어가지 못하게 되어 있습니다. 차고는 1킬로미터 떨어진 곳에 있답니다."

일행은 모두 차에서 내렸다. 철문에는 벨을 당기는 기다란 줄이 붙어 있었다. 하지만 그것에 손도 대기 전에 문이 천천히 열렸고, 흰 옷을 입은 검은 얼굴의 사내가 웃으며 그들을 안쪽으로 안내했다. 문을 통과해 들어가니, 한쪽에 높다란 철조망이 쳐져 있었고 그 건너편으로 커다란 정원과 그 안에서 이리저리 거닐고 있는 사람들이 보였다. 도착하는 손님들을 보려고 그들이 이쪽으로 고개를 돌렸을 때, 힐러리는 놀라서 숨이 멎을 뻔했다.

"나병 환자들이잖아!"

공포의 전율이 그녀의 온몸을 휘감았다.

11장

나환자 요양소의 철문이 '철커덩' 하는 금속성 소리와 함께 뒤에서 닫혔다. 놀란 힐러리에게 그 소리는 무서운 끝을 알리는 예고음처럼 들렸다. 마치 '희망을 버릴지어다, 이곳에 들어온 그대들이여…….' 하고 말하는 것 같았다. 이제 끝이구나……. 정말로 끝이야……. 그녀는 생각했다. 이제 되돌아 나갈 만한 길은 모두 차단되었다.

그녀는 사면초가의 궁지에 빠지고 말았다. 길어 봐야 몇 분 후면 정체가 들통이 나고 말 것이다. 이런 순간이 언젠가는 오리라고 늘 어렴풋이 생각해 왔지만, 인간이 본래 갖고 있는 강렬한 낙관주의, 그리고 그러한 인간이 스스로의 존재를 포기하지 못하고 가지는 강한 믿음이 그 사실을 가려 왔다. 언젠가 카사블랑카에서 그녀는 제솝에게 언제 토머스 베터튼을 만나게 될지 물었다. 그러자 제솝은 진지한 표정으로 위험이 임박할 무렵이라고 대답했다. 그리고 그때쯤 자신이 그녀를 보호해 줄 수 있는 상황이면 좋겠다고 덧붙였다. 하지만 힐러리는 그 희망이 실현될 수 없는 상황에 이르렀음을 인정할 수밖에 없었다.

만일 헤더링턴 양이 제숍이 믿고 있던 첩보원이었다면 그녀는 이미 계략에 속아 작전에 실패했음을 마라케시에서 보고했을 것이다. 어찌 됐든 헤더링턴 양이 할 수 있는 일은 별로 없었다.

그들 일행은 두 번 다시 돌아갈 수 없는 곳으로 들어왔다. 힐러리는 목숨을 걸고 도박을 했으며 그 도박에서 졌다. 그녀는 제숍의 말이 옳았다는 걸 이제야 깨달았다. 그녀는 죽고 싶지 않았다. 살고 싶었다. 살고 싶다는 욕망이 강하게 끓어올랐다. 나이절이 떠올랐다. 슬픔과 연민이 서려 있는 브렌다의 작은 흙무덤도 떠올랐다. 죽어서 모든 이들에게 잊혀지고 싶은 마음까지 들게 만들었던 극도의 자포자기와 절망감은 이제 없었다. 그녀는 생각했다.

'난 다시 살아났어. 정신을 차렸다고……. 난 지금 덫에 걸린 생쥐와 같아. 여기서 빠져나갈 수만 있다면…….'

빠져나갈 생각을 전혀 해 보지 않은 것은 아니었다. 하지만 일단 토머스 베터튼과 마주치고 나면 도무지 빠져나갈 방법이 없을 것 같았다.

토머스 베터튼은 이렇게 말할 것이다.

"저 여자는 내 아내가 아닙니다."

너무나 뻔한 일 아닌가! 힐러리를 보는 순간 그 즉시 눈치 챌 것이다. 그녀가 이곳에 침투한 첩자라는 것을 말이다.

기발한 묘책이 없을까? 만일 먼저 선수를 친다면 어떨까? 토머스 베터튼이 말을 꺼내기 전에 먼저 고함을 질러 버릴까? '당신은 누구죠? 당신은 내 남편이 아니에요!' 하고 말이다. 먼저 화를 내고 충격을 받고 무서워하는 척하면 확실한 의심을 불러일으킬 수 있지 않을까? 토머스 베터튼이 진짜 베터튼인가 의심할 수도 있을 것이다. 어떤 다른 과학자가 첩자처럼 이곳으로 침투해 베터튼의 흉내를 내고 있는 것은 아닌가 하는 의혹을 가질지도 모른다. 만일 그들이 그 말을 믿으면 베터튼은 궁지에 몰리고 말 것이다! 그녀의 마음은 갈피를 잡을 수가 없었다. 하지만 만약 베터튼이 조국의 기밀까지 기꺼이 팔아넘길 수 있는 반역자라면, 그가 어떻게 되든 그게 무슨 상관인가? 그의 애국심을 판단하기란 어렵다. 어떤 사람이나 상황을 판단하는 것만큼 어려운 일도 없다. 하지만 어쨌든 그에 대한 의심을 불러일으키는 일은 한 번쯤 시도해 볼 만하다.

그녀는 가벼운 현기증을 느끼며 다시 눈앞의 현실로 돌아왔다. 그녀의 생각은 마치 덫에 걸린 생쥐처럼 필사적으로 발버둥을 치며 밑바닥을 향해 내달리고 있었다. 하지만 그 와중에서도 그녀의 외적인 의식은 정해진 역할을 잘 수행해 나가고 있었다.

외부 세계에서 온 그들 일행은 어느 키가 크고 잘생긴 남자의 영접을 받았다. 그는 외국어에 능통한 사람 같았다. 일행 각자에게 그들의 모국어로 한두 마디씩 인사를 건넸기 때문이다. 그는 먼저 배런 박사에게 조그만 음성으로 말했다.

"앙샹테 드 페르 보트르 코네상스, 몽 셰르 독퇴르.(만나 뵙게 돼서 반갑습니다. 박사님.)"

그러고는 힐러리 쪽으로 돌아섰다.

"아, 베터튼 부인. 이렇게 무사히 도착하셔서 다행입니다. 길고 피곤한 여행이었을 겁니다. 남편 분은 아주 잘 계십니다. 부인을 무척 기다리고 있답니다."

그는 그녀에게 조심스럽고 예의 바른 미소를 보냈다. 하지만 눈빛은 창백하면서도 차가웠다.

"남편을 무척 보고 싶으실 테죠?"

순간 힐러리는 현기증이 확 밀려왔다. 주변에 있는 사람들이 마치 파도처럼 가까이 밀려왔다 멀어졌다 하는 기분이었다. 옆에 있던 앤드루 피터스가 팔을 잡고 그녀를 부축해 주었다.

피터스는 그들을 맞고 있는 남자에게 말했다.

"못 들으신 모양이군요. 베터튼 부인은 카사블랑카에서 끔찍한 비행기 사고를 당했습니다. 뇌진탕을 입었지요. 먼 길을 오느라고 더 악화된 것 같습니다. 남편을 만나 너무 흥분하는 것도 지금으로선 좋을 것 같지 않군요. 일단은 어두운 방에 누워서 쉬는 편이 낫겠습니다."

힐러리는 그의 음성과 부축해 주고 있는 팔에서 따뜻한 친절을 느꼈다. 그녀는 약간 더 휘청거렸다. 힘없이 주저앉아 풀썩 드러누워 버리는 일쯤이야 식은 죽 먹기지. 의식을 잃은 척하거나 정신이 혼미한 척하는 것쯤이야……. 어두운 방에 눕혀진다면 발각되는 순간을 조금이라도 미룰 수 있을 거야……. 하지만 베터튼이 그녀를 만나러 올 것이다. 세상의 어느 남편이라도 그렇게 할 것이다. 그는 어둠침침한 방 안의 침대 위로 몸을 구부릴 것이다. 그의 눈이 어둠에 익숙해질 때쯤 그녀의 중얼거리는 목소리만 듣고도, 그리고 희미한 얼굴 윤곽만으로도 그녀가 올리브 베터튼이 아니라는 사실을 알아챌 것이다.

힐러리는 다시 용기를 냈다. 그녀는 몸을 똑바로 일으켰다. 양 볼에 다시 혈색이 돌아왔다. 그녀는 고개를 흔들었다. 설령 이것이 끝이라 할지라도 당당한 모습으로 끝내자! 베터튼이 그녀를 부인하는 순간, 최후의 거짓말을 시도하리라. 당당하고 떳떳하게 이렇게 말하리라.

"그래요. 물론 나는 당신 아내가 아닙니다. 정말 안된 일이지만 당신의 아내는 죽었어요. 나는 그녀가 죽을 때 함께 입원했던 사람입니다. 난 그녀에게 약속했어요. 어떻게 해서든 당신에게 가서 그녀의 마지막 유언을 전해 주겠다고요. 나는 그 약속을 지키고 싶었어요. 보시다시피 나는 당신이 한 일에 공감하고 있어요. 당신들이 이곳에서 하고 있는 일에 말이에요. 나는 정치적으로 당신과 견해를 같이합니다. 돕고 싶어요……."

속이 빤히 들여다보이는 어색한 거짓말이다. 가짜 여권, 날조된 신용장……. 그래, 하지만 사람이란 때로는 가장 뻔뻔스러운 거짓말도 하면서 살아가는 게 아닌가. 확실한 신념을 가진 거짓말이라면 괜찮아. 마음만 단단히 먹고 상황을 넘기면 돼. 끝까지 싸워 보는 거야.

그녀는 피터스의 부축에서 천천히 팔을 빼내며 몸을 일으켰다.

"아, 아니에요. 톰을 만나겠어요. 그이를 만나게 해 주세요. 지금 당장……. 부탁해요."

키 큰 남자는 그 말에 마음이 움직인 것 같았다. 애처롭게 보인 모양이었다.(하지만 눈빛은 여전히 차갑고 날카로웠다.)

"물론이지요. 물론입니다, 베터튼 부인. 부인의 심정은 충분히 이해가 갑니다. 아, 여기 젠슨 양을 소개하지요."

안경을 쓴 마른 여자가 그들에게 다가왔다.

"젠슨 양, 이분들은 베터튼 부인, 니드하임 양, 배런 박사, 피터스 씨, 그리고 에릭슨 박사입니다. 이분들을 등록실로 안내해 주겠어요? 마실 것도 좀 드리세요. 나는 조금 있다가 갈 테니까. 베터튼 부인을 남편에게 모셔다 드려야겠어요. 잠시 후 돌아오겠습니다."

그는 다시 힐러리를 향해 돌아서며 말했다.

"저를 따라오시지요, 베터튼 부인."

그는 성큼성큼 앞서 걸어갔고, 그녀도 그 뒤를 따라갔다. 통로가 꺾어지는 곳에 이르러 그녀는 뒤를 돌아보았다. 앤드루 피터스가 여전히 그녀를 쳐다보고 있었다. 그의 표정에 희미하게 불안이 묻어 있었다. 그 순간 그녀는 그가 자기를 따라올지도 모른다고 생각했다. 피터스는 뭔가 일이 잘못됐다고 생각하는 게 틀림없어. 나 때문에 그렇게 생각하겠지. 하지만 그도 무엇이 잘못됐는지는 모를 거야.

그녀는 이런 생각을 하며 몸을 떨었다.

'어쩌면 이것이 내가 그를 보는 마지막 순간일지도 모르지…….'

그녀는 안내인을 따라 모퉁이를 돌아서는 순간 한손을 들어 작별 인사를 했다.

키 큰 남자가 유쾌한 목소리로 말했다.

"베터튼 부인, 이쪽입니다. 부인처럼 처음 오시는 분에게는 저희 건물이 좀 혼란스러울 겁니다. 복도가 여러 개인데다 모두 비슷비 슷하게 생겼거든요."

힐러리는 마치 꿈을 꾸는 기분이었다. 깨끗하기 그지없는 흰색 복도들. 따라서 걸어가다 돌고, 또 계속 걸어가고, 나가는 길은 영영 없을 것 같은 복도를 계속 걸어가는 꿈…….

그녀가 말했다.

"병원일 거라고는 생각도 못 했어요."

"물론 그러셨을 겁니다. 어떤 것도 예상하지 못하셨을 겁니다."

그의 목소리에는 잔인한 즐거움이 희미하게 묻어 있었다.

"부인께서는 영문도 모른 채 이곳까지 여행했다고 들었습니다. 저는 반 하이뎀이라고 합니다. 파울 반 하이뎀."

"이곳은 왠지 이상해요. 두려움이 느껴진다고 할까. 나병 환자들 이……."

"예, 이해가 갑니다. 굉장히 특이한 곳이죠. 정말 의외일 겁니다. 처음 오시는 분들은 당황하곤 하죠. 하지만 곧 익숙해질 겁니다. 그 럼요, 조만간 익숙해지고말고요."

그는 싱글벙글 웃었다.

"저는 이 얘기를 할 때마다 기분이 좋습니다."

그가 갑자기 걸음을 멈췄다.

"저 계단만 올라가면 됩니다. 서두르지는 마시고 침착하게 오십시오. 자, 이제 거의 다 왔습니다."

이제 거의…… 거의 다 왔다……. 죽음을 향해 내디뎠던 그 많은 발걸음들……. 이제 위로 올라가면…… 더 깊숙이, 유럽에서보다 더 깊숙이 발걸음을 내딛게 된다. 흰색 복도를 또 하나 지난 후 반 하이뎀은 어느 문 앞에서 멈췄다. 그는 노크를 하고 잠시 기다린 후 문을 열었다.

"아, 베터튼…… 드디어 도착했습니다. 당신 부인이오!"

그는 약간 과장된 몸짓을 하며 옆으로 비켜섰다.

힐러리는 방 안으로 걸어 들어갔다. 아무런 망설임도 없었다. 그녀는 전혀 위축되지 않고 용기를 내어 운명을 향해 앞으로 나아갔다.

한 남자가 창문에서 몸을 반쯤 돌린 채 서 있었다. 매우 잘생긴 남자였다. 정말 놀랄 만큼 수려한 용모였다. 하지만 그녀가 생각했던 토머스 베터튼이 아니었다. 그는 사진 속에서 본 남자와 조금도 닮지 않았다…….

그녀는 놀라움과 혼란스러움이 뒤섞인 감정으로 결심했다. 미리 생각해 둔 작전을 필사적으로 밀어붙여 보리라.

그녀는 앞으로 재빨리 걸어가다가 문득 뒷걸음질을 쳤다. 놀라고 당황해서 어쩔 줄 모르는 그녀의 목소리가 방 안에 울려 퍼졌다.

"톰이 아니에요. 저 사람은 내 남편이 아니라고요……."

정말 기가 막힌 연기였다. 스스로 생각하기에도 그랬다. 극적이었지만 너무 과장하지도 않았다. 그녀는 어리둥절해하는 반 하이뎀의 눈과 마주쳤다.

바로 그때 토머스 베터튼이 껄껄 웃음을 터뜨렸다. 점잖으면서도 재미있다는 듯 퍽 의기양양한 웃음이었다.

"정말 재미있지 않습니까, 반 하이뎀? 내 아내도 나를 알아보지 못하다니!"

그는 빠르게 네 걸음을 걸어 그녀에게 다가왔다. 그러고는 두 팔로 그녀를 힘껏 껴안았다.

"여보, 올리브, 당신이 나를 모를 리 있나. 얼굴은 비록 옛날과 다르지만 틀림없는 톰이야."

그는 자기 얼굴을 힐러리의 얼굴에 비볐다. 힐러리의 귓가에 스치는 그의 입술에서 아주 작은 속삭임이 흘러나왔다.

"그럴듯하게 굴어요, 제발. 위험합니다."

그는 그녀를 잠시 풀어 주었다가 다시 끌어당겨 안았다.

"여보! 벌써 몇 년이나 지난 것 같아. 드디어 이렇게 당신을 다시 만나다니!"

그녀는 뭔가 주의를 주려는 듯 자신의 어깨뼈를 누르는 그의 손가락을 느낄 수 있었다. 어떤 경고나 절박한 메시지를 전하려는 것 같았다.

1~2분쯤 지나서야 그는 아내를 풀어 주었다. 그리고 그녀를 몸에서 조금 떼어 놓은 다음 얼굴을 빤히 들여다보았다. 그는 흥분한 얼굴로 웃으면서 말했다.

"아직도 믿기지가 않아. 자, 이제 나를 알아보겠지?"

그의 두 눈은 아직도 경고의 메시지를 담은 채 그녀를 빤히 응시했다.

그녀는 이해가 가지 않았다. 도무지 뭐가 뭔지 알 수가 없었다. 하지만 지금으로서는 이런 상황이 하늘에서 뚝 떨어진 기적과 같았다. 그녀는 용기를 내 자기의 역할을 해내기로 마음먹었다.

"톰!"

이제야 뭔지 알겠다는 듯한 목소리로 그녀가 말했다.

"아, 톰…… 이게 대체 어떻게 된 영문인지…….

"성형 수술을 했어! 비엔나에서 온 헤르츠라는 의사가 해 줬지. 그의 실력은 정말 경이로워. 납작한 내 옛날 코가 그립다고는 말하지 말아 줘."

그는 아내에게 다시 키스를 했다. 이번에는 아까보다 더 부드러운 키스였다. 그리고 약간 겸연쩍은 미소를 띤 채 이쪽을 쳐다보고 있는 반 하이뎀에게 돌아섰다.

"낯 뜨거운 짓을 용서하십시오, 반 하이뎀."

"아닙니다. 뭐 당연하지요…….

네덜란드 인은 호의적인 미소를 지었다.

힐러리가 말했다.

"당신을 얼마 만에 보는 건지 난……."

그녀는 약간 휘청거렸다.

"난…… 좀 앉았으면 좋겠어요."

토머스는 재빨리 의자를 가져와 그녀를 천천히 의자에 앉혔다.

"그래, 많이 지쳤을 거야. 고된 여행을 했으니까. 게다가 비행기 사고까지 당했으니 오죽하겠어. 오, 세상에! 하늘이 도우셨지!"(긴밀한 연락망이 있는 게 분명했다. 그들은 비행기 사고에 대한 것까지 전부 알고 있었다.)

"그 사고 때문에 내 머리가 완전히 흐리멍텅하게 되어 버렸지 뭐예요."

힐러리가 겸연쩍게 웃으며 말했다.

"기억력도 약해졌고 머릿속도 엉망진창이에요. 게다가 끔찍한 두통까지 얻었어요. 그러니 당신을 만나고도 전혀 낯선 사람처럼 느낄 수밖에요. 바보가 되어 버린 것 같아요, 여보. 괜히 당신한테 귀찮은 골칫거리가 되고 싶진 않은데!"

"골칫거리라고? 별 말을 다하는군. 마음 편히 가져. 그러면 돼. 천천히 여유를 갖고 지내."

반 하이뎀이 천천히 문 쪽으로 걸어갔다.

"그럼, 저는 그만 가 보겠습니다. 조금 있다가 부인을 등록실로 데려다 주겠습니까, 베터튼? 잠깐 동안은 부인과 떨어져 있어도 괜찮겠지요?"

그는 문을 닫고 나갔다.

그러자 곧바로 베터튼은 힐러리 옆에 털썩 무릎을 꿇더니 그녀의 어깨에 얼굴을 파묻었다.

"오, 여보, 내 사랑!"

다시 한 번 그가 경고를 하기 위해 어깨를 손가락으로 누르는 게 느껴졌다. 겨우 들릴락 말락 한 그의 목소리는 절실하기까지 했다.

"지금처럼 계속하세요. 어딘가 도청 장치가 있을지도 모릅니다. 아무도 모릅니다."

맞는 말이었다. 아무도 모른다……. 그녀는 두려움과 불안, 의혹, 위험을 주변 공기에서 감지할 수 있었다.

토머스 베터튼이 바닥에 엉덩이를 대고 앉았다.

"당신을 만나다니 너무 기뻐. 정말이지 꿈만 같아. 실제 같지가 않다고. 당신도 그렇지?"

"그럼요. 나도 꼭 꿈만 같아요. 이렇게 당신과 다시 함께 있다니 전혀 실감이 안 나요, 톰."

그녀는 양손을 그의 어깨에 얹었다. 그리고 입가에 엷은 미소를 띠고 그를 바라보았다.(도청 장치뿐 아니라 어딘가에 감시 구멍이 있을지도 몰랐다.)

그녀는 눈앞의 상황을 냉정하고 차분하게 곱씹어 보았다. 잔뜩 겁을 집어먹고 초조해하는 서른 살 남짓의 미남자, 거의 막다른 골목에 이른 듯한 남자, 필경 처음에는 희망에 잔뜩 부풀어 이곳으로 왔을 테지만 결국 이렇게 되고 만 남자가 눈앞에 있었다.

어쨌든 이제 그녀는 첫 번째 난관을 뛰어넘은 셈이었다. 그녀는 연극을 해 나가면서 야릇한 흥분마저 느꼈다. 그녀는 반드시 올리브 베터튼이 되어야 한다. 올리브처럼 행동하고, 올리브가 느낄 것이라고 상상되는 대로 느껴야 한다. 모든 상황 자체가 현실 같지 않았기 때문에 자신이 올리브가 되는 일 역시 자연스럽게 느껴졌다. 힐러리 크레이븐이라는 여자는 이미 비행기 사고에서 죽었다. 지금 이 순간부터는 그녀 자신도 자기를 기억하지 않을 것이다.

단 꼼꼼하게 공부한 내용들에 대한 기억은 되살려야 했다.

"퍼뱅크에 있을 때가 까마득한 옛날 같아요. 위스커스, 위스커스 기억나죠? 그게 새끼들을 낳았어요. 당신이 떠난 직후에 말이에요. 그것 말고도 너무 많은 일이 있었어요. 매일매일 별의별 일이 다 있었죠. 당신은 모를 거예요. 내게는 모든 게 기묘하기만 했어요."

"그래. 하지만 지금부터는 과거 생활을 모두 청산하고 새 생활을 시작하는 거야."

"그렇다면…… 이곳은 괜찮은 곳인가요? 당신, 정말 행복해요?"

어느 아내라도 물어봄 직한, 그야말로 진짜 아내다운 질문이었다.

"한 마디로 최고야."

토머스 베터튼은 어깨를 쭉 펴고 고개를 뒤로 젖혔다. 얼굴에는 자신감 넘치는 미소를 짓고 있지만 그는 여전히 불안하고 겁에 질려 있었다.

"시설이 최고야. 비용도 전혀 안 들지. 연구를 계속하기에는 완벽한 조건이야. 이곳 조직은 믿을 수 없이 완벽하고 훌륭해."

"아, 나도 그럴 줄 알았어요. 당신도 나랑 똑같은 경로로 왔어요?"

"그런 얘기는 하는 게 아니야. 아, 당신을 타박하려는 건 아니야. 당신은 이곳 생활에 대한 모든 걸 배워야 해."

"그런데 그 나병 환자들은 뭐예요? 여기가 정말 나환자 요양소인 건가요?"

"그래, 그 말도 맞아. 이곳에는 나병을 연구하면서 굉장히 훌륭한 일을 하고 있는 의학 팀이 있어. 하지만 그들은 완전히 독립돼 있지. 당신이 두려워할 건 없어. 그건 위장 수단일 뿐이거든."

"알았어요."

힐러리는 주위를 둘러보며 물었다.

"이곳이 우리 숙소인가요?"

"응. 여기는 거실이고 저쪽이 욕실, 그다음은 침실이야. 이리 와. 내가 구경시켜 줄게."

힐러리는 일어나 그를 따라서 편리하게 꾸며진 욕실을 구경하고 제법 큼직한 침실로 들어갔다. 그곳에는 1인용 침대 한 쌍과 커다란 붙박이 벽장, 화장대 그리고 침대 옆에 책꽂이가 있었다. 힐러리는 재미있다는 표정으로 벽장 안을 들여다보았다.

"여기다 뭘 넣어 두어야 할지 모르겠군요. 지금 내가 가진 것이라곤 몸에 걸치고 있는 이 옷뿐인데."

"아, 그 문제는 말이지, 당신은 치장에 필요한 건 뭐든 갖출 수 있어. 패션 코너가 있거든. 액세서리, 화장품, 없는 게 없어. 모두 최고급품이고. 여기는 모든 게 내부에 갖춰져 있어. 당신이 원하는 건 구내 점포에 뭐든 있을 거야. 두 번 다시 밖에 나갈 필요가 없는 거지."

베터튼은 별로 대수롭지 않게 말했다. 하지만 잔뜩 예민해져 있는 힐러리의 귀에는 마치 그 말 뒤에 절망이 감춰져 있는 것처럼 느껴졌다.

그녀에게는 그곳이 최상의 시설을 갖춘 감옥처럼 여겨졌다. 두 번 다시 밖에 나갈 필요가 없다. 다시는 밖에 나갈 기회가 없다. 이곳에 들어온 그대들이여, 희망을 버릴지어다……. 이곳에 있는 각양각색의 모든 사람들은 이것을 위해 자신의 조국과 애국심, 일상의 삶을 내팽개쳤단 말인가? 배런 박사, 앤드루 피터스, 몽상에 빠진 듯한 에릭슨, 거만한 헬가 니드하임은 어땠을까? 그들은 이곳에 와서 무엇을 발견하게 될지 알고 있었을까? 과연 그들이 이곳 생활에 만족할까? 이것이 진정 그들이 원하는 것이었단 말인가?

그러면서도 문득 이런 생각이 들었다. 너무 많은 질문은 하지 않는 게 좋겠어……. 누군가 대화를 엿듣고 있을지도 모르니까.

정말 누군가가 엿듣고 있을까? 토머스 베터튼과 나는 감시당하고 있을까? 토머스 베터튼은 필경 그럴 것이라고 생각했다. 하지만 그의 생각이 맞을까? 혹시 신경과민이나 히스테리는 아닐까? 그녀가 보기에 토머스 베터튼은 신경 쇠약에 걸리기 직전에 있는 사람 같았다.

'그래, 그럴 수도 있어. 6개월 정도의 시간이라면…….'

이런 생각을 하자 왠지 더 으스스해졌다. 이렇게 사는 것이 저들에게 어떤 영향을 미친 걸까?

토머스 베터튼이 그녀에게 말했다.

"당신, 좀 누워서 쉬고 싶어?"

"아니……."

그녀는 약간 머뭇거렸다.

"아니에요, 괜찮아요."

"그럼 나랑 등록실로 가 보자고."

"등록실이 뭐 하는 곳이에요?"

"처음 들어온 사람은 누구나 그곳을 거쳐야 해. 등록실에서는 당신에 대한 모든 것을 기록하지. 건강 상태, 치아, 혈압, 혈액형, 심리 반응, 취미, 싫어하는 것, 알레르기, 적성, 기호 등……."

"꼭 군대 같은 소리를 하는군요. 아니면 건강 진단을 받아야 한다는 뜻인가요?"

"둘 다 맞는 말이야. 이 조직은 정말 완벽하지."

"그렇다고 하더군요. 철의 장막 뒤에선 모든 게 완벽하게 계획되어 있다고 하더군요."

그녀는 일부러 목소리에 열성을 나타내려고 애썼다. 아마도 어떤 지시 때문에 올리브 베터튼은 당원이 아닌 것으로 알려져 있었지만, 어쨌든 그녀는 당에 대한 동조자로 되어 있으니까.

베터튼이 알 듯 모를 듯한 모호한 말을 했다.

"당신이 알아야 할 게 많아. 하지만 한꺼번에 너무 많은 걸 알려고는 하지 않는 게 좋아."

그는 다시 한 번 키스를 했다. 겉으로 보기에는 애정을 듬뿍 담은 부드러운 키스였다. 하지만 실제로는 얼음같이 싸늘한 것이었다. 그가 그녀의 귀에 대고 낮게 속삭였다.

"계속 이런 식으로."

그리고 큰 소리로 다시 말했다.

"자, 그럼 등록실로 내려가 볼까?"

12장

등록실은 엄격한 보육원 교사처럼 보이는 여자가 관장하고 있었다. 다소 꼴사납게 뒤로 틀어 올린 머리를 한 그 여자는 깐깐해 보이는 코안경까지 걸치고 있었다. 베터튼 부부가 엄격한 사무실 분위기가 나는 그 방으로 들어서자 그녀는 고개를 끄덕이며 어서 오라는 시늉을 했다.

"아, 베터튼 부인을 데리고 오셨군요. 잘하셨습니다."

힐러리는 그녀가 구사하는 영어는 자연스러웠지만 딱딱할 정도로 정확하게 말하는 것으로 봐서 아마 외국인일 거라고 생각했다. 실제로 그녀는 스위스 사람이었다. 그녀는 힐러리에게 의자에 앉으라는 손짓을 하고는, 옆의 서랍을 열더니 용지 뭉치를 꺼내고 빠른 속도로 적어 내려가기 시작했다. 토머스 베터튼이 어색한 투로 말했다.

"그럼, 올리브, 나는 나가 있을게."

"예, 그러시죠. 베터튼 박사님. 형식적인 절차야 곧바로 처리해 버리는 게 낫습니다."

베터튼이 문을 닫고 밖으로 나갔다. 로봇은(힐러리에겐 그렇게 느껴졌다.) 기록을 계속했다.

"자, 그럼……."

퍽 사무적인 말투였다.

"본명부터 말해 주세요. 그다음에는 나이, 고향, 부모님의 성함, 심하게 앓았던 병력, 취향, 취미, 직업상의 경력, 졸업한 대학, 좋아하는 음식과 술까지 말해야 해요."

조사는 계속되었다. 끝도 없는 카탈로그 같았다. 힐러리는 대답을 모호하게, 거의 기계적으로 했다. 그녀는 제숍에게 벼락공부로 주입받았던 내용들을 조심스럽게 털어놓았다. 확실하게 암기했던 터라 주저하거나 머뭇거리지 않고 자동적으로 대답이 튀어나왔다. 힐러리가 마지막 대답을 끝내자 그 로봇이 말했다.

"됐습니다. 우리 소관 일은 다 끝난 것 같습니다. 자, 그럼 이제 종합 검진을 위해 당신을 슈바르츠 박사에게 넘기겠습니다."

"아니, 이런 게 전부 꼭 필요한가요? 어쩐지 불필요한 짓 같아요."

"아, 우리는 모든 걸 철저히 해야 한답니다, 부인. 모든 걸 기록으로 남겨야 하지요. 부인께서도 슈바르츠 박사가 마음에 들 거예요. 그다음엔 루뻭 박사에게 가셔야 합니다."

슈바르츠 박사는 예쁘고 상냥한 여자였다. 그녀는 힐러리를 꼼꼼하게 진찰한 다음 이렇게 말했다.

"됐어요! 끝났어요. 이제 루벡 박사한테 가 보세요."

"루벡 박사는 어떤 분이죠? 다른 전문의인가요?"

"그분은 심리학자예요."

"저는 그런 거 싫어요. 심리학자는 필요 없어요."

"이런! 흥분하지 마세요, 베터튼 부인. 부인께서는 지금 치료를 받으러 가는 게 아닙니다. 그저 간단한 지능 검사와 인성 검사를 할 거예요."

루벡 박사는 마흔 살 정도 되어 보이는 키가 크고 우울한 인상의 스위스 인이었다. 그는 힐러리에게 인사를 건네고 슈바르츠 박사에게 전해 받은 검진 카드를 흘끔 보더니 만족스러운 듯 고개를 끄덕거렸다.

"부인의 건강 상태는 양호하군요. 만나 뵙게 되어 반갑습니다. 최근에 비행기 사고를 당하셨다고 하더군요."

"예, 맞아요. 카사블랑카의 병원에서 4일인가 5일 동안 입원해 있었어요."

"4일이나 5일로는 충분치 못합니다."

루벡 박사가 꾸짖듯이 말했다.

"더 오랫동안 입원해야 했어요."

"하지만 더 오랫동안 병원에 있고 싶지는 않았어요. 여행을 계속하고 싶었거든요."

"물론 그 점은 이해가 갑니다. 하지만 뇌진탕은 충분한 휴식을 취해야 하는 병입니다. 사고 직후에는 건강하고 여느 때와 다름없어 보일지도 모르지요. 하지만 심각한 후유증이 있을 수도 있습니다. 제가 보기에 부인의 신경 반사 작용이 정상과는 무척 다른 것 같습니다. 부분적으로는 여행의 흥분과 긴장감 때문일 수도 있지만, 틀림없이 뇌진탕 때문일 겁니다. 두통이 있으십니까?"

"네, 심해요. 게다가 툭하면 머리가 어지러운 데다 기억이 안 나는 것도 많고요."

힐러리는 두통을 강조하는 게 잘하는 일이라고 느껴졌다. 루벡 박사는 위로라도 하듯 고개를 끄덕거렸다.

"예, 예, 잘 알겠습니다. 하지만 너무 걱정할 필요는 없습니다. 다 괜찮아질 테니까요. 자, 이제 몇 가지 연상 검사를 해야겠습니다. 부인의 심리 상태가 어떤지 알아보기 위해서입니다."

힐러리는 약간 초조해졌지만 어떻게든 대충 넘기면 되리라고 생각했다. 검사는 판에 박힌 것들이었다. 루벡 박사는 긴 서류 양식에 이런저런 결과들을 기재했다. 그리고 이렇게 말했다.

"정말 기분 좋습니다. 그러니까 부인, 제가 이렇게 표현한다고 혹여 기분 나빠지지는 마십시오. 천재가 아닌 평범한 분을 마주할 수 있게 되어서 정말 기분이 좋습니다!"

힐러리는 웃으며 말했다.

"아, 저는 분명히 천재가 아닌걸요."

"다행히 부인은 앞으로 훨씬 안정을 되찾게 될 겁니다. 제가 장담하지요."

그가 문득 한숨을 내쉬며 말했다.

"아마 부인께서도 짐작하시겠지만, 제가 이곳에서 상대하는 사람들은 대부분 영민한 지식인들입니다. 아주 예민하고 쉽게 정신적인 균형이 무너지는 그런 타입이지요. 이곳은 정신적인 스트레스가 엄청난 곳입니다. 과학자들도 소설 속에 나오는 것처럼 그렇게 냉정하고 침착한 사람들이 아닙니다. 사실……."

루벡 박사는 잠시 생각에 잠겼다가 말을 이었다.

"일류 테니스 선수와 오페라의 프리마 돈나, 그리고 물리학자는 거의 차이가 없습니다. 심리적인 불안이 내재되어 있기는 모두 마찬가지입니다."

"박사님 말씀이 맞는 것 같아요."

힐러리는 맞장구를 쳤다. 문득 자신이 여러 해 동안 과학자들을 가까이에서 보면서 살아왔다고 여기고 있을 거란 생각이 들었기 때문이다.

"그래요, 과학자들만큼 까다롭고 변덕스러운 사람들도 없지요."

루벡 박사는 양손을 과장되게 들어 보이며 말했다.

"부인께서는 믿지 않을지도 모르겠지만 이곳만큼 감정 충돌이 잦은 곳도 없답니다! 다툼, 질투, 그 예민한 성격들이라니! 그런 문제의 해결 방안을 강구해야 하는 사람들이 바로 우리죠. 하지만 부인께서는……."

그는 싱긋 웃었다.

"이곳의 소수 집단에 속합니다. 행복한 집단이죠. 나도 거기에 속해 봤으면 좋겠어요."

"무슨 뜻인지 모르겠군요. 소수라뇨?"

"아내들 말입니다. 이곳에서 아내를 데리고 있는 사람은 많지 않습니다. 극소수의 사람들에게만 허용되거든요. 전반적으로 볼 때 그 부인들은 자기 남편이나 남편의 동료들이 겪는 정신 착란 같은 건 경험할 일이 없지요."

"아내들은 여기서 무얼 하나요?"

그녀는 약간 미안한 표정을 지으며 덧붙였다.

"그런 모든 얘기가 제게는 낯설기만 하다는 걸 잘 아실 거예요. 아직 아무것도 몰라서……."

"모르는 게 당연하죠. 이해합니다. 이곳에는 여러 가지 취미 활동, 레크리에이션, 오락, 교육 과정 등이 있습니다. 분야도 매우 다양하고요. 꽤 재미있는 생활이란 걸 부인도 알게 되었으면 합니다."

"박사님처럼요?"

퍽 대담한 질문이었다. 힐러리는 자신이 과연 현명한 질문을 던진 것일까 잠시 생각했다. 하지만 루벡 박사는 기분 좋게 대답했다.

"맞습니다, 부인. 이곳에서의 제 생활은 최고로 안정되고 재미있다고 생각합니다."

"고국이 그리울 때는 없나요? 스위스 말이에요."

"향수병 같은 건 없습니다. 전혀요. 제 경우를 말하자면 그 이유가 부분적으로는 고국에서의 상황이 안 좋았기 때문입니다. 아내도 있고 자식도 여럿 있었지만 저는 그리 가정적인 남편에 어울리는 사람이 아니었거든요. 여기의 삶이 훨씬 즐겁습니다. 여기서는 인간 정신의 특정한 측면을 연구할 수 있는 풍부한 기회가 있습니다. 그것이야말로 제가 흥미를 가진 분야고 그에 관한 책도 한 권 집필 중입니다. 가정에 신경 쓸 필요가 없으니 집중력을 흐트러뜨리거나 방해가 될 만한 게 전혀 없죠. 제게는 최상의 환경입니다."

"저는 이제 어디로 가야 하나요?"

힐러리가 묻자 그는 일어나서 점잖게 그녀와 악수를 했다.

"라 로슈 양이 부인을 의류 코너로 모시고 갈 겁니다. 분명히 만족하실 겁니다."

그는 다시 한 번 정중하게 인사했다.

힐러리는 그동안 로봇같이 딱딱한 여자들만 만나다가 라 로슈 양을 보니 사뭇 반가우면서도 놀라웠다. 라 로슈 양은 파리의 고급 의상실에서 점원으로 일했던 여자여서 몹시 섬세하고 여성스러웠다.

"뵙게 되어 무척 기뻐요, 부인. 제가 부인께 도움이 될 수 있으면 좋겠군요. 방금 도착하셨으니 얼마나 피곤하시겠어요? 그러니 지금 당장은 꼭 필요한 몇 가지 물건만 고르시는 게 좋겠어요. 내일, 아니 다음 주라도 언제든지 이곳에 있는 물건들을 둘러보실 수 있으니까요. 옷을 급히 골라야 한다는 건 아무래도 짜증나는 일이죠. 옷 입는 즐거움을 망치거든요. 괜찮으시다면 먼저 속옷과 디너 드레스, 그리고 타이외르(신사복식 여성복 — 옮긴이)를 골라 보세요."

"정말 기분이 좋은걸요. 그렇지 않아도 갖고 있는 것이라고는 칫솔 한 개와 목욕 스펀지 하나밖에 없어서 정말 이상야릇한 기분이었거든요."

라 로슈 양은 밝게 웃었다. 그녀는 재빨리 힐러리의 치수를 잰 다음 벽장이 달린 커다란 방으로 데리고 들어갔다. 그곳에는 여러 치수의 옷이 있었는데, 모두 좋은 원단과 훌륭한 디자인이었고 치수별로 다양하게 갖추어져 있었다. 힐러리가 몇 가지 필수적인 옷가지를 고른 다음에 간 곳은 화장품 코너였다. 거기서 힐러리는 화장분과 크림을 비롯해서 여러 가지 미용 용품을 골랐다. 그런 다음 고른 물건들은 보조 점원에게 넘겨 주었다. 검은 피부가 반들거리는 원주민 소녀였는데, 티 하나 없는 흰색 옷을 입고 있었다. 그 소녀는 힐러리의 방으로 물건들을 가져다주도록 지시를 받았다.

이러한 모든 절차를 거칠수록 힐러리는 더욱 꿈속 같았다.

"조만간 부인을 다시 만나 뵐 수 있기를 바랍니다."

라 로슈 양이 우아하게 말했다.

"부인께서 이곳 물건들을 고르시는 데 제가 도움이 된다면 큰 영광이 될 거예요. 우리끼리 얘기지만 가끔 제 작품을 별로 맘에 안 들어 하는 분들도 있답니다. 여성 과학자들은 옷차림 따위엔 관심이 없거든요. 실은 부인과 함께 오신 일행 중 한 분이 왔다 가신 지가 30분도 안 됐어요."

"헬가 니드하임?"

"아, 맞아요. 그분이었어요. 독일 여성이었죠. 독일인들은 우리랑 별로 안 맞아요. 외모에 조금만 신경 써도 그런 대로 괜찮은 얼굴인데……. 옷만 잘 골라 입으면 훨씬 예뻐 보일 텐데 도통 노력을 안

한다니까요! 옷에는 도무지 관심이 없더라고요. 아마 의사인 것 같았어요. 무슨 전문의 같았죠. 겉치장에 신경 쓰느니 차라리 환자들에게 신경 쓰는 편이 낫다고 생각하는 것 같아요. 아, 어떤 남자가 그런 여자를 다시 만나고 싶어 하겠어요?"

그때 이곳에 도착하자마자 만났던 마르고 가무잡잡하고 안경을 낀 젠슨 양이 의상실로 들어왔다.

"이곳에서 볼일은 다 끝났겠죠, 베터튼 부인?"

"예, 그래요."

"그럼, 이제 부국장님을 만나셔야 합니다."

힐러리는 라 로슈 양에게 '오르부아!(안녕!)'라고 인사하고 젠슨 양을 따라갔다.

"부국장님이 누구죠?"

"닐슨 박사입니다."

힐러리는 이곳에는 모두 박사뿐이라고 생각했다.

"닐슨 박사는 정확히 어떤 분야를 맡고 있죠? 의학? 과학? 아니면……?"

"아, 그분은 의학 박사가 아니랍니다, 베터튼 부인. 그분은 관리 책임자예요. 모든 불만 사항은 그분께 보고되어야 합니다. 그는 이 단지의 총책임자예요. 이곳에 오면 누구나 그와 면담을 하지요. 아마 별다른 심각한 문제만 발생하지 않는다면 이후에 다시 그분을 만날 일은 없을 거예요."

"그렇군요."

힐러리는 얌전하게 대답했다. 마치 '분수를 좀 아세요.' 하는 말을 들은 것처럼 머쓱해졌다.

닐슨 박사가 있는 곳으로 가기 위해서는 속기사들이 일하고 있는 두 개의 대기실을 통과해야 했다. 그녀와 안내원에게 드디어 안으로 들어오라는 허락이 떨어졌다. 닐슨 박사가 커다란 집무용 책상 뒤에서 일어섰다. 체구가 크고 혈색이 좋은 도시풍의 세련미가 느껴지는 남자였다. 어투에 약간 미국 억양이 묻어 있긴 했지만, 힐러리는 그가 아무래도 유럽 인인 것 같다고 생각했다. 그는 앞으로 걸어 나와 힐러리에게 악수를 청하며 말했다.

"아, 오셨군요! 그래요, 베터튼 부인. 만나 뵙게 되어 대단히 반갑습니다. 이곳에서 만족한 생활을 누리시게 되길 바라는 마음뿐입니다. 여행 중 불행한 사고를 당한 일은 정말 안됐습니다. 하지만 끔찍한 일은 모면하셔서 정말 다행입니다. 부인께선 정말 운이 좋으셨습니다. 하늘이 도우셨죠. 남편께서 얼마나 손꼽아 기다리셨는지 모를 겁니다. 이제 여기 정착하셔서 행복한 삶을 누리시길 희망합니다."

"고맙습니다, 닐슨 박사님."

힐러리는 그가 앞으로 당겨 준 의자에 앉았다.

"뭐 물어보고 싶은 건 없습니까?"

닐슨 박사는 적극적인 자세를 보이며 책상 앞으로 몸을 구부렸다.

"대답하기 무척 어려운 질문이네요. 사실 궁금한 게 너무 많아서 도대체 어떤 것부터 물어야 할지 모르겠어요."

"그럼요. 물론 그러실 겁니다. 무슨 말씀인지 잘 압니다. 제가 충고를 한 가지 해 드리죠. 이건 어디까지나 충고입니다. 다른 의미는 없습니다. 전 아무것도 묻지 않겠습니다. 그저 이곳에 스스로를 적응시키면서 상황을 지켜보십시오. 그게 최선의 방법입니다."

"하지만 여기에 대해 아는 게 너무 없어요. 모든 게…… 모든 게 다 예상치 못한 일이에요."

"예, 대부분이 그렇게 생각하죠. 모스크바로 가게 되는 줄로 알고 있던 사람들이 많다니까요."

그는 호탕하게 웃어젖혔다.

"사막 한가운데 있으니 다들 놀랄 수밖에요."

"저도 얼마나 놀랐는지 몰라요."

"우리는 사전에 너무 많은 것을 말해 주지는 않습니다. 그들이 신중하게 처신하지 않을 수도 있으니까요. 신중한 행동이 중요합니다. 하지만 부인은 이곳을 편안하게 느끼게 될 겁니다. 혹시 마음에 들지 않는 점이 있다든가 또는 특별히 갖고 싶은 게 있으시면…… 요청만 하시면 즉시 해결될 겁니다! 예를 들어 예술에 관련된 요구 사항도 괜찮습니다. 그림, 조각, 음악 등……. 예술 쪽으로도 모든 부서들이 마련돼 있으니까요."

"저는 그쪽으로는 소질이 없어요."

"괜찮습니다. 다른 다양한 사회적 활동도 있으니까요. 게임, 테니스 코트, 스쿼시 코트도 있습니다. 대충 보니까 익숙해지는 데 1~2주일 정도 걸리더군요. 특히 부인들은요. 베터튼 씨는 하시는 일이 있고 그 때문에 바쁘지만 부인께서도 시간이 지나면 마음이 맞는 다른 부인들도 만나게 될 겁니다. 곧 제 말을 이해하게 될 겁니다."

"그런데 꼭 이곳에만 있어야 하나요?"

"이곳에만 있어야 하나요? 그게 무슨 말씀이신지요, 베터튼 부인?"

"제 말은 꼭 이곳에만 있어야 하느냐, 아니면 다른 곳으로 갈 수도 있느냐 하는 거예요."

닐슨 박사는 약간 모호한 태도를 보였다.

"아, 그건 남편 분께 달려 있습니다. 아, 그래요, 그래, 전적으로 남편 분께 달린 문제죠. 가능성은 있습니다. 여러 가지 가능성 말입니다. 하지만 지금 당장 그런 문제를 거론하는 건 좋지 않다고 생각합니다. 3주 정도 뒤에 다시 한 번 저를 만나러 오십시오. 적응을 좀 하셨는지도 알려 주시고요. 그런 문제들도 그때 다시 얘기하도록 합시다."

"사람들이…… 밖으로 나갈 수는 있나요?"

"나가다니요, 베터튼 부인?"

"울타리 밖으로 말이에요. 그 철문."

"당연한 질문입니다."

닐슨 박사의 태도에는 친절이 가득 담겨 있었다.

"예, 아주 당연한 질문입니다. 이곳에 들어온 대부분의 사람들이 그런 질문을 하지요. 하지만 우리 단지의 핵심은 그 자체로 하나의 세계를 이루고 있다는 사실입니다. 다시 말해 밖으로 나갈 일이 전혀 없다는 겁니다. 이곳 주변은 온통 사막뿐입니다. 나는 지금 당신을 나무라고 있는 게 아닙니다, 부인. 처음 이곳에 오는 사람들은 대부분 그런 느낌을 가지고 있습니다. 경미한 밀실 공포증 같은 거요. 루벡 박사의 표현에 따르면 그렇습니다. 하지만 반드시 괜찮아질 겁니다. 그건 떠나온 세계에 대한 후유증이지요. 부인, 개미 탑을 관찰해 본 적이 있습니까? 퍽 흥미로운 장면을 볼 수 있지요. 재미있으면서도 무척 교훈적이에요. 조그맣고 새까만 수많은 곤충들이 각자의 목적에 따라 부지런히 이리저리 돌아다닙니다. 정신없이 혼란스러운 모습이지요. 그게 바로 부인이 떠나온 잘못된 구세계의 모습입니다. 이곳에는 여가와 목적과 무한한 시간이 있습니다. 제가 보장합니다. 한마디로 지상 낙원이죠."

그는 빙그레 웃었다.

13장

"마치 학교 같아요."

힐러리가 말했다.

그녀는 다시 자기 방으로 돌아와 있었다. 의상실에서 고른 옷가지와 액세서리들이 침실에서 그녀를 기다리고 있었다. 그녀는 옷들을 벽장 속에 걸고 나머지 물건들도 자기 취향에 맞게 가지런히 정리했다.

토머스 베터튼이 말했다.

"알아. 나도 처음엔 그런 느낌이었어."

그들의 대화는 조심스럽고 약간 과장되어 있었다. 도청 장치가 있을지도 모른다는 불안감이 여전히 그들을 사로잡고 있었기 때문이다. 그가 애매모호한 투로 말했다.

"이젠 괜찮은 것 같아. 내가 혼자 상상을 해서 그랬는지도 몰라.

하지만 여전히……."

그는 말꼬리를 흐렸다. 하지만 힐러리는 그가 무슨 말을 하려던 건지 알고 있었다. '……하지만 여전히 조심하는 편이 낫습니다.'

힐러리에게는 모든 일이 터무니없는 악몽 같았다. 여기서 그녀는 생판 모르던 낯선 남자와 같은 침실을 쓰고 있다. 하지만 불안감과 위험에 대한 걱정이 너무 강렬해서 둘 중 누구도 친밀한 척하는 것을 민망해하지 않았다. 마치 스위스의 어느 산을 등반하는 일과 비슷하다는 생각이 들었다. 안내인과 다른 낯선 등산객들과 더불어 좁은 오두막에서 지내야 하는 등반. 1~2분쯤 지났을까, 베터튼이 입을 열었다.

"당신도 익숙해지려면 시간이 좀 걸릴 거야. 마음을 편하게 가져. 평상시와 똑같이 말이야. 여전히 우리 집에 있는 것처럼."

힐러리도 그것이 차라리 현명할 것 같았다. 지금까지 받은 비현실적인 느낌은 당분간 계속될 것이다. 지금으로서는 베터튼이 영국을 떠난 이유, 그의 희망, 그의 환멸 따위는 거론할 수도 없었다. 말하자면 그들은 주변을 맴도는 정체 불명의 위협 안에서 각자 맡은 배역을 소화하고 있는 배우들이었다. 그녀가 말했다.

"몇 군데 절차를 거쳐야 했어요. 진찰도 받고 심리 검사도 하는 그런 거요."

"그래, 누구나 으레 거치는 거야."

"당신도 그랬어요?"

"비슷했지."

"그러고 나서는 부국장인가 하는 사람을 만나러 갔어요."

"맞아. 이곳을 관리하는 분이지. 아주 유능하고 나무랄 데 없이 훌륭한 관리자야."

"하지만 그가 여기서 가장 높은 책임자는 아니죠?"

"그래, 아니야. 국장님은 따로 있어."

"나도 국장님을 뵐 수 있을까요?"

"조만간 만나게 될 거야. 하지만 자주 모습을 드러내는 분은 아니야. 가끔 우리에게 연설을 하시지. 사람들의 의욕을 크게 북돋울 줄 아는 분이야."

베터튼의 미간이 희미하게 찌푸려졌다. 그것을 힐러리는 이런 얘기는 하지 않는 게 현명하다는 의미로 읽었다. 베터튼이 손목시계를 흘끔 보며 말했다.

"저녁 식사는 8시야. 8시에서 8시 30분까지. 준비하고 지금 내려갈까?"

그는 마치 호텔에 묵고 있기나 한 것처럼 말했다.

힐러리는 아까 골라 온 드레스로 갈아입었다. 드레스의 부드러운 초록색을 배경으로 붉은 머리칼이 아름답게 어우러졌다. 그녀는 멋진 목걸이까지 걸친 뒤 준비가 다 되었다고 말했다. 두 사람은 계단을 내려가 복도를 따라 걸어간 뒤 넓은 식당에 도달했다. 젠슨 양이 나와 그들을 맞았다.

"약간 큰 테이블을 준비해 두었어요, 베터튼 씨. 부인과 함께 온 일행 중 두 분과 함께 앉게 될 거예요. 그리고 머치슨 씨 부부도 함께요."

그들은 지정된 테이블이 있는 곳으로 갔다. 식당에 있는 테이블
은 대부분 네 명, 또는 여덟에서 열 명 정도 앉을 수 있는 조그만 것
들이었다. 앤드루 피터스와 에릭슨은 벌써 와서 앉아 있다가 힐러
리와 베터튼이 다가가자 자리에서 일어섰다. 힐러리는 두 사람에게
'남편'을 소개했다. 그들이 자리에 앉고 곧이어 부부 한 쌍이 합석
했다. 베터튼이 그들을 머치슨 부부라고 소개했다.

"사이먼과 나는 같은 연구소에서 일하고 있습니다."

베터튼이 설명했다.

사이먼 머치슨은 야위고 빈혈 환자처럼 창백한 얼굴빛을 가진 젊
은이로 스물여섯 살 정도 되어 보였다. 그의 아내는 가무잡잡하고
땅딸막했다. 그녀의 말투에는 강한 외국인 억양이 섞여 있었는데,
힐러리가 생각하기엔 이탈리아 인 같았다. 그녀의 이름은 비앙카였
다. 그녀는 힐러리에게 정중하게 인사를 했다. 그러나 힐러리가 보
기엔 다른 목적이 있어서 그러는 것처럼 느껴질 뿐이었다.

"내일⋯⋯."

머치슨 부인이 말했다.

"제가 두루두루 구경시켜 드릴게요. 부인은 과학자가 아니죠, 그
렇죠?"

힐러리가 대답했다.

"나는 과학에 대해서는 전혀 문외한이에요. 결혼 전에는 비서로
근무했어요."

"비앙카는 법률 공부를 했답니다."

그녀의 남편이 말했다.

"경제학과 상법을 공부했습니다. 간혹 이곳에서 강의도 하지만 그것만으로는 남는 시간을 채우기가 충분치 않죠."

비앙카는 어깨를 으쓱하며 말했다.

"그런 대로 괜찮아요. 하지만 사이먼, 당신이 있는 이곳에 온 뒤더 훌륭하게 개선할 수 있는 부분이 많다는 걸 알았어요. 그래서 지금 현황을 조사 중이랍니다. 베터튼 부인, 부인도 어차피 과학 쪽에 종사할 수 없을 바에야 제 일을 도우면 어떨까요?"

힐러리는 흔쾌히 그 제안에 동의했다.

"기숙학교에 지금 막 입학해서 향수병을 앓는 개구쟁이 소년이 된 기분이에요. 빨리 연구에 착수하고 싶은데요."

앤드루 피터스가 애처로운 얼굴로 말하는 바람에 한바탕 폭소가 터졌다.

"연구에는 최적격인 곳이죠. 아무 간섭도 없고, 원하는 장비는 뭐든지 갖추어져 있으니까요."

사이먼이 열을 올리며 말했다.

그러자 앤드루 피터스가 물었다.

"당신은 어느 쪽 분야입니까?"

세 명의 남자는 힐러리가 이해하기 힘든 그들만의 전문 용어로 이야기를 나누기 시작했다. 그녀는 에릭슨에게 시선을 돌렸다. 그는 멍한 눈빛으로 의자에 등을 기대고 앉아 있었다. 힐러리가 물었다.

"당신도 개구쟁이 같은 향수병을 앓고 있나요?"

그는 마치 먼 산을 바라보는 듯한 멍한 눈빛으로 그녀를 쳐다보았다.

"난 가정 따위 필요 없습니다. 가정, 애정으로 인한 속박, 부모, 자식……. 그런 것들은 장애가 될 뿐입니다. 연구를 하려면 완전히 자유로워야 합니다."

"그럼 이곳에서는 자유로워질 것 같으세요?"

"아직은 알 수 없습니다. 그러길 빌어야지요."

그때 비앙카가 힐러리에게 말했다.

"식사 후에는 마음만 먹으면 할 일이 많아요. 카드놀이하는 방으로 가서 브리지도 할 수 있고, 영화관에 가서 영화를 볼 수도 있답니다. 1주일에 3일 저녁은 연극 공연이 있어요. 이따금 무도회도 열리지요."

에릭슨이 불쾌한 듯 인상을 찌푸렸다.

"모두 불필요한 것들입니다. 에너지 낭비지요."

"우리 같은 여자들에겐 그렇지 않아요. 여자들에겐 그런 게 필요하다고요."

그는 비앙카를 혐오스럽다는 듯이 냉담한 눈초리로 쳐다보았다.

힐러리는 생각했다.

'저런 남자에게는 여자도 필요 없지.'

힐러리는 일부러 하품을 하며 말했다.

"가서 일찌감치 잠이나 자야겠어요. 오늘 저녁엔 영화도 카드놀이도 별로 생각이 없어요."

그러자 토머스 베터튼이 재빨리 맞장구를 쳤다.

"그래, 여보. 일찍 자고 푹 쉬는 게 낫겠어. 여행 때문에 무척 피곤할 테니까."

모두가 테이블에서 일어서자 베터튼이 말했다.

"이곳의 밤공기는 일품이야. 대개는 저녁 식사 후 각자 휴식이나 연구를 위해 뿔뿔이 흩어지기 전에 옥상 정원을 한두 바퀴 돌지. 우리도 잠깐 올라가려고 하는데, 당신도 잠자리에 들기 전에 한번 가 보지그래?"

그들은 흰옷을 말끔하게 차려입은 잘생긴 원주민 남자가 조종하는 승강기를 타고 옥상으로 올라갔다. 이곳 안내원들은 마른 체형의 베르베르 인들보다 훨씬 피부가 검고 체격이 건장했다. 전형적인 사막 스타일이었다. 힐러리는 옥상 정원을 보고 깜짝 놀랐다. 예상과 달리 너무 아름답게 꾸며져 있었기 때문이다. 그 정도로 꾸미자면 엄청난 돈을 쏟아 부었을 테고, 몇 톤이나 되는 흙을 옥상으로 운반했을 것이다. 마치 천일야화에 나오는 한 장면 같았다. 한쪽에 흐르는 물, 키 큰 야자수, 바나나를 비롯한 다양한 종류의 열대나무, 페르시아 꽃무늬가 그려진 아름답고 화려한 타일이 박힌 길들……. 힐러리는 감탄을 내뱉었다.

"세상에! 믿기지가 않아요. 사막 한가운데 이런 곳이 있다니! 천일야화의 한 장면 같아요."

머치슨이 맞장구를 쳤다.

"제 느낌도 마찬가지입니다, 베터튼 부인. 마치 마법이라도 부린 것 같지요? 아…… 사막 한가운데인 데도 못하는 게 없군요. 물과 돈이 넘칠 정도니……."

"저 물은 어디서 끌어 오는 거죠?"

"깊은 산속에서 뽑아 올리는 샘물입니다. 그게 바로 이 단지의 레종 데트르(존재 이유)이지요."

제법 많은 사람들이 옥상 정원 여기저기에 흩어져 있었다. 하지만 시간이 지나자 하나 둘씩 내려가기 시작했다.

머치슨 부부가 먼저 내려가겠다고 양해를 구했다. 그들은 발레 공연을 보러 갈 계획이라고 했다.

이제 옥상에는 몇 사람밖에 없었다. 베터튼은 힐러리의 어깨에 팔을 두르고 그녀를 난간 바로 옆의 확 트인 곳으로 데리고 갔다. 머리 위로 별이 반짝이고 있었다. 바람은 서늘하면서도 상쾌하게 느껴졌다. 이제 옥상엔 둘밖에 없었다. 힐러리가 콘크리트 바닥에 앉자 그 앞에 베터튼이 섰다. 그가 신경을 곤두세운 낮은 음성으로 물었다.

"도대체 당신의 정체는 뭐죠?"

그녀는 아무 대답도 않고 잠시 동안 그를 올려다보았다. 질문에 대답하기 전에 먼저 알고 싶은 게 있었기 때문이다.

"왜 나를 당신의 아내로 인정했죠?"

그들은 서로를 빤히 쳐다보았다. 둘 다 서로의 질문에 먼저 대답하려고 하지 않았다. 그것은 두 사람 사이의 의지의 대결이었다. 하지만 힐러리는 알고 있었다. 토머스 베터튼이 애당초 영국을 떠날 무렵에는 어느 정도의 배짱을 갖고 있었는지 모르겠지만, 지금은 그녀의 의지가 그보다 한 수 위였다. 그녀는 자신의 삶을 스스로 책임지겠다는 자신감에 가득 차서 이곳에 도착했다. 그러나 토머스 베터튼은 남에 의해 계획된 삶을 살아온 사람이다. 그녀가 그보다 더 강인했다.

마침내 그가 그녀에게서 시선을 돌리고 우울한 목소리로 중얼거렸다.

"그건…… 일시적인 충동이었어요. 내가 바보가 되었나 봅니다. 당신이 나를 탈출시키기 위해 이곳에 온 사람인지도 모른다고 생각했어요."

"그럼 이곳에서 탈출하고 싶다는 말인가요?"

"맙소사! 그걸 몰라서 물어요?"

"어떻게 해서 파리에서 이곳으로 오게 되었죠?"

토머스 베터튼은 순간 쓸쓸한 미소를 지었다.

"사실 난 납치된 게 아니에요. 혹 그렇게 생각하고 있을지도 모르지만. 나는 내 자유 의지로, 내 발로 스스로 왔어요. 미친 듯이 서둘러 와 버렸죠."

"이곳으로 오게 되리라는 것을 알고 있었나요?"

"아프리카로 오게 될 줄은 몰랐어요. 나는 뻔한 함정에 걸려들었던 겁니다. 인류의 평화, 전 세계 과학자들 간의 과학 기밀의 자유로운 공유, 자본주의자와 전쟁광들의 처단……. 모두가 판에 박힌 허

튼소리였어요! 당신과 함께 온 피터스라는 친구도 마찬가집니다. 그도 나처럼 똑같은 미끼를 삼킨 거지요."

"그래도 처음에 이곳으로 왔을 때는 그렇게 생각하지 않았을 텐데요?"

또다시 그는 쓴웃음을 지었다.

"당신도 곧 알게 될 겁니다. 아, 처음에는 무척 훌륭한 곳인 것 같지요! 하지만 당신이 생각한 것과는 전혀 다를 거예요. 사실 이건 자유가 아닙니다."

그는 인상을 찌푸리며 그녀 옆에 앉았다.

"집이 싫어진 것도 그와 비슷한 이유였지요. 늘 감시 받고 염탐을 당하고 있는 기분, 그 모든 보안 장치들……. 행동 하나하나까지 신경 써야 하고, 심지어 친구들까지도……. 그래요, 다 필요한 일이긴 하죠. 하지만 결국 사람을 지치고 우울하게 만듭니다……. 그런 상황에서 누군가가 나타나 솔깃한 제안을 해 오면…… 혹할 수밖에 없지요."

그는 피식 웃었다.

"그래서 결국 이곳에…… 오게 된 겁니다!"

힐러리가 천천히 물었다.

"그럼 지겨워서 탈출한 그곳과 똑같은 곳으로 오게 됐단 말이에요? 똑같은 식으로 감시 받고 염탐을 당하는 곳으로요? 아니면 더 지독한가요?"

베터튼은 이마로 내려온 머리칼을 뒤로 쓸어 넘겼다.

"모르겠어요. 솔직히 말해서…… 모르겠어요. 나 혼자만의 생각 인지도 모르죠. 내가 감시당하고 있는지 여부는 알 수 없는 일이에 요. 내가 왜 감시 따위를 받아야 한단 말입니까? 그들이 굳이 그럴 필요가 있을까요? 그들은 나를 이곳에 데려다 놓았어요. 감옥 속 에다!"

"그 정도야 당신도 예상하지 않았나요?"

"어떤 면에서는 내가 상상한 대로예요. 연구 환경도 완벽하고 온 갖 설비와 장비도 다 갖춰져 있지요. 짧거나 길거나 시간이 얼마나 걸리든지 원하는 대로 연구할 수 있습니다. 편의 시설에다 부대 시 설도 완벽합니다. 의식주까지도요. 하지만 이상한 건 한시도 감옥에 있다는 기분을 떨칠 수가 없다는 것입니다. 참 묘하지요."

"알 만해요. 이곳에 들어설 때 뒤에서 철문이 쾅 하고 닫히자 공 포감 같은 게 느껴지더군요."

힐러리는 몸서리를 쳤다.

"자, 이제……."

베터튼은 자기의 기분을 정리하는 듯했다.

"난 당신의 질문에 대답했습니다. 이제 내 질문에 대답할 차례예 요. 올리브인 척하고 대체 여기서 뭘 하고 있죠?"

"올리브는……."

그녀는 머릿속에서 적당한 말을 찾느라 잠시 멈췄다.

"네? 올리브가 어떻게 됐습니까? 그녀에게 무슨 일이 생겼나요? 방금 무슨 말을 하려던 겁니까?"

힐러리는 바짝 긴장한 베터튼의 얼굴을 연민이 담긴 눈으로 쳐다보았다.

"당신에게 말하기가 두려웠어요."

"그렇다면…… 올리브에게 무슨 일이 생겼단 말이오?"

"그래요. 안된 일이에요. 정말 안됐어요……. 댁의 부인은 죽었어요……. 당신 곁으로 오는 도중에 그만 비행기 사고를 당했답니다. 병원으로 옮겨졌지만 이틀 뒤에 숨을 거두고 말았어요."

그는 정면을 똑바로 응시했다. 감정의 동요를 내색하기 싫은 모양이었다. 그가 차분하고 조용하게 말했다.

"그러니까 올리브가 죽었단 말이죠? 그랬군요……."

긴 침묵이 흘렀다. 마침내 그가 그녀를 쳐다보았다.

"좋습니다. 계속합시다. 그런데 당신이 그녀로 가장해서 이곳으로 온 이유는 뭡니까?"

그녀는 이런 질문을 예상하고 미리 대답을 준비해 둔 터였다. 처음에 토머스 베터튼은 그녀가 '자기를 탈출시키기 위해' 이곳에 침투한 사람이라고 추측했다. 하지만 그게 아니다. 힐러리의 임무는 스파이이다. 그녀는 정보를 캐내기 위해 침투한 것이지, 제 발로 이곳으로 찾아온 남자를 탈출시키기 위해 온 것이 아니었다. 게다가 그녀 역시 어떤 탈출 방안도 없는 처지였다. 그녀 역시 그와 마찬가지로 감옥에 갇힌 신세였다.

그를 완전히 믿고 비밀을 털어놓는 것은 위험했다. 베터튼은 거의 절망적인 심리 상태에 놓여 있었다. 언제라도 완전히 무너져 자

제심을 잃을 수 있는 사람인 것이다. 이런 상황에서 그가 비밀을 지켜 줄 것이라고 기대하는 것은 그야말로 미친 짓이다.

"나는 댁의 부인이 임종할 때 병원에 같이 입원했던 사람이에요. 내가 그녀를 대신해서 당신이 있는 곳까지 가겠다고 제안했죠. 그녀는 당신에게 어떤 메시지를 전해 주길 간절히 바랐어요."

그는 미간을 찌푸렸다.

"하지만 물론……."

그녀는 서둘러 말을 이었다. 자신이 하는 말의 허점을 파악할 틈을 그에게 주지 않기 위해서였다.

"믿기지 않을지 모르지만 사실이에요. 나는 방금 전에 당신이 말한 그 모든 이상들에 공감을 느끼고 있었답니다. 모든 국가 간의 과학 기밀 공유와 새로운 세계 질서……. 나는 그러한 이상들에 대한 열렬한 지지자였습니다. 그리고 또 우연찮게 내 머리칼이 그들이 생각하는 인물과 똑같았고 나이도 비슷했죠. 그래서 무사히 통과할 수 있으리라 생각했습니다. 어쨌든 한번 시도해 볼 만했어요."

"그렇군요."

그의 눈길이 그녀의 머리를 스치고 지나갔다.

"당신의 머리칼…… 정말 올리브와 똑같군요."

"그런데 당신 부인께서는 그 메시지를 당신에게 꼭 전해 달라고 했어요."

"아, 예. 어떤 메시지인가요?"

"당신더러 조심하라고 하더군요. 매우 조심하라고, 당신이 위험에 빠져 있다고 했어요. 보리스라는 사람 때문이라고 하던데요."

"보리스? 보리스 글리드르 말입니까?"

"예, 맞아요. 아는 사람이세요?"

그는 고개를 가로저었다.

"한 번도 만난 적이 없는 사람입니다. 하지만 이름은 알고 있어
요. 제 전처의 친척입니다."

"왜 그가 위험한 인물이라는 거죠?"

"뭐라고 하셨습니까?"

그가 멍하니 물었다.

힐러리는 질문을 다시 말해 주었다.

"아, 그건⋯⋯."

그는 먼 기억을 더듬다가 다시 현재로 돌아온 듯 말했다.

"저도 그가 왜 내게 위험한 인물이 되는지는 잘 모르겠습니다. 하
지만 곰곰이 따져 보면 그가 위험한 작자라는 건 사실입니다."

"어떤 면에서요?"

"글쎄요, 반쯤 돌아 버린 이상주의자거든요. 자기네들 생각에 충
분한 이유만 있다고 여겨지면 세계 인구의 절반 정도는 기꺼이 죽
일 수 있다고 생각하는 작자들이지요."

"그런 종류의 사람이라면 나도 알아요."

그녀는 자신이 그런 인물을 안다고 느꼈다. 분명히.(하지만 왜 그
렇게 느낀 걸까?)

"올리브가 그를 만났다고 하던가요? 대체 그가 그녀에게 무슨 말

을 했기에……?"

"저는 모르겠어요. 아까 그게 부인이 말한 전부예요. 위험하다는 얘기만……. 아, 맞다! 그 말도 했어요. 믿을 수가 없다고 하더군요."

"뭘 믿을 수 없다던가요?"

"저야 모르죠……."

그녀는 잠깐 망설이다가 말을 이었다.

"사실 그 당시…… 당신 부인은 막 숨을 거두기 직전이었어요……."

그 순간 고통스런 경련이 그의 얼굴을 스치고 지나갔다.

"그래요…… 알겠습니다……. 지금 이 순간엔 이 현실을 인정하기 쉽지 않지만 시간이 가면 익숙해지겠지요. 그런데 보리스란 인물은 아무래도 이해가 안 갑니다. 나는 분명히 이곳에 있는데 그가 어떻게 내게 위험 인물이 될 수 있단 말입니까? 그가 올리브를 만났다면 필경 그는 런던에 있었을 텐데요."

"맞아요, 그는 런던에 있었어요."

"도무지 알 수가 없군요……. 대체 무슨 관련이 있는 걸까요? 어떻게 관련이 있다는 걸까요? 지금 우리는 이 단지 내에 비인간적인 로봇들에 둘러싸여 꼼짝없이 갇힌 신세가 아닙니까……."

"제 생각도 그래요."

"우리는 절대 빠져나갈 수 없어요."

그가 주먹으로 콘크리트를 쾅쾅 쳤다.

"빠져나갈 수 없다고요."

"아니에요. 우리는 나갈 수 있어요."

그는 놀란 눈으로 그녀를 쳐다보았다.

"무슨 뚱딴지 같은 소리입니까?"

"방법이 있을 거예요."

그는 코웃음을 쳤다.

"휴, 이보세요, 댁이 지금 어떤 상황에 처한 건지 아직도 모르시나 보군요."

"전쟁 때는 정말 불가능한 곳에서 탈출한 사람들도 많았어요."

힐러리는 자못 단호한 어조로 말했다. 결코 절망에 굴복하지 않을 작정이었다.

"지하 땅굴 같은 걸 뚫고 나오기도 했잖아요."

"여기는 순전히 암석뿐인데 어떻게 뚫는단 말이죠? 또 뚫어도 어디로 가겠어요? 주위에는 온통 사막뿐이에요."

"그럼 뭔가 다른 방법을 써야겠죠."

그는 그녀를 쳐다보았다. 그녀는 그에게 자신감 넘치는 미소를 지어 보였다. 사실 자신감이라기보다는 차라리 오기에 가까웠다.

"정말 예사 여자가 아니로군요! 당신은 너무 자신을 과신하고 있어요."

"하늘이 무너져도 살아날 구멍이 있는 법이에요. 물론 시간이 걸릴 거고, 계획도 철저히 세워야겠죠."

그의 얼굴이 다시 어두워졌다.

"시간…… 시간이라……. 내게는 그런 여유가 없어요."

"왜요?"

"당신이 이해할 수 있을지 모르겠지만…… 그러니까 문제는……
사실 이곳에서 나는 연구를 제대로 할 수가 없다는 거예요."

그녀는 살짝 인상을 찡그렸다.

"도대체 무슨 말이죠?"

"뭐라고 표현해야 할까? 연구를 못하겠어요. 심지어 생각도 못 하
겠습니다. 내가 하는 일은 고도의 집중력을 요구합니다. 뭐랄까, 고
도의 창의력이 필요하지요. 그런데 이곳에 온 이후 나는 그 추진력
을 상실해 버렸어요. 내가 할 수 있는 일이란 고작 하찮은 일들뿐입
니다. 그런 일이라면 싸구려 삼류 과학자들도 할 수 있어요. 하지만
겨우 그런 결과물을 얻기 위해 그들이 나를 이곳까지 데려온 것은
아닐 거예요. 그들은 독창적인 연구를 원하고 있습니다. 하지만 나
는 그걸 할 수가 없습니다. 게다가 초조하고 불안해질수록 뭔가 가
치 있는 업적을 성취해 내기에 더욱 부적절한 상태가 되고 있습니
다. 그러니까 시간이 갈수록 미칠 노릇인 겁니다. 내 말 알겠어요?"

알 것 같았다. 그녀는 이해할 수 있을 것 같았다. 루벡 박사가 프
리마 돈나와 과학자에 관해 한 말이 떠올랐다.

"상품을 만들어 내지 못하는 기계를 어디다 쓰겠어요? 그들은 나
를 없애 버릴 겁니다."

"오, 설마요!"

"그들은 그렇게 하고도 남을 사람들이에요. 이곳 사람들은 감상
주의자가 아니란 말입니다. 지금까지 내가 살아남을 수 있었던 건

바로 이 성형 수술 덕분입니다. 그들은 한 번에 조금씩 수술을 하죠. 생각해 보십시오. 작은 수술을 계속 받는 사람이 연구에 집중할 수 있겠습니까. 하지만 이젠 수술도 끝났어요."

"그런데 도대체 성형 수술은 왜 한 거죠? 무엇 때문이죠?"

"아, 그건 안전을 위해서입니다. 나의 안전을 위해서. 만일 당신이 수배 인물이라고 생각해 봐요."

"그럼 당신이 수배 중인 인물이란 말인가요?"

"예. 모르셨나요? 아, 난 그들이 신문에까지 낼 줄은 몰랐어요. 아마 올리브조차도 몰랐을 겁니다. 하지만 지금 나는 수배 중입니다."

"그렇다면…… 반역죄라도 지었다는 뜻인가요? 핵 기밀이라도 팔아넘겼나요?"

그는 그녀의 시선을 피했다.

"팔아먹은 것은 아무것도 없습니다. 내가 알고 있는 프로세스의 일부를 가르쳐 주었을 뿐이지요. 기꺼이 가르쳐 주었어요. 믿으실지 모르겠지만 내가 원해서 가르쳐 준 겁니다. 그건 전체 과정의, 그러니까 커다란 웅덩이의 일부분에 불과합니다. 이해하시겠습니까?"

그녀는 알 것 같았다. 그와 똑같은 일을 한 앤드루 피터스도 이해할 것 같았다. 광신주의에 빠져 조국을 배반한 에릭슨이라는 몽상가의 눈빛이 떠올랐다.

하지만 토머스 베터튼의 그런 모습을 상상하기란 힘든 일이었다. 몇 달 전 불타는 열정을 가지고 이곳에 도착했을 베터튼, 그리고 불안과 좌절에 빠져 있으며 잔뜩 겁을 먹은 평범한 한 남자인 지금의 베터튼, 이 둘을 비교해 보면 충격적일 따름이었다.

그녀가 한참 이런 생각에 빠져 있을 때 베터튼이 초조하게 주위를 두리번거리며 말했다.

"다들 내려갔습니다. 우리도 내려가는 게 좋겠어요."

그녀는 자리에서 일어섰다.

"그래요. 하지만 괜찮을 거예요. 그들은 우리 둘만 이렇게 있는 걸 오히려 자연스럽게 생각할걸요. 이런 환경 속에서는 더더욱 그렇지요."

그는 어색해하며 말했다.

"우리는 지금부터 계속 이런 식으로 행동해야 합니다. 그러니까…… 당신은 계속 내 아내가 되어야 한단 말입니다."

"물론이죠."

"게다가 방도 계속 함께 써야 할 겁니다. 하지만 아무 일 없을 거예요. 괜히 나를 무서워하거나…… 그럴 필요는 없습니다."

그는 당황했는지 침을 꿀꺽 삼켰다.

'정말 미남이야. 조금은 가슴이 두근거리는데…….'

힐러리는 그의 옆얼굴을 보며 생각했다.

"그런 걱정할 때가 아닌 것 같아요. 중요한 건 여기서 살아서 빠져나가는 것이니까요."

그녀가 쾌활한 목소리로 말했다.

14장

마라케시에 있는 마무니아 호텔의 한 방에서는 제숩이 헤더링턴 양과 이야기를 나누고 있었다. 헤더링턴 양은 힐러리가 카사블랑카와 페스에서 알고 지낸 헤더링턴과는 전혀 다른 인물이었다. 외모는 쌍둥이처럼 똑같았다. 우울한 분위기를 풍기는 헤어스타일도 똑같았지만 태도는 완전히 달랐다. 지금의 그녀는 활기차고 유능한 여성이었으며, 외모보다 몇 년은 젊어 보였다.

그 방 안에 있는 또 다른 인물은 가무잡잡하고 야무진 인상에 총명한 눈매를 가진 사나이였다. 그는 손가락으로 점잖게 테이블을 톡톡 두드리며 프랑스 노래를 조그맣게 흥얼거리고 있었다.

제숩이 말했다.

"……그러니까 당신이 아는 한 페스에서 그녀와 이야기를 나눈 사람은 그 사람들뿐이라는 거죠?"

재닛 헤더링턴은 고개를 끄덕였다.

"캘빈 베이커란 여자가 있었는데, 그전에 나와 카사블랑카에서 만났던 여자예요. 솔직히 말해서 나는 아직도 그 여자에 대해 감을 못 잡겠어요. 그 여자는 눈에 띄게 올리브 베터튼과 친해지려고 했고 나와도 마찬가지였어요. 하지만 미국인들이란 원래 사교적이잖아요. 호텔에서도 사람들과 곧잘 얘기를 트고 같이 여행하기도 좋아했어요."

제숍이 말했다.

"그래요, 하지만 우리가 예상했던 것보다 너무 노골적이었다는 게 문제예요."

"게다가 캘빈 베이커 부인은 그 비행기에도 동승했지요."

"당신은 그 추락 사고가 사전에 계획된 것이라고 추정하고 있나 보군요."

제숍은 가무잡잡하고 야무진 인상의 사내를 곁눈질로 흘끔 보며 물었다.

"르블랑, 자네 생각은 어때?"

르블랑은 흥얼거리던 소리를 멈추고 테이블 위를 톡톡 치며 박자를 맞추던 동작도 잠시 멈추었다.

"싸 스 프.(그럴 수도 있지.) 엔진 같은 데 미리 조작을 해 두었다면 그게 추락의 원인이 되었을 수도 있잖아. 모르는 일이야. 비행기는 추락해서 몽땅 타 버렸고, 탑승객도 전원 사망했으니."

"자네, 그 조종사에 대해서 뭐 좀 아나?"

"알카디? 젊고 유능한 사람이었어. 더 이상은 몰라. 벌이가 시원 찮았지."

그는 마지막 말을 덧붙이기 전에 살짝 말을 끊었다.

그러자 제숍이 말했다.

"따라서 괜찮은 일거리 제안이 들어오면 얼른 응했겠지. 하지만 제 발로 죽음을 향해 뛰어들었을 리는 없잖아."

"시체는 모두 일곱 구였어. 새까맣게 타 버려서 도저히 알아볼 수가 없었지만 숫자는 분명 일곱이었어. 그건 부인할 수 없는 사실 이야."

제숍은 다시 재닛 헤더링턴 쪽을 쳐다보았다.

"아까 하던 얘기를 계속해 보세요."

"페스에서 베터튼 부인은 프랑스 인 가족과도 몇 마디 주고받았 어요. 또 매력적인 아가씨와 함께 온 돈 많은 스웨덴 사업가도 있었 죠. 그리고 거부 석유왕인 아리스티데스 씨도 있었어요."

르블랑이 말했다.

"아, 그 엄청난 거물 말이지. 난 가끔 혼자 생각해 본다네. 세상의 모든 돈을 내가 가진다면 어떤 기분일까? 나라면 말이지, 일단 경주 마와 여자를 늘 곁에 둘 거고 세상의 모든 걸 내 손에 넣겠어. 하지 만 아리스티데스란 그 늙은이는 스페인에 있는 자기 성에 스스로를 가둬 버렸어. 사람들 말로는 중국 송나라 도자기를 수집한다고 하 더군. 그 노인네 나이가 적어도 70은 되니 도자기 따위가 관심의 전 부가 될 수도 있겠지."

제숍이 말을 받았다.

"중국인들의 말에 따르면, 예순과 일흔 사이에 삶이 가장 풍부해지고 미적 감각도 깊어지기 때문에 그제야 삶을 즐길 수 있다고 하더군."

그러자 르블랑이 말했다.

"파 무아!(난 아냐!)"

재닛 헤더링턴이 다시 말을 이었다.

"페스에는 독일인도 몇 명 있었어요. 하지만 내가 알기론 그들은 올리브 베터튼과 대화를 거의 나누지 않았어요."

제숍이 말했다.

"웨이터나 하인이었는지도 모르지요."

"그럴 수도 있어요."

"구시가지에 갈 때는 그녀 혼자였나요?"

"안내원 한 명과 함께 갔어요. 하지만 도중에 누군가가 그녀와 접촉을 시도했을지도 모르지요."

"어쨌거나 지나치게 서둘러 마라케시로 가려고 한 건 아무래도 이상하단 말이야."

"갑작스러운 건 아니었어요. 원래 가기로 예약이 되어 있었으니까요."

"아, 내가 표현을 잘못했군. 캘빈 베이커 부인이 올리브 베터튼과의 동행을 갑자기 결정한 걸 두고 한 말이었어요."

제숍은 자리에서 일어나 이리저리 왔다 갔다 하며 말했다.

"마라케시 행 비행기를 탔다, 그리고 비행기는 추락해서 불길에 휩싸여 버렸다. 뭔가 불길해. 누군가 올리브 베터튼에게 비행기를 타라고 지시한 게 아닐까? 처음엔 카사블랑카에서 비행기 사고가 있었고, 이번에 또다시 이런 식으로 비행기가 추락해 버리다니. 정말 우연한 사고였을까, 아니면 미리 계획된 것이었을까? 만일 올리브 베터튼을 없애 버리려고 작정한 자들이 있었다면 비행기 폭파보다는 훨씬 쉬운 방법이 많았을 텐데……."

르블랑이 말했다.

"그거야 모를 일이지. 일단 사람 목숨 몇쯤이야 아무것도 아니라고 마음먹어 봐. 그러면 컴컴한 밤중에 골목길에서 기다리다가 칼로 찌르는 것보다야 비행기 좌석 밑에다 폭탄 하나 던져 놓는 게 훨씬 쉽지 않겠어? 폭탄을 설치한 뒤에 다른 여섯 명도 함께 죽을 것이란 사실 따위는 안중에도 없었을 수도 있잖아."

"물론 내 추측이 맞을 확률이 희박하다는 사실은 알지만 제3의 가능성도 있지 않을까 싶네. 그들이 추락 사고를 조작했을 가능성 말이야."

르블랑이 흥미로운 표정으로 그를 쳐다보았다.

"그래, 그랬을 수도 있겠지. 비행기를 착륙시킨 다음 불을 질러 버렸을지도 몰라. 하지만 비행기 안에 시체들이 있었잖아. 그 사실은 부인할 수 없어. 분명히 거기에는 새까맣게 탄 시체들이 있었다고."

"알아. 바로 그게 안 풀리는 점이란 말이야……. 내 추측이 좀 터무니없다는 건 알아. 하지만 결말이 너무 깔끔하잖아. 너무 깔끔해. 여기서 끝이라는 얘기가 되니까. 보고서 여백에다 '고이 잠드소서!'라고 적어야 하나? 추적할 만한 실마리도 더 이상 없으니…….'"

그는 르블랑 쪽을 보며 물었다.

"수색 작업은 계속 하고 있지?"

"벌써 이틀째야. 믿을 만한 요원들도 투입했지. 하지만 추락 장소가 워낙 외진 곳이라서……. 그리고 중간에 항로를 이탈했어."

"주목할 만한 점이군."

"주변 마을이나 부락, 가장 가까운 자동차 길까지 샅샅이 조사 중이야. 자네 나라도 그렇겠지만 우리 역시 이번 사건의 중요성을 충분히 인지하고 있다네. 프랑스도 젊은 과학자를 몇 명이나 잃었거든. 사실 내 생각에는 말이야, 과학자들을 다루는 것보다 변덕스러운 오페라 가수들을 다루는 게 훨씬 쉬워. 젊은 과학자들은 총명하지만 엉뚱하고 반항적이야. 그래서 남의 말을 너무 쉽게 믿어 버리는 경향이 있지. 그게 위험한 거야. 도대체 그들은 어떤 곳을 상상하고 쫓아간 걸까? 달콤한 행복과 서광, 그리고 진리와 천년 왕국에 대한 갈망? 이런 어리석은 사람들 같으니라고! 그들을 기다리고 있는 것은 환멸뿐일 텐데 말이야."

"탑승자 명단이나 다시 한 번 살펴보도록 하세."

프랑스 인은 손을 뻗어 철사 바구니 속에서 명단을 끄집어 내 동료에게 내밀었다.

두 남자는 함께 그것을 꼼꼼히 살펴보기 시작했다.

"캘빈 베이커 부인, 미국인. 베터튼 부인, 영국인. 토르퀼 에릭슨, 노르웨이 인……. 이 사람에 대해 뭘 좀 아나?"

"기억나는 게 전혀 없는데……. 젊은이였어. 기껏해야 스물일곱이나 여덟 살쯤?"

르블랑의 대답에 이어 제숍이 생각난다는 듯이 말했다.

"아, 이름을 알 것 같아……."

그는 잠시 미간을 찡그렸다.

"그래, 생각나는군. 전에 영국 왕립 학회에서 논문을 발표했던 사람이야."

"수녀도 있어. 수녀회 소속이나 뭐 그런 거 같아. 앤드루 피터스, 역시 미국인이야. 배런 박사, 이 사람은 유명한 인물인데……. 굉장히 뛰어난 학자로 알려져 있지. 바이러스 질병의 전문가야."

"세균학자라……. 뭔가 들어맞는 것 같은데……."

"수입이 형편없어서 불만이 많았던 사람이지."

제숍이 낮게 중얼거렸다.

"세인트 이브스로 가는 사람은 모두 몇 명?(유명한 수수께끼의 마지막 구절임 ― 옮긴이)"

르블랑은 그를 쳐다보더니 겸연쩍은 웃음을 지었다.

"오래된 아이들 수수께끼로군. 답은 없네. 목적지도 모르는 여행이잖아."

테이블 위의 전화가 울렸다. 르블랑이 수화기를 집어 들고 대답했다.

"알로! 케스 킬리아?(여보세요! 무슨 일이지?) 아아, 그래, 올려 보내게."

그는 제솝을 향해 얼굴을 돌렸다. 갑자기 그의 얼굴에 활기가 돌았다.

"내 정보원이야. 뭘 좀 알아낸 모양이야. 오호, 친구, 자네의 낙관론이 입증될지도 모르겠는걸."

몇 분 뒤 사내 두 명이 방으로 들어왔다. 첫 번째 사내는 르블랑과 무척 비슷했다. 스타일도 비슷했고 까무잡잡하고 총명한 눈빛을 가진 야무진 인상이었다. 그의 태도는 공손하면서도 명랑했다. 그는 유럽식 복장을 하고 있었는데 때가 많이 묻고 먼지투성이였다. 여행에서 막 돌아온 모양이었다. 또 다른 사내는 흰색 전통 복장을 한 원주민이었다. 그는 오지의 주민에게서 흔히 찾아볼 수 있는 의젓함이 몸에 배어 있었다. 그의 태도는 정중하긴 했지만 결코 비굴하지는 않았다. 첫 번째 사내가 빠른 프랑스 어로 뭐라고 설명하고 있는 동안 그는 다소 어리둥절한 표정으로 방 안을 둘러보았다.

"보수는 충분히 나누어 주었습니다. 이 사람과 이 사람의 가족, 친구들까지 전부 동원해 부지런히 수색했습니다. 찾아낸 걸 직접 전달하게 하려고 이렇게 데려왔습니다. 이 사람한테 물어보고 싶은 게 있으실 테니까요."

르블랑은 그 베르베르 인 쪽으로 몸을 돌렸다.

"수고 많이 하셨습니다."

르블랑은 원주민의 언어로 말을 건넸다.

"당신은 매와 같은 눈을 가지셨군요. 그럼 찾아낸 것을 우리에게 보여 주시겠습니까?"

베르베르 인 사내는 하얀 옷의 접힌 부분에서 뭔가 작은 물건을 꺼내서 르블랑 앞에 있는 탁자 위에 내려놓았다. 분홍과 회색빛이 감도는 제법 커다란 모조 진주였다.

"나랑 다른 사람들한테 보여 준 것과 똑같소. 귀한 것이오. 내가 찾아냈어요."

제솝이 한 손을 내밀어 그 진주를 집어 들어 보더니 주머니에서 그것과 똑같은 진주를 끄집어내 둘을 비교해 보았다. 그러고는 방을 가로질러 창문 쪽으로 걸어가 돋보기로 둘을 세심하게 관찰했다.

"그래, 표시가 있어!"

기뻐서 어쩔 줄 몰라 하는 목소리였다. 그는 다시 탁자 앞으로 돌아왔다.

"정말 대단한 여자야! 잘됐어! 그녀가 해냈어!"

르블랑은 빠른 아랍 어로 그 베르베르 인에게 뭔가 물어보고 있었다. 마침내 그가 제솝을 바라보며 말했다.

"이봐, 친구, 내가 자네한테 사과해야겠는걸. 이 진주는 불탄 비행기에서 반 마일쯤 떨어진 곳에서 발견했다는군."

"이건 올리브 베터튼이 살아 있다는 증거야. 페스에서 비행기를 타고 출발한 사람이 일곱 명이고 시체가 일곱 구이긴 했지만, 그 불탄 시체들 중 하나는 그녀가 아니라는 게 확실해졌어."

"지금부터 수색을 더 확대해야겠군."

르블랑은 베르베르 인과 그를 데려온 남자에게도 수색을 확대하라고 지시했다.

"그에게는 약속한 대로 충분한 보수를 지불하겠네. 이제 주변 지역을 샅샅이 뒤져서 이 진주알들을 찾아내는 거야. 그들은 매의 눈을 가진 종족이야. 그리고 이 일에 보수를 많이 준다는 소문이 쫙 퍼지면……. 내 생각엔 말이야, 뭔가 확실한 결과가 나올 것 같아! 그자들이 그녀의 임무를 눈치 채지 않았다면 말이야."

제숍은 고개를 내저었다.

"우연한 일이라고 생각할지도 몰라. 흔히 여자들이 걸고 다니는 모조 보석 목걸이가 갑자기 풀어졌다, 그래서 눈에 띄는 대로 진주 알맹이들을 주워서 주머니에 집어넣었다, 그런데 주머니에 작은 구멍이 나 있었을 수도 있잖아. 게다가 왜 그자들이 그녀를 의심하겠나? 남편을 만나고 싶어 애를 태우는 올리브 베터튼이라고 생각할 텐데."

"지금부터 이 사건을 새로운 시각에서 다시 검토해 봐야 겠네."

르블랑은 이렇게 말하며 탑승자 명단을 제숍에게 다시 내밀었다.

"올리브 베터튼과 배런 박사, 적어도 이 두 명은 어디인지는 모르지만 어디론가 가고 있던 사람들이야. 미국 여자 캘빈 베이커, 그녀에 관해선 여러 가지 가능성을 열어 두어야 해. 영국 왕립 학회에서 논문을 발표했다는 토르퀼 에릭슨과 여권에 화학 연구원이라고 기재되어 있는 피터스라는 미국인, 그리고 수녀……. 글쎄, 수녀는 감쪽같이 변장을 한 것 같아. 사실 그 비행기를 탄 사람들 모두는 제각기 다른 곳에서 바로 그날 그 비행기를 타도록 교묘하게 안내를 받았을지도 몰라. 그 뒤 비행기는 불탄 채 발견되고, 그 속에는 까맣게 타 버린 시체들이 있었다…… 어떻게 그런 일을 꾸밀 수 있을까? 앙펭, 쎄 콜로살!(정말 엄청난 일이야!)"

"그래, 그럴듯한 접근이야. 하지만 지금 우리는 여섯 내지는 일곱 명의 사람이 다른 새로운 여행을 시작했다는 사실과 그 출발 지점밖에 모르고 있어. 이제 어떻게 해야 하지? 그 지점에 직접 가 볼까?"

"하지만 이미 상당한 성과를 얻은 건 확실해. 내가 잘못 짚은 게 아니라면 우리는 이제 추적의 실마리를 잡은 거야. 다른 증거들도 곧 나타나겠지."

"그래, 우리의 추측이 정확하다면 뭔가 성과가 있겠지."

예측은 여러 갈래로 나뉘어 있고 모호하기만 했다. 자동차가 어느 정도 이동했는지, 연료를 재공급 받았을 만한 위치가 어디일지, 그들이 밤을 묵었을 가능성이 있는 마을들……. 추측할 수 있는 경로가 너무 많아서 혼란스러웠고, 절망적인 상태가 이어졌다. 하지만 마침내 희망적인 결과가 나타났다.

"부알라, 몽 카피텐!(그렇지요, 대장님!) 지시하신 대로 화장실을 뒤졌습니다. 압둘 모하메드라는 자의 집 화장실 어두컴컴한 구석에서 씹다 만 껌에 박아서 붙여 놓은 진주 하나가 발견되었습니다. 그 자와 아들 녀석들을 족쳤지요. 처음에는 부인하더니 마침내는 털어놓았어요. 독일 고고학 답사 팀이라면서 여섯 명이 자기 집에서 하룻밤을 묵고 갔답니다. 많은 돈을 쥐어 주면서 아무에게도 말하지 말라고 그랬다는군요. 불법적인 발굴이 있을지도 몰라서 그랬다고 합니다. 엘 카이프라는 마을의 아이들도 진주알을 두 개 가져왔습니다. 이젠 방향이 파악됐습니다. 아, 그리고 또 있어요. 대장님이 말씀하신 대로 파티마의 손(이슬람 문화권에서 전통적으로 악을 막아 준다고 여겨지는 부적, 또는 그 문양 — 옮긴이)이 목격되었습니다. 이 남자가 얘기해 드릴 겁니다."

그가 가리킨 남자는 유달리 거칠어 보이는 베르베르 인이었다.

"나는 양떼와 함께 있었습니다. 밤이었는데 차 소리가 들리더군요. 차가 내 옆을 지나갈 때 보았습니다. 파티마의 손이 차의 한쪽 면에서 보였습니다. 어둠 속에서 반짝거렸습니다."

르블랑이 중얼거리듯 말했다.

"장갑에 야광 물질을 칠해 두면 굉장히 잘 보이겠지. 친구, 그런 생각을 해내다니 대단해."

"물론 잘 보이지. 하지만 위험하기도 해. 적들에게도 잘 보일 테니까."

르블랑은 어깨를 으쓱해 보였다.

"낮에는 안 보이잖아."

"그렇지. 하지만 어두워지고 나서 잠깐 휴식을 취하기 위해 차에서 내렸다면……."

"그랬다 해도…… 그건 아랍 인들의 대표적인 미신이야. 짐수레나 마차에도 많이들 그려 놓지. 어떤 신앙심 깊은 이슬람 교도가 자기 차에다 야광색 무늬를 그려 놓은 것쯤으로 여길 거야."

"충분히 그럴 수도 있어. 하지만 우리는 신중하게 생각해야 돼. 만일 놈들이 그걸 알아챘다면 우리에게 가짜 흔적을 남겨 놓았을 가능성이 굉장히 높아. 야광으로 칠한 파티마의 손처럼 말이야."

"아, 그 말이라면 나도 동감이야. 정말 신중해야 해. 언제나 방심하면 안 되지."

다음 날 아침, 르블랑은 또 다른 모조 진주 세 개를 전달 받았다. 진주는 씹다 만 껌에 삼각형 모양으로 박혀 있었다.

"이건 여행의 다음 단계가 비행기를 이용했다는 뜻 같아."

제숩은 이렇게 말하고 대답을 기다리는 눈빛으로 르블랑을 쳐다보았다.

"맞았어. 이게 발견된 곳은 굉장히 외딴 지역에 있는 어느 폐쇄된 군용 비행장이야. 얼마 전에 비행기가 이륙한 흔적이 남아 있었지."

그는 어깨를 들썩해 보였다.

"정체 불명의 비행기를 타고…… 또다시 정체 불명의 목적지를 향해 떠난 거야. 그들이 그곳을 잠시 들렀다는 사실만 알 수 있을 뿐 그다음엔 어디로 다시 흔적을 쫓아가야 할지 알 수가 없군……."

15장

'정말 믿기지 않아. 벌써 이곳에 열흘이나 있었다니!'

힐러리는 삶에서 가장 무서운 것은 인간이 너무나도 쉽게 환경에 적응한다는 점이라고 생각했다. 그녀는 언젠가 프랑스에서 본 중세의 무시무시한 고문 도구를 떠올렸다. 그것은 철로 만든 우리였는데, 그 안에 갇힌 죄수는 앉지도 눕지도 못하게 되어 있었다. 안내원의 설명에 따르면 그곳에 갇혔던 마지막 죄수는 갇힌 상태로 18년을 살았고, 풀려난 뒤에도 20년을 더 살았다고 했다. 적응력이야말로 인간과 동물을 가장 구별시켜 주는 것이 아닐까. 인간은 어떤 기후에서도, 어떤 음식을 먹으면서도, 어떤 상황에서도 살아남을 수 있다. 노예 상태이건 자유로운 상태이건 인간은 살아남을 수 있는 것이다.

처음 이 단지에 들어왔을 때 그녀를 사로잡은 것은 앞이 가로막힌 듯한 공포와 더불어 갇혀 있다는 좌절과 당혹스러움이었다. 감금 그 자체가 호화로운 생활로 위장되고 있다는 사실은 훨씬 더 커다란 공포를 가져다주었다. 하지만 일주일 정도가 지난 뒤부터 그녀는 자신의 생활을 무감각적으로 자연스럽게 받아들이기 시작했다. 기묘하면서도 꿈속에 살고 있는 듯한 느낌이었다. 현실로 느껴지는 것은 아무것도 없었고, 이미 오래전부터 꿔 온 꿈이 계속되고 있는 것 같았으며, 앞으로도 더 오랫동안 지속될 것만 같았다. 어쩌면 영원히 계속될 것 같은 예감……. 이 단지 내에서 영원히 살아야할지도 모른다. 이곳의 삶이 그녀의 삶이며 외부 세계란 더 이상 존재하지 않는 것이다.

이런 위험한 생각을 하게 된 것은 부분적으로는 그녀가 여성이기 때문일지도 모른다. 여성은 천성적으로 적응력이 강하다. 그것은 여자의 장점인 동시에 단점이기도 하다. 여성들은 상황을 살펴본 후에 그것을 받아들이고, 현실주의자가 되어 거기에 정착해 상황을 최대한 이용한다. 그녀가 가장 관심을 기울인 것은 같이 도착한 일행들의 반응이었다. 헬가 니드하임은 식사 시간에 이따금 마주치는 걸 제외하곤 좀처럼 얼굴을 보기가 힘들었다. 어쩌다 마주칠 때도 그 독일 여자는 거만한 태도로 살짝 목례를 하는 게 전부였다. 힐러리가 보기에 헬가 니드하임은 이곳에 매우 만족해하는 것 같았다. 이 단지는 그 여자가 마음속으로 그리던 그림과 딱 맞아떨어지는 곳이었다. 그녀는 오로지 연구밖에 모르는 유형이었고, 그 타고난 오만함으로 충분히 스스로를 지탱해 나가는 여자였다. 자신과 동료 과학자들에 대한 우월감은 헬가가 가진 신념들 중 첫 번째 목록에 해당했다. 그녀는 인류애, 평화의 시대, 정신과 영혼의 자유 등에 대해서는 아무런 관심도 없었다. 그녀에게 미래는 한정된 것이었지만 정복할 만한 무엇이었다. 그녀는 우수 종족 집단의 일원이었으며, 속박되어 있는 나머지 세계에는 그저 형식상의 친절만 조금 베풀어 주면 그만이었다. 그녀의 동료 과학자들 중에는 그녀와 조금 다른 관점을 가진 사람들도 있었다. 그들의 사상은 파시스트보다는 공산주의에 가까웠다. 하지만 헬가는 그러한 것에도 거의 무관심했다. 그들의 연구가 훌륭하다면 필요하지만, 그들의 사상이나 생각은 언제든 바뀔 수 있기 때문이었다.

배런 박사는 헬가 니드하임보다 훨씬 지적인 인물이었다. 가끔씩 힐러리는 그와 짤막한 대화를 나눴다. 그는 연구에 몰두해 있었으며 자신에게 제공된 조건들에 몹시 만족했다. 하지만 호기심 많은 프랑스 인다운 기질 때문에 자신이 속해 있는 환경에 대해 깊이 생각해 보곤 했다. 어느 날인가 그가 그녀에게 말했다.

"솔직히 말해 내가 기대했던 것과는 조금 다릅니다. 베터튼 부인, 우리끼리 얘기지만 나는 이 감옥 같은 분위기에는 크게 신경 쓰지 않습니다. 비록 화려하게 꾸며져 있긴 하지만 이곳은 감옥과 같습니다."

"당신이 찾아온 자유가 이곳에는 없는 모양이죠?"

그는 힐러리를 보고 웃었다. 짧지만 침울한 빛이 스쳤다.

"아닙니다, 부인이 잘못 보셨습니다. 사실 내가 찾고 있었던 것은 자유가 아닙니다. 나는 문명인입니다. 문명인이라면 그런 것은 이 세상 어디에도 존재하지 않는다는 것을 잘 알죠. 신생국과 미숙한 나라들이나 자유를 기치로 내거는 거죠. 안전을 위해서는 계획된 틀이 있어야 합니다. 문명 사회의 본질은 절제 있는 삶입니다. 중용 말입니다. 항상 중용으로 돌아가야 하는 겁니다. 아니, 솔직히 말하지요. 사실 내가 여기 온 것은 순전히 돈 때문이었습니다."

이번에는 힐러리가 그를 보고 웃었다. 그녀의 눈썹이 살짝 치켜 올라갔다.

"그럼 여기서 당신에게 돈이란 어떤 의미인가요?"

"굉장히 고가의 실험 장비들을 구입할 수 있지요. 내 호주머니의 돈을 축내지 않고도 과학의 중요한 목적에 몰두할 수 있고, 또 내 지적 호기심도 충족시킬 수 있습니다. 나는 내 연구를 진정으로 사랑합니다. 하지만 인류를 위해 일하는 것은 아닙니다. 인류를 위해 일한다는 자들은 좀 아둔하고 무능한 친구들이죠. 나는 연구가 주는 순수한 지적 쾌감을 음미합니다. 게다가 나는 프랑스를 떠나기 직전에 엄청난 돈을 받았습니다. 그 돈은 다른 사람 이름으로 은행에 예치되어 있지요. 이곳에서의 일이 끝나고 언젠가 적당한 때가 되면 마음대로 그 돈을 쓸 겁니다."

"이곳 일이 언제 끝나는데요? 아니, 이곳의 일이 끝나야 하는 이유가 있나요?"

"상식적으로 생각해 봐야 합니다. 영원한 것은 없습니다. 끝까지 가는 건 아무것도 없어요. 내 생각에 이곳은 어느 미친 남자에 의해 운영되고 있는 것 같아요. 그 미친 사내는 퍽 머리가 좋은 사람이라고 할 수 있죠. 돈 많고, 머리 좋고, 미친 사람이라면 꽤 오랫동안 환상을 지탱하며 살 수 있을 겁니다. 하지만 중국에 가서는……."

그는 어깨를 으쓱해 보였다.

"중국에 가서는 그 환상은 깨지고 말 겁니다. 왜냐고요? 그건 순리에 맞지 않기 때문이지요. 바로 이곳의 일들 말입니다! 순리에 맞지 않는 것은 항상 결과를 다시 생각해 봐야 합니다. 지금까지는……."

그는 다시 한 번 어깨를 으쓱했다.

"그럭저럭 지낼 만하더군요."

강한 환멸을 느끼고 있을 줄 알았던 토르킬 에릭슨은 이 단지의 분위기에 퍽 만족해하는 것 같았다. 에릭슨은 배런 박사보다 훨씬 비현실적인 인물이어서 자기만의 비전과 가치관에 파묻혀 살아갔다. 그의 세계는 힐러리로서는 도저히 이해할 수 없는 낯선 세계였다. 금욕적인 만족감, 수학적 계산에 대한 심취, 끝없는 가능성들에 대한 전망으로 가득 찬 세계였다. 힐러리는 괴상하고 비인간적이며 몰인정한 그의 성격이 두려웠다. 그는 세계 인구의 4분의 1이 자신의 머릿속에만 존재하는 실현 불가능한 유토피아에 살기 위해서는 나머지 4분의 3은 죽음으로 몰아가도 상관없다는 잘못된 이상주의에 빠져 있는 젊은이였다.

그나마 앤드루 피터스라는 미국인과는 많은 부분에서 공감대가 형성되는 것 같았다. 힐러리는 아마도 그 이유를 그가 천재가 아니라 그저 재능 있는 남자이기 때문이라고 생각했다. 사람들의 말을 들어 보면 그는 자기 분야에서 최고의 능력을 지닌 사람이고 신중하고 숙련된 화학자였지만 미지의 분야를 개척하는 혁신자는 아니었다. 또한 그녀와 마찬가지로 피터스도 이 단지의 분위기를 두려워했다.

"사실은 나도 행선지를 모르고 있었습니다. 나는 알고 있다고 생각했지만 잘못 생각하고 있었던 거죠. 당은 이곳과 아무 상관도 없어요. 이곳은 모스크바와는 아무 접촉도 없습니다. 이곳에선 일종의 고독한 쇼가 벌어지고 있어요. 파시스트들의 쇼 같은 것이죠."

"선전 문구를 지나치게 믿었다는 생각이 들지 않나요?"

그는 곰곰이 생각했다.

"당신 말이 옳은 것 같습니다. 가만 생각해 보면 우리들이 내뱉었던 말들은 그야말로 무의미한 것뿐이었어요. 하지만 이젠 알겠어요. 나는 이곳에서 빠져나가고 싶습니다. 아니, 나갈 겁니다."

힐러리가 낮은 목소리로 말했다.

"쉽지 않을 텐데요."

그들은 저녁 식사 후 옥상 정원의 분수 근처를 산책하고 있었다. 별이 빛나는 밤하늘 한가운데 있다는 착각이 들었지만 실상은 어느 독재자의 궁전에 있는 개인 정원에 있는 것이었다. 편리하게 지어진 콘크리트 건물은 보이지 않았다.

"물론입니다. 쉽지는 않을 겁니다. 하지만 꼭 불가능한 것만은 아니지요."

"그렇게 말씀하시니 다행이에요. 아, 얼마나 마음이 놓이는지!"

그는 이심전심 마음이 통한다는 듯 그녀를 쳐다보았다.

"낙심하고 계셨군요."

"아주 많이요. 하지만 내가 진정으로 두려워하는 것은 그게 아니에요."

"그럼 뭐죠?"

"이곳에 익숙해지는 게 두려워요."

그는 뭔가 잠시 생각하더니 말을 이었다.

"알아요, 무슨 말인지 알겠어요. 이곳 사람들은 일종의 집단 최면에 걸려 있는 것 같아요. 아마 부인의 생각이 맞을지도 모릅니다."

"사람들이 반란을 일으키는 게 당연할 것 같은데……."

"맞습니다, 내 생각도 마찬가지입니다. 사실 나는 무슨 속임수 같은 게 진행되고 있지 않나 하는 생각도 여러 번 했습니다."

"속임수라뇨? 그게 무슨 뜻이죠?"

"솔직히 말하면 마취제 같은 것 말입니다."

"마약이나 뭐 그런 것 말인가요?"

"그렇습니다. 그럴 가능성이 있어요. 뭐랄까, 음식이나 음료수에 타 놓으면, 사람들이 고분고분해지지 않을까요?"

"하지만 그런 약이 있을까요?"

"글쎄요, 내 전문 분야는 아니지만 사람의 신경을 안정시키거나 수술이나 그런 걸 하기 전에 고분고분하게 만드는 약은 분명히 있습니다. 오랜 기간 지속적으로 투여해도 인간의 능력을 손상시키지 않는 그런 약이 있는지는 확실히 모르겠습니다. 아무래도 정신적인 면에 영향을 미치는 것 같습니다. 이곳 관리자들 중에는 최면술이나 심리학에 정통한 사람들이 있을지도 모릅니다. 우리 자신도 깨닫지 못하는 사이에 우리의 행복에 관해, 우리의 궁극적인 목표를 (그것이 무엇이든) 달성하는 일에 관해 끊임없이 최면을 당하는 거죠. 이 모든 과정에 확실한 효과를 낸다고 생각해 보세요. 어느 분야에 전문 지식을 갖고 있는 사람들에게 이런 일이 일어난다면 엄청난 연구 성과가 이루어질 수 있지 않겠어요?"

힐러리가 격앙된 목소리로 말했다.

"우리는 굴복해서는 안 돼요. 이곳에 있는 게 행복하다는 생각을 단 한순간도 해서는 안 돼요."

"부인의 남편 분의 생각은 어떻습니까?"

"남편요? 글쎄…… 난 모르겠어요. 사실 갈피를 못 잡겠어요. 난……."

그녀는 입을 다물어 버렸다.

전혀 현실 같지 않은 그 사이의 시간 동안 그녀는 토머스 베터튼과 제대로 대화다운 대화를 나눠 본 적이 없었다. 지난 열흘 동안 그녀는 생전 처음 본 남자와 한 방에서 살았다. 그들은 같은 침실을 썼으며, 한밤에 문득 잠을 깨면 옆 침대에 누운 남자의 숨소리가 들렸다. 둘 다 어쩔 수 없는 일로 받아들이고 있었다. 그녀는 모종의 임무를 띤 채 누군가의 흉내를 내고 있는 스파이였다. 솔직히 말해 그녀는 토머스 베터튼을 이해할 수 없었다. 그는 이 단지의 무기력한 분위기에서 몇 달을 지내면 총명한 젊은 남자가 어떻게 변할 수 있는지 보여 주는 끔찍한 사례라고 할 수 있었다. 어쨌거나 그는 자신의 운명을 차분하게 받아들이려고 하지 않았다. 연구에서 기쁨을 얻기는커녕 그는 연구에 집중할 수 없다는 사실 때문에 계속 걱정했다. 그는 첫날 저녁에 한 말을 툭하면 되풀이했다.

"도저히 아무 생각도 하지 못하겠습니다. 내 안의 모든 것이 바짝 말라 버린 기분입니다."

그녀는 생각했다. 그래, 토머스 베터튼 같은 진짜 천재에게는 누구보다도 자유가 필요하리라. 이곳의 집단 최면도 그에게 자유를 상실한 데 대한 보상을 해 주지 못한 게 틀림없어. 그는 완전한 자유 속에서만 창조적인 연구를 해낼 수 있는 사람이다.

그는 신경 쇠약으로 무너지기 직전에 있었다. 그는 힐러리에게도 완전히 무관심했다. 그에게 힐러리는 여자가 아니었다. 그렇다고 친구도 아니었다. 힐러리는 혹시 그가 아내의 죽음 때문에 괴로워서 그러는 게 아닌가 생각해 보았다. 하지만 그것은 아니었다. 그를 끊임없이 괴롭히고 있는 것은 감금 생활 그 자체였다. 그는 계속 되풀이해서 말했다.

"나는 여기서 나가야 합니다. 무슨 일이 있더라도 꼭 나가야만 합니다."

간혹 이런 말도 했다.

"난 정말 몰랐어요. 무슨 일이 벌어질지 전혀 몰랐다고요. 여기서 나가려면 어떻게 해야 할까요? 어떻게? 가야 합니다, 반드시."

피터스가 한 말도 본질적으로는 똑같은 뜻이었다. 하지만 그의 말과 베터튼의 말에는 커다란 차이가 있었다. 피터스에게는 자신을 가두고 있는 두뇌 집단에 대항해 싸우겠다는 결연한 투지와 자신감이 있었고 에너지와 분노와 환멸이 가득했다. 그러나 토머스 베터튼은 좀 달랐다. 그의 말투에는 막다른 골목에 이른 남자의, 탈출하고 싶어 거의 미치광이가 되다시피 한 남자의 반항심이 담겨 있었다. 힐러리는 문득 앞으로 6개월 후면 피터스나 그녀 자신도 토머스와 같은 모습이 되어 버릴지 모른다는 생각이 들었다. 지금 느끼는 생생한 반항심과 이성적인 자신감도 결국 덫에 걸린 생쥐와 같은 격렬한 몸부림과 좌절감으로 변해 버릴지 모르지.

그녀는 이런 속마음을 옆에 있는 남자에게 모두 털어놓고 싶었다. 이렇게 털어놓을 수 있다면 얼마나 좋을까.

"사실 토머스 베터튼은 내 남편이 아닙니다. 전혀 모르는 사람이에요. 그가 이곳에 오기 전에 어떤 사람이었는지도 몰라요. 나는 암흑 속에 빠진 기분이랍니다. 나는 그를 도울 수가 없어요. 무얼 해야 할지, 어떤 말을 해야 할지도 모르겠어요."

대신 그녀는 자신이 할 말을 조심스럽게 골라 말했다.

"지금은 톰이 무척 낯선 사람처럼 느껴져요. 그이는 좀처럼 내게 말을 하려 들지 않아요. 감금되었다는 기분, 우리 안에 갇혀 버렸다는 생각이 그를 미치게 만들지는 않을까 하는 생각이 종종 들어요."

피터스는 건조한 목소리로 말했다.

"그럴지도 모르죠."

"그런데…… 당신은 탈출에 대해 상당히 자신감을 갖고 말하는군요. 어떻게 그게 가능할까요? 우리에게 과연 그럴 기회가 있기나 할까요?"

"내일 모레쯤 당장 걸어서 나가자는 얘기가 아닙니다, 올리브. 심사숙고해서 계획을 세워야죠. 전혀 불가능해 보이는 힘든 상황에서도 탈출한 사람들이 있잖습니까. 미국인이나 유럽 인들이 독일군 수용소에서 탈출해 책을 쓴 경우도 많잖아요."

"그것과는 다르잖아요."

"따지고 보면 다르지 않습니다. 들어오는 길이 있으면 나가는 길도 있는 법이에요. 물론 땅굴을 파거나 하는 건 불가능합니다. 다른 방법들을 생각해 봐야죠. 하지만 방금도 말했듯이 들어오는 길이 있으면 나가는 길이 있습니다. 교묘한 속임수, 위장, 연극, 기만, 뇌물, 매수 등 뭐든 시도해 봐야 합니다. 부인 역시 그런 것들에 관해 연구하고 생각해 보십시오. 분명히 말하건대, 나는 이곳에서 나갈 겁니다. 제 말을 믿으십시오."

"당신은 그럴 수 있을 거예요."

그러고 나서 힐러리는 다음 질문을 덧붙였다.

"하지만 나도 나갈 수 있을까요?"

"글쎄요, 부인의 경우는 나와 다른데……."

그의 목소리에는 당황스러움이 묻어 있었다. 순간 그녀는 그가 왜 그럴까 의아하게 생각했다. 하지만 곧 그와 달리 그녀의 목적은 달성되었다는 사실이 문득 떠올랐다. 그녀는 사랑하는 남편을 만나기 위해 온 것이고, 이제 남편을 만났으니 여기를 굳이 빠져나갈 필요가 없는 것 아닌가. 그녀는 피터스에게 모든 진실을 말해 버릴까 하는 충동이 일었다. 하지만 조심스러운 본능이 그것을 가로막았다.

그녀는 피터스에게 잘 자라고 말한 뒤 옥상을 내려왔다.

16장

"베터튼 부인, 안녕하세요?"

"안녕하세요, 젠슨 양."

안경을 낀 그 야윈 여자는 조금 들떠 있는 것 같았다. 두꺼운 안경 너머의 그녀의 눈동자가 반짝반짝 빛났다.

"오늘 저녁에 모임이 있을 예정입니다. 국장님이 직접 우리에게 강연을 하실 거예요!"

그녀는 조용한 목소리로 말했다.

그러자 옆에 서 있던 앤드루 피터스가 말했다.

"그거 잘됐군요. 안 그래도 국장이란 자를 한번 보고 싶었는데 말입니다."

깜짝 놀란 젠슨 양이 나무라는 듯한 눈초리로 그를 쏘아 보더니 엄숙하게 말했다.

"국장님은 굉장히 훌륭한 분이세요."

그녀가 흰색 복도를 따라 저쪽으로 걸어가자 앤드루 피터스가 '휴!' 하고 조그맣게 안도의 한숨을 내쉬었다.

"저 여자한테 '하일 히틀러!' 분위기가 느껴지지 않아요?"

"맞아요. 그랬어요."

"인생이 이래서 힘든 겁니다. 그 누구도 앞일을 알 수 없으니! 인류 동포주의니 하는 것들에 대한 순진한 열정으로 미국을 떠날 때 그 누가 알았겠습니까. 하늘에서 내려온 또 다른 독재자의 수중에 걸려들 줄을……."

그는 양손을 쭉 내밀어 보였다.

"아직 정확히 모르잖아요."

"분위기만 보면 알아요……. 냄새가 나니까."

그의 말에 힐러리가 목소리를 높이며 말했다.

"아, 나로서는 이곳에 당신 같은 분이 있다니 정말 얼마나 다행인지 몰라요!"

말을 마친 그녀는 곧 얼굴을 붉혔다. 그가 의아한 눈초리로 그녀를 쳐다보았기 때문이다.

"당신은 정말 친절하고 평범한 분이에요."

피터스가 약간 익살맞은 표정을 지었다.

"우리나라에서는 평범하다는 말이 부인이 쓰는 의미와 다릅니다. 못생겼다는 뜻도 되죠."

"난 그런 뜻이 아니었어요. 여느 사람들과 비슷하다는 뜻이에요.

어머나, 이 말도 기분 나쁘실지 모르겠네요."

"평범한 남자를 원하는 건가요? 천재는 이미 많이 겪어 보았기 때문입니까?"

"그래요. 그리고 당신도 여기 온 이후 바뀌었어요. 증오와 신랄함……. 그런 기질들을 많이 잃어버렸잖아요."

그 순간 그의 표정이 일그러졌다.

"그런 말 마십시오. 아직 있어요…… 저 가슴 밑바닥에. 나에게는 아직도 증오가 있어요. 증오해야 할 것들이 있기 때문이지요."

젠슨 양의 말대로 저녁 식사 후에 집회가 있었다. 단지의 모든 구성원들이 넓은 강당에 모였다.

단지 내에서 소위 기능 파트에 소속된 사람들은 집회에 참가하지 않았다. 실험실 조수들, 발레단, 다양한 서비스 부서 직원들, 그리고 아내도 없고 여자 직원과 일체 접촉이 없는 남자 연구원들에게 섹스를 제공하는 접대부 그룹이었다.

베터튼과 나란히 앉은 힐러리는 호기심에 찬 얼굴로 그 신비로운 국장이란 자가 단상 위에 나타나길 기다렸다. 그녀는 이 단지를 지배하는 그 남자가 도대체 어떤 인물이냐고 물었지만, 토머스 베터튼은 애매모호하게만 말할 뿐 만족스러운 대답은 해 주지 않았다.

"겉보기엔 별로 볼품없는 사람이에요. 하지만 엄청난 영향력을 내뿜고 있지요. 사실 나도 두 번밖에 본 적이 없습니다. 자주 모습을 드러내는 사람이 아니라서요. 모두들 대단한 사람이라고 느끼고 있지요. 하지만 솔직히 말해서 그 이유는 나도 잘 모르겠습니다.”

젠슨 양과 다른 몇몇 여자들이 자못 경건한 말투로 그에 관한 얘기를 주고받았다. 힐러리는 마음속으로 어렴풋이 그의 모습을 그려 보았다. 흰 가운을 걸치고 황금빛 턱수염을 기른 키 큰 남자, 마치 신과 같은 한 남자를.

드디어 가무잡잡하고 다부진 체격을 지닌 중년의 한 남자가 조용하게 단상 위로 올라갔다. 청중은 일제히 기립했다. 그의 외양은 그리 특별하지는 않았다. 마치 영국 중부 지방에서 온 평범한 사업가처럼 보였다. 국적은 분명치 않았다. 그는 청중에게 프랑스 어, 독일 어, 그리고 영어를 교대로 사용하며 말했는데, 결코 같은 말을 되풀이하지 않았고, 세 가지 모두 아주 유창한 편이었다.

“먼저 이곳에 도착한 새 동지들을 환영하는 바입니다.”

그는 새로 온 사람들 한 명 한 명에게 몇 마디씩 짧은 인사를 했다. 그러고 나서 이 단지의 목적과 신념에 대한 연설을 시작했다.

연설을 듣다가 조금 시간이 지난 뒤 힐러리는 그 내용이나 표현을 정확하게 다시 떠올릴 수가 없었다. 어쩌면 그 내용이 너무 진부하고 평범했기 때문이었는지도 모른다. 하지만 그것을 듣고 있는 동안에는 느낌이 전혀 달랐다.

힐러리는 세계 2차 대전이 발발하기 전 독일에 살았던 친구에게 들은 얘기가 생각났다. 그 친구는 ‘그 미치광이 히틀러’의 연설을 한번 들어 보고 싶은 단순한 호기심으로 집회에 참석했는데, 자기도 모르게 격정에 사로잡혀 열광적으로 소리를 지르고 있더라고 했다. 한 마디 한 마디가 그렇게도 지당하고 감동적으로 들렸는데, 나중에 시간이 지나고 생각해 보니 그야말로 평범하기 짝에 없는 말들에 불과하더라는 것이다.

그와 비슷한 현상이 지금 힐러리에게 벌어지고 있었다. 자기도 모르게 힐러리는 감동과 흥분으로 마음이 일렁였다. 국장은 아주 간결하게 말했다. 주로 젊은이들에 관한 말이었다. 그는 인류의 미래는 청년에게 달려 있다고 했다.

"축적된 부, 명예, 유력한 가문……. 구시대에는 이런 것들이 곧 힘이었습니다. 하지만 오늘날의 힘은 청년의 손에 있습니다. 힘은 두뇌 속에 달려 있습니다. 화학자, 물리학자, 의사의 두뇌 속에 있습니다. 엄청난 파괴력을 지닌 힘은 실험실에서 나옵니다. 그 힘을 손에 쥔 여러분은 말할 수 있습니다. '항복하겠는가, 아니면 파멸을 택하겠는가!' 국가가 권력과 힘을 가져서는 안 됩니다. 힘이란 그것을 창조하는 자의 손에 있어야 합니다. 이 단지는 전 세계의 힘을 모으기 위한 곳입니다. 여러분은 세계 도처에서 창조적인 과학적 지식을 갖고 오신 분들입니다. 또 여러분에게는 젊음이 있습니다! 이곳에는 마흔다섯 살 이상 되는 사람은 없습니다. 언젠가 때가 오면 우리는 진리를 만들어 낼 것입니다. 과학자의 두뇌에서 나온 진리가 바로 그것입니다. 그리고 우리는 세계를 통치하게 될 것입니다. 또한 우리는 자본가와 통치자와 군대와 사업가들에게 명령을 내리게 될 것입니다. 우리는 '팍스 사이언티피카(과학이 지배하는 평화)'를 세상에 구현하게 될 것입니다."

연설은 길게 계속되었다. 모두가 강력한 마취제와도 같은 내용이었다. 하지만 꼭 연설의 내용 때문은 아니었다. 청중의 넋을 송두리째 빼앗는 연사의 수완 때문이었다. 아무리 냉정하고 비판적인 마음을 가지려고 해도 뭐라 표현할 수 없는 이상한 감정에 마음이 동요되었다.

국장이 드디어 연설을 마쳤다.

"용기와 승리를! 다들 안녕히 주무십시오!"

왠지 모를 꿈같은 흥분으로 반쯤 얼이 빠진 채 힐러리는 강당을 빠져나왔다. 주변 사람들의 표정에서도 비슷한 감정을 읽을 수 있었다. 그녀는 에릭슨을 유심히 살펴보았다. 그는 환희에 젖어 고개가 뒤로 젖혀져 있었는데 창백한 두 눈이 빛을 발하고 있었다.

바로 그때 앤드루 피터스가 그녀의 팔을 붙잡았다. 그리고 귀에 대고 속삭였다.

"옥상으로 갑시다. 바람이나 좀 쐬게."

그들은 말없이 승강기를 타고 옥상으로 올라갔다. 그리고 별이 반짝이는 하늘 아래 야자수 사이를 거닐었다. 피터스가 숨을 깊이 들이마셨다.

"그래요, 우리에게 필요한 건 이거예요. 영광의 구름을 모두 씻어 가 줄 깨끗한 공기."

힐러리는 한숨을 내쉬었다. 여전히 현실 같지가 않았다.

그가 그녀의 팔을 다정하게 흔들었다.

"냉정을 되찾아요, 올리브."

"영광의 구름……. 그러니까 그런 거였군요!"

"정신 차려야 합니다. 원래 당신으로 돌아오세요! 우리 눈앞의 현실로 돌아오라고요! 영광의 구름이라는 독가스의 약기운이 사라지고 나면 부인은 그렇고 그런 똑같은 소리를 들었다는 걸 깨닫게 될 겁니다."

"하지만 연설은 훌륭했어요. 정말로요."

"이상주의자들이나 열광할 얘기예요. 현실을 봐요. 젊음과 두뇌, 영광, 할렐루야! 젊음과 두뇌가 대체 뭐란 말입니까? 헬가 니드하임, 찔러도 피 한 방울 나오지 않을 것 같은 이기주의자. 토르퀼 에릭슨, 비현실적인 몽상가. 배런 박사, 연구 장비를 구하기 위해서는 자기 할머니라도 도살장에 팔아먹을 작자. 그럼 나는 어떤 놈인가요? 당신 말대로 난 평범한 놈이에요. 시험관과 현미경이나 조금 다룰 줄 알지, 당국에서 아무리 지원을 해 준다 해도 소용없는, 재능이라곤 눈꼽만큼도 없는 남자예요. 세계 평화 어쩌고 저쩌고 하는 데 기여 같은 건 말할 것도 없고요! 당신 남편은 어떤가요? 그래, 이렇게 표현하면 되겠군요. 신경 쇠약에 시달려 아무것도 못하고, 혹시 보복이라도 뒤따를까 두려움에 떨기만 하는 과학자. 지금까지 말한 사람은 모두 우리가 잘 아는 사람들입니다. 하지만 여기 있는 다른 이들도 모두 마찬가지예요. 자기 분야에서만큼은 누구보다 뛰어난 빌어먹을 천재들이지요. 그들이 세계를 지배할 거라고요? 정말 웃기지도 않아요! 기가 막힌 넌센스예요. 그게 바로 우리가 지금까지 들은 겁니다."

힐러리는 콘크리트 난간 위에 걸터앉았다. 그녀는 한 손으로 이마를 짚으며 말했다.

"당신 말이 옳다고 생각해요……. 하지만 영광의 구름은 여전히 이곳을 맴돌고 있어요. 그가 어떻게 그럴 수 있는 걸까요? 그 자신은 그걸 믿고 있을까요?"

피터스는 침울하게 말했다.

"결론은 언제나 하나입니다. 그는 자신을 신이라고 생각하는 미치광이일 뿐입니다."

"내 생각도 그래요. 하지만…… 그것만으로는 답이 부족한 것 같아요."

"그렇지만 그런 일은 종종 일어납니다. 역사 속에서 계속 되풀이해서 일어나지요. 그런 미치광이는 사람들을 현혹합니다. 오늘밤 저도 사실 거의 넘어갈 뻔했어요. 당신은 실제로 넘어갔고요. 만일 당신을 여기로 데리고 올라오지 않았더라면……."

그의 태도가 갑자기 돌변했다.

"이런, 괜히 올라온 것 같습니다. 베터튼이 뭐라고 할까요? 이상하게 생각할 텐데……."

"괜찮을 거예요. 눈치도 못 챌걸요."

그는 안심할 수 없다는 듯이 그녀를 쳐다보았다.

"미안합니다, 올리브. 내가 너무 끔찍한 얘기만 늘어놓았죠? 내려가서 남편 분이나 만나세요."

하지만 힐러리가 열정적인 목소리로 말했다.

"우린 이곳에서 나가야 해요. 반드시 나가야 해요."

"그렇게 될 겁니다."

"당신은 전에도 그렇게 말했어요……. 하지만 아무런 진전도 없잖아요."

"오! 천만에요. 그동안 게으름만 피우고 있었던 것은 결코 아니랍니다."

그녀는 놀란 눈으로 상대를 쳐다보았다.

"정확한 계획은 아닙니다. 하지만 나는 타도 활동에 착수했습니다. 이곳은 불만으로 가득 차 있습니다. 우리의 하느님 같은 국장이 아는 것보다 훨씬 더 많은 불만이 존재하지요. 이 단지의 낮은 계층 사람들 사이에 말입니다. 음식, 돈, 사치, 여자만이 전부가 아니니까요. 내가 당신을 여기서 내보내 드리겠습니다, 올리브."

"그럼, 톰도 함께 갈 수 있나요?"

피터스의 얼굴이 어두워졌다.

"잘 들어요, 올리브. 그리고 내 말을 믿어요. 톰은 안간힘을 다해 이곳에 남으려고 할 겁니다. 그는……."

그는 잠시 머뭇거렸다.

"그에게는 외부 세계로 나가는 것보다 이곳에 있는 편이 훨씬 안전하니까요."

"안전하다고요? 무슨 뜻인지 모르겠군요."

"안전하다……. 나는 일부러 그런 표현을 썼습니다."

힐러리는 미간을 찌푸렸다.

"도통 무슨 말인지 모르겠군요. 톰은…… 설마 톰이 미쳐 가고 있다는 뜻은 아니겠죠?"

"그런 뜻은 아닙니다. 그의 마음이 지극히 불안한 건 사실입니다. 하지만 부인이나 나처럼 그도 정상입니다."

"그렇다면 왜 그이가 여기에 남아 있는 편이 더 안전하다는 말인가요?"

피터스가 천천히 입을 열었다.

"철창 속이야말로 가장 안전한 곳이지요."

"오, 말도 안 돼! 설마 당신도 그들에게 넘어간 건 아니겠죠? 설마 당신도 집단 최면이나 뭐 그런 게 걸렸나요? 안전하고 고분고분해진 생활에 만족하다니! 우리는 반항해야 해요! 우리는 자유를 찾아야 해요!"

피터스가 천천히 말했다.

"예, 물론 압니다. 하지만……."

"어쨌든 그이는 스스로도 이곳에서 나가길 필사적으로 원하고 있어요."

"톰은 뭐가 자기한테 이로운지 모르고 있는 것 같군요."

힐러리는 문득 그가 넌지시 한 말이 떠올랐다. 만일 그가 국가 기밀을 팔아먹었다면 국가 보안법에 의해 기소를 당하게 될 확률이 높다……. 어쩌면 피터스는 그걸 염두에 두고 하는 말일지도 모른다. 하지만 힐러리는 이곳에 있느니 차라리 나가서 벌을 받는 편이 낫다고 생각했다. 그녀는 완강하게 말했다.

"반드시 톰도 함께 가야 해요."

갑자기 피터스가 비장한 목소리로 말하는 바람에 힐러리는 놀라지 않을 수 없었다.

"그럼 마음대로 하십시오. 하지만 난 분명히 당신에게 경고했습니다. 도대체 무엇 때문에 그 친구에게 그렇게 신경을 쓰는지 모르겠군요."

그녀는 혼란스러운 표정으로 그를 쳐다보았다. 말이 그녀의 입속에서 맴돌았지만 그냥 꾹 눌러 참았다. 힐러리는 그저 속으로 이렇게 말했다.

'나는 그를 걱정하는 게 아니에요. 나는 그와 아무 상관도 없어요. 그는 다른 여자의 남편이에요. 나에게는 단지 그의 아내와 관련된 어떤 책임이 있을 뿐이에요. 바보 같은 사람! 내가 걱정하고 있는 사람이 있다면 그건 바로 당신이에요……'

"그 유순한 미국인 청년과 즐겁게 보냈나요?"

그녀가 침실로 들어서자 토머스 베터튼이 한 마디 던졌다. 그는 침대에 등을 기대고 누워 담배를 피우고 있었다.

힐러리는 살짝 얼굴을 붉혔다.

"이곳에 올 때 함께 온 일행 중 하나예요. 어떤 점에서는 생각이 서로 맞는 사람 같아요."

그는 웃었다.

"아, 당신을 탓하려는 게 아닙니다."

그는 물건이라도 평가하는 듯한 눈초리로 그녀를 쳐다보았다. 그런 표정은 처음이었다.

"당신은 매력 있는 여자니까요, 올리브."

여기에 도착한 첫날부터 힐러리는 그에게 그의 아내 이름으로 불러 달라고 했었다.

"그래……."

그는 다시 눈으로 그녀를 위아래로 훑으며 말했다.

"당신은 굉장한 미인이지요. 처음부터 그렇게 생각했소. 하긴 어차피 나와는 아무 상관도 없지만."

"그야 나도 마찬가지죠."

힐러리가 메마른 목소리로 대답했다.

"나는 지극히 정상적인 남자입니다. 아니면 예전에 그랬든지. 지금의 내가 누군지 아는 것은 오직 하느님뿐이죠."

힐러리가 그의 옆으로 다가가 앉았다.

"도대체 당신의 문제가 뭐예요, 톰?"

"말했잖아요, 집중을 못하겠다고. 과학자로서 나는 산산조각이나 버렸어요. 이곳은……."

"다른 사람들은 당신처럼 느끼는 것 같지 않던데요?"

"그들은 신경이 무딘 사람들이라서 그럴 거예요."

"변덕스럽고 예민한 사람들도 몇몇 있던걸요. 만일 이곳에 당신의 친구가 있다면……. 진짜 친구 말이에요."

"머치슨이 있어요. 좀 따분한 사람이긴 하지만. 그리고 최근에는 토르퀼 에릭슨과도 자주 만났어요."

"정말이에요?"

몇 가지 이유 때문에 힐러리는 놀랄 수밖에 없었다.

"그래요. 그 친구, 정말 총명하더군. 나도 그 사람처럼 머리가 탁
월했으면 좋을 텐데……."

"그는 좀 이상한 남자예요. 난 그 사람을 볼 때마다 왠지 무서운
생각이 들어요."

"무섭다고? 토르퀼이? 그는 우유처럼 부드러운 사람이에요. 어떤
면에선 어린아이 같아. 세상을 너무 모르기도 하고."

"어쨌든 나는 그가 두려워요."

힐러리는 고집스럽게 말했다.

"당신도 신경과민이 되어 가는 모양이군요."

"아니에요. 그들이야 그렇겠지만 난 아니에요. 톰, 토르퀼 에릭슨
과 너무 친하게 지내지 마세요."

그는 그녀를 빤히 쳐다보았다.

"대체 왜 그러는 거요?"

"모르겠어요. 왠지 느낌이 그래요."

17장

르블랑은 어깨를 으쓱해 보였다.

"아프리카를 떠난 게 분명해."

"확실하진 않아."

"확률적으로는 그래."

프랑스 인은 고개를 내저으며 한 마디 덧붙였다.

"대체 어디로 튀었을까?"

"만일 그들이 우리가 생각하고 있는 곳으로 갔다면, 왜 하필이면 아프리카에서 출발했을까? 유럽 어딘가에서 출발하는 편이 훨씬 간편했을 텐데 말이야."

"자네 말도 일리는 있어. 하지만 그 반대로 생각해 봐. 그들이 여기서 집합해서 출발하리라곤 그 누구도 짐작하기 힘들지 않겠나."

제숩이 침착하게 자기의 의견을 전개해 나갔다.

"난 거기에서 뭔가 더 찾아낼 게 있을 거라 생각하네. 그 비행장을 사용할 수 있는 건 소형 비행기밖에 없어. 비행기가 지중해를 횡단하려면 어딘가에 착륙해서 연료를 공급 받아야 할 걸세. 그렇다면 연료를 재공급 받은 곳에 뭔가 흔적이 남아 있어야 해."

"이 친구야, 우리는 이미 수색할 수 있는 곳은 모두 다 해 보았네. 한 곳도 빠뜨리지 않고……."

"요원들이 가이거 계수기(방사능 측정기 ― 옮긴이)를 들고 갔으니 뭔가 결과가 나올 거야. 조사 받을 비행기의 숫자는 한정되어 있어. 방사능 흔적만 있으면 우리가 찾는 비행기를 골라낼 수 있을 거야."

"만일 자네 정보원이 스프레이로 방사성 용액이라도 뿌려두었다면 얼마나 좋겠나. 제기랄! 언제나 만일, 만일 타령이군……."

"우리는 그곳에 갈 수 있을 거야. 다만……."

"뭐지?"

"우리는 그들이 북쪽으로, 그러니까 지중해 쪽으로 갔을 것으로 추정했어. 하지만 만일 그들이 남쪽으로 갔다고 가정해 보게."

"정반대 방향으로? 하지만 갈 만한 데가 있을까? 그쪽이라면 하이 아틀라스 산맥이고…… 산맥이 끝나면 사막밖에 없는데……."

"약속대로 할 거라고 맹세하셨죠? 미국 시카고에 있는 주유소라고요? 분명하지요?"

"그럼, 모하메드. 여기를 빠져나가기만 한다면 분명히 약속하지."

"성공은 알라신에게 달렸습니다."

"그럼 당신이 시카고에 주유소를 가질 수 있도록 알라신께 기도하게. 그런데 왜 하필이면 시카고지?"

"미국으로 건너간 처남이 있는데 시카고에서 주유소를 하고 있습죠. 나라고 해서 이 촌구석에서 평생 썩고 싶겠습니까? 여기는 돈도 많고, 음식도 풍족하고, 고급 양탄자와 여자들도 많습니다. 하지만 그건 현대적인 것들이 아닙니다. 미국산이 아니란 말이지요."

피터스는 자못 위엄 있는 표정을 짓고 있는 그 검은 얼굴을 찬찬히 쳐다보았다. 흰옷을 걸친 모하메드는 풍채도 당당했다. 저 사람의 가슴속에는 대체 어떤 욕망이 숨어 있는 것일까.

"자네의 선택이 현명한지는 모르겠네."

피터스는 한숨을 내쉬었다.

"하지만 어쨌든 일단은 그렇게 하기로 하지. 물론 만일의 경우 발각되면……."

검은 얼굴 위로 미소가 번지며 가지런한 하얀 치아가 드러났다.

"그때는 죽음뿐입니다. 저는 틀림없이 죽습니다. 하지만 선생님은 모르죠. 가치가 있는 분이니까."

"이곳에서는 쉽게 사람을 죽이는 모양이군."

모하메드는 다소 거만하게 어깨를 들썩거렸다.

"죽음이 무엇입니까? 그것 역시 알라신의 뜻이지요!"

"자네가 할 일이 무엇인지는 잘 알고 있겠지?"

"물론입죠. 날이 어두워지면 선생님을 옥상까지 모셔다 드리는 일이지요. 그리고 저나 다른 하인들이 입는 것과 똑같은 옷을 선생

님 방에 갖다 두겠습니다. 나중에…… 또 필요한 일이 있으면 말씀
해 주십시오."

"좋아, 이제 어서 승강기 밖으로 나가세. 우리가 함께 오르내리는
걸 누군가가 볼지도 모르니까 말이야. 수상하게 보이면 안 돼."

춤이 계속되고 있었다. 앤드루 피터스는 젠슨 양과 함께 춤을 추
고 있었다. 그가 그녀를 바짝 끌어당겨 귀에다 대고 무엇인가 속삭
이는 것 같았다. 피터스와 젠슨 양은 천천히 몸을 돌리며 춤을 추었
다. 두 사람이 힐러리 옆을 지나갈 때 그의 눈이 힐러리와 마주쳤다.
피터스가 살짝 윙크를 보냈다.

힐러리는 웃음이 나오려는 걸 참으려고 입술을 깨물며 재빨리 시
선을 딴 데로 돌렸다.

저쪽 맞은편에서 토르퀼 에릭슨과 얘기를 나누고 있는 토머스 베
터튼이 눈에 들어왔다. 힐러리는 그들을 보고 인상을 약간 찡그렸
다. 그때 바로 옆에서 사이먼 머치슨의 목소리가 들려왔다.

"한 곡 추시겠습니까, 부인?"

"예, 그러죠, 사이먼."

"제가 그다지 춤을 잘 추는 편은 아닙니다만……."

힐러리는 그에게 혹 발이라도 밟히지 않을까 신경을 곤두세웠다.

"이 정도는 운동에도 좋지요."

머치슨은 이렇게 말하며 숨을 가볍게 몰아쉬었다. 그는 꽤 열심
히 춤을 추었다.

"입고 계신 드레스가 무척 아름답군요, 올리브."

머치슨이 건네는 말은 언제나 구닥다리 소설책에서 튀어나온 것 같았다.

"마음에 드신다니 다행이네요."

"패션 코너에서 고른 건가요?"

힐러리는 '그럼 그곳밖에 더 있나요?' 하고 쏘아 주고 싶었지만 꾹 참고 그냥 "예." 하고 대답했다.

머치슨이 부지런히 스텝을 옮겨 가느라 숨을 깊이 몰아쉬면서 말했다.

"틀림없이 이곳 생활이 마음에 드실 겁니다. 요전 날 제 아내한테도 그렇게 얘기했습니다. 완벽한 복지 제도가 있는 정말 놀라운 곳이지요. 돈 걱정을 할 필요가 있나, 소득세를 내라고 하나……. 집수리나 살림 비용에 신경 쓸 일도 없고 말입니다. 걱정할 게 아무것도 없지요. 사실 여자들에게는 더할 나위 없이 편리한 곳이지요."

"비앙카도 그렇게 생각하던가요?"

"글쎄요, 처음에는 조금 불안해했지만 지금은 모임을 몇 개 조직한 데다가 토론회와 강좌도 만들었습니다. 부인께서도 참여하면 좋을 텐데, 적극적으로 나서지 않는다고 비앙카가 조금 투덜대더군요."

"원래 그런 걸 좋아하는 성격이 아니라서요, 사이먼. 사람들이 많은 데 나서기를 싫어하는 성격이에요."

"아, 그러시군요. 하지만 여자들도 삶을 즐길 수 있는 방법을 찾아야 합니다. 그러니까 제가 말하는 '즐긴다'는 뜻은……."

"어딘가에 몰두하는 것 말인가요?"

"네, 맞습니다. 현대의 여성들은 무언가 열중할 대상을 갖고 싶어 하는 법이지요. 어찌 보면 비앙카나 부인 같은 분은 이곳에 온 것 자체가 자기를 희생한 겁니다. 둘 다 과학자가 아니잖습니까. 적어도 여기 있는 여성 과학자들이랑은 다르죠! 부인 같은 분들에게는 분명히 답답하게 느껴질 겁니다! 저는 비앙카에게 이렇게 말했습니다. '올리브에게 시간을 줘요. 그녀도 곧 익숙해질 테니까.' 사실 이곳에 익숙해지려면 시간이 좀 걸릴 겁니다. 대부분 처음에는 밀실 공포증과 비슷한 감정을 느끼게 마련이지요. 하지만 시간이 지나면…… 차차 없어질 겁니다."

"그러니까 당신의 말은 인간은 어떤 것에든 적응할 수 있다는 뜻인가요?"

"글쎄요, 사실 밀실 공포증을 더 심하게 느끼는 사람이 있긴 합니다. 요즘 톰이 그것 때문에 좀 힘들어하는 것 같더군요. 그나저나 오늘 저녁에는 톰이 안 보이네요. 아, 저기 토르퀼하고 같이 얘기를 나누고 있군요. 둘은 죽이 아주 잘 맞는 사이지요."

"별로 반가운 얘기는 아니에요. 사실 두 사람은 그다지 공통점이 없는 것 같아요."

"토르퀼이 댁의 남편 분한테 푹 빠진 것 같습니다. 톰이 있는 곳이라면 어디든 따라다니니까요."

"나도 알아요. 하지만 그 이유가 뭘까요?"

"그는 머릿속에 갖고 있는 희한한 생각을 누군가한테 털어놓아야 속이 시원한 모양입니다. 제 머리로는 그를 못 따라가지요. 아시겠지만 그는 영어도 유창하지 못합니다. 하지만 톰은 그런 대로 잘 알아듣는 것 같더군요."

머치슨과의 춤이 끝났다.

이번에는 앤드루 피터스가 다가와서 힐러리에게 춤을 청하며 말했다.

"꽤나 곤혹해하시더군요. 발깨나 밟혔겠네요?"

"아, 잽싸게 잘 피했어요."

"내 연기 보셨습니까?"

"젠슨 양하고요?"

"네. 확실하게 한 건 올렸으니 자랑스럽게 얘기해도 될 것 같은데요. 저런 못생기고 바싹 마른 머리 나쁜 여자들은 조금만 잘 대해주면 금방 반응을 보이는 법이죠."

"그녀에게 홀딱 반한 것처럼 연기했군요."

"바로 그겁니다. 올리브, 저 여자를 적당히 구워삶으면 아주 유용하게 써먹을 수 있어요. 저 여자는 이곳의 일정을 속속들이 알고 있거든요. 예를 들어 내일 이곳에서는 여러 거물급 인사들의 모임이 있을 예정이라고 합니다. 박사들과 몇몇 정부 관리, 돈 많은 후원자들이 참석하지요."

"앤디, 어쩌면 이번에 기회가 생길지도 모른다고 생각하는 건가요……?"

"아니, 그건 아닙니다. 다시 말하지만 아주 신중해야 해요. 헛된 희망을 품어선 안 됩니다. 하지만 탈출 방법에 대한 정보는 얻을 수 있을 거예요. 그런 다음에…… 뭔가 일을 벌여 볼 수도 있죠. 시간을 두고 슬슬 젠슨 양을 이용하다 보면 잡다한 정보들을 제법 얻어 낼 수 있을 겁니다."

"내일 여기 온다는 사람들은 얼마나 알고 있죠?"

"우리, 그러니까 이 단지에 대해서 말입니까? 전혀 모를 겁니다. 적어도 저는 그렇게 추측하고 있어요. 그들은 그저 여기 건물들과 의학 실험실들을 시찰할 뿐입니다. 이곳은 완벽한 미로형으로 설계되어 있어요. 이곳에 들어온 사람 그 누구라도 그 규모를 짐작할 수가 없도록 말입니다. 제 생각엔 일종의 차단벽이 있어서 우리가 있는 구역과 단지 내의 다른 구역이 가로막혀 있는 것 같아요."

"정말 믿기지가 않네요."

"맞습니다. 항상 꿈을 꾸고 있는 기분이 들지요. 또 하나 신기한 일은 이곳에서는 어린아이들을 전혀 찾아볼 수 없다는 사실입니다. 얼마나 다행인지 모릅니다. 부인에게도 아이가 없는 게 정말 다행입니다."

그는 갑자기 그녀의 얼굴이 뻣뻣하게 굳는 것을 느꼈다.

"이런…… 미안해요. 내가 괜한 말을 했나 봐요!"

그는 춤을 추고 있던 플로어에서 조금 떨어진 의자로 그녀를 데리고 가서 자리에 앉혔다.

"미안해요. 제가 마음을 상하게 한 것 같군요."

"괜찮아요. 당신은 잘못한 게 없어요. 아이가 하나 있었는데……
죽었어요."

"아니, 아이가 있었단 말입니까?"

그는 깜짝 놀라 그녀를 쳐다보았다.

"당신이 토머스 베터튼과 결혼한 지 겨우 6개월밖에 안 된 걸로
아는데요?"

힐러리는 얼굴을 붉혔다. 그리고 얼른 대답했다.

"맞아요, 그랬죠. 하지만 그전에…… 결혼한 적이 있었어요. 첫 남
편과는 이혼했죠."

"오, 그랬군요. 이곳의 가장 나쁜 점이 그거랍니다. 사람들이 이곳
에 오기 전의 삶이 어땠는지 전혀 알 수가 없죠. 그래서 이렇게 엉
뚱한 말을 내뱉게 된답니다. 제가 당신에 대해서 아무것도 모른다
는 사실을 떠올리면, 정말 뭔가 이상하다는 생각이 들어요."

"나도 당신에 대해 전혀 몰라요. 어디서 어떻게 자랐는지, 가족
관계는 어떤지……."

"나는 철저하게 과학적인 배경 속에서 자랐습니다. 시험관 안에
서 자랐다고 해도 과언이 아니죠. 다른 것에 대해서는 생각도 하지
못했어요. 하지만 천재 소년은 아니었습니다. 천재성은 다른 사람한
테 있었죠."

"누구를 말하는 거죠?"

"어느 여자였습니다. 그녀는 정말 총명했습니다. 제2의 퀴리 부
인이 될 수도 있었지요. 과학계에 새로운 지평을 열 수도 있었을 텐

데……."

"그녀에게…… 무슨 일이라도 있었나요?"

그는 짧게 대답했다.

"살해당했습니다."

힐러리는 전쟁 때문에 그렇게 된 게 아닐까 하고 생각했다. 그녀가 차분하게 물었다.

"그녀를 좋아했나요?"

"그녀만큼 좋아해 본 사람은 없었습니다."

그가 갑자기 마음을 다잡듯이 말했다.

"제기랄…… 지금 당장 우리가 해결해야 할 문제들도 많은데……. 저 노르웨이 친구 좀 보세요. 눈빛은 둘째 치고라도, 꼭 나무로 만들어진 인형 같은 느낌입니다. 뻣뻣하게 인사하는 폼이 꼭 두각시 인형에 끈을 매달아 위에서 잡아당기는 것 같다니까요."

"너무 키가 크고 말라서 그럴 거예요."

"그렇게 크지도 않아요. 내 키 정도밖에 안 됩니다. 180이나 182센티미터쯤? 그 이상은 아닙니다."

"얼핏 보기엔 커 보였는데, 사실은 그렇지 않군요."

"맞아요. 여권의 기재 사항도 마찬가지죠. 에릭슨을 생각해 보세요. 키 182센티미터에 금발에 푸른 눈, 얼굴은 긴 편, 뻣뻣한 태도, 코는 중간, 입은 보통. 만일 여권에 그 외의 사항들을 더 추가한다 해도, 여권만 보고 토르퀼을 알아보기는 힘들 겁니다. ……왜 그러세요?"

"아무것도 아니에요."

그녀는 방 저쪽에 있는 에릭슨을 쳐다보고 있었다. 저건 보리스 글리드르의 인상착의인데! 제숍에게 들은 인상착의와 거의 흡사했다. 그래서 토르큇 에릭슨을 볼 때마다 괜히 신경이 더 곤두섰던 게 아닐까? 그렇다면 혹시…….

그녀는 갑자기 몸을 돌려 피터스에게 말했다.

"저 사람이 과연 정말로 에릭슨일까요? 혹시 누군가 다른 사람이 아닐까요?"

피터스는 어리둥절한 얼굴로 그녀를 쳐다보았다.

"다른 사람이라니요? 누구를 말하는 거죠?"

"그러니까 어디까지나 내 생각이지만…… 누군가 에릭슨으로 가장해서 이곳으로 들어온 게 아닐까요?"

피터스는 잠시 골똘히 생각했다.

"그럴 리가 없어요. 있을 수 없는 얘기예요. 그는 분명히 과학자인 데다가……. 어쨌든 에릭슨은 꽤 널리 알려진 인물입니다."

"하지만 이곳에 있는 사람들 중 전에 그를 본 적이 있는 사람은 아무도 없잖아요……. 물론 에릭슨일 수도 있지만 다른 사람일 수도 있어요."

"부인의 말은 에릭슨이 이중 생활을 하고 있을 가능성이 있다는 얘기인가요? 아주 불가능한 얘기는 아니지만 그다지 가능성은 없어 보이는데요."

"그래요…… 별로 가능성이 없죠."

물론 에릭슨은 보리스 글리드르가 아니었다. 하지만 올리브 베터튼은 왜 그토록 끈질기게 토머스 배터튼에게 보리스를 조심해야 한다고 경고했던 것일까? 보리스가 이 단지로 올 것이라는 사실을 알았기 때문은 아닐까? 런던에서 스스로 보리스 글리드르라면서 나타났던 남자가 진짜 보리스 글리드르가 아니라면? 만일 그 남자가 토르퀼 에릭슨이라면? 인상착의도 제숍이 말해 준 것과 딱 맞아떨어졌다. 에릭슨은 이곳에 도착한 이래로 줄곧 토머스 배터튼에게 관심을 쏟고 있었다. 힐러리는 확신했다. 토르퀼 에릭슨은 위험한 인물이 틀림없어……. 저 꿈꾸는 듯한 창백한 두 눈 뒤에 무슨 꿍꿍이가 있을지 아무도 알 수 없어…….

그녀는 몸을 떨었다.

"올리브, 왜 그래요? 무슨 일이에요?"

"아무것도 아니에요. 저기를 보세요. 부국장이 무슨 할 말이 있는 모양이에요."

닐슨 박사가 잠시만 조용히 해 달라고 손을 들어 주의를 끌었다. 홀에 있는 단상 위로 올라간 그가 마이크를 잡고 말했다.

"동지 여러분, 내일은 단지 내의 비상 구역에서 지내야 합니다. 내일 오전 11시에 출석을 부를 테니 모두 집합해 주십시오. 비상 명령은 24시간 동안만 발효됩니다. 불편하시더라도 양해해 주시길 부탁드립니다. 구체적인 사항은 게시판에 공고되어 있습니다."

그는 웃음을 머금고 단상에서 물러났다. 그러자 다시 음악이 시작되었다.

"젠슨 양을 다시 한 번 캐 봐야겠어요. 저기 진지한 표정으로 기둥 옆에 서 있군요. 비상 구역의 구조가 어떻게 되는지 알아봐야겠어요."

피터스가 낮은 소리로 말하고는 홀 저쪽으로 걸어갔다. 힐러리는 생각에 잠겨 그대로 앉아 있었다. 내가 그저 상상력이 풍부한 바보인 걸까? 토르퀼 에릭슨? 보리스 글리드르?

널찍한 강의실에서 이름이 차례로 호명되었다. 그곳에 모인 사람들은 각각 자신의 이름에 대답한 뒤에 길게 열을 지어 앞으로 걸어갔다.

여느 때와 마찬가지로 그들은 여러 갈래로 이어진 구불구불한 미로 같은 복도를 따라갔다. 피터스의 옆에서 걷고 있던 힐러리는 그가 손에 조그만 나침반을 숨기고 있다는 것을 알아챘다. 나침반을 이용해 조심스럽게 그들이 가는 방향을 재고 있었던 것이다.

피터스는 허탈한 듯 낮은 음성으로 말했다.

"별로 큰 도움은 안 됩니다. 어쨌든 지금 당장은요. 하지만……
언젠가는 유용할지도 몰라요."

그들이 따라가던 복도의 끝에 이르자 문이 하나 나타났다. 문이 열리고 사람들은 그곳에서 잠시 동안 휴식을 취했다.

피터스가 담배 케이스를 꺼냈다. 하지만 거의 동시에 반 하이뎀의 단호한 목소리가 들려왔다.

"금연입니다. 이미 공지를 들으셨을 텐데요."

"미안합니다."

피터스는 담배 케이스를 손에 든 채 잠시 가만히 있었다. 그들은 다시 앞으로 걸어가기 시작했다. 힐러리가 짜증 섞인 목소리로 말했다.

"마치 양 떼 같아요."

피터스가 낮게 중얼거렸다.

"기운 내세요. 매애, 매애, 지독하게 남을 괴롭힐 궁리만 하는 검은 양 한 마리가 양 떼 속에 들어 있군요."

그녀는 그를 흘끔 쳐다보며 미소를 지었다.

"여자 숙소는 오른쪽입니다."

젠슨 양이 말했다. 그녀는 자신이 가리킨 방향으로 여자들을 인솔해 갔다.

남자들은 왼쪽을 향해 걸어갔다.

숙소는 마치 병실처럼 생긴 널찍한 방이었다. 벽을 따라 침대들이 쭉 놓여 있었고 침대마다 개인 생활 보호를 위해 플라스틱 재질로 된 커튼이 달려 있었다. 침대 옆에는 각각 사물함이 마련되어 있었다.

젠슨 양이 말했다.

"시설이 조금 단순하긴 해도 그렇게 구식은 아닙니다. 욕실은 오른쪽으로 돌아가면 있습니다. 공동 휴게실은 저기 끝에 있는 문으로 들어가면 됩니다."

공동 휴게실은 마치 비행장 대기실처럼 간단한 시설만 갖추어져

있었다. 바가 하나 있고 한쪽에 간단한 식사를 준비할 수 있는 조리
대가 보였다. 맞은편에는 책장들이 가지런히 놓여 있었다.

그날은 그럭저럭 유쾌하게 지냈다. 자그마한 이동식 스크린을 갖
다 놓고 영화 두 편을 상영해 주었기 때문이다.

조명은 창문이 없다는 사실을 의식하지 못할 만큼 햇빛과 거의
흡사했다. 저녁이 되자 구근 식물로 만든 신선한 요리가 나왔다. 저
녁 조명은 부드럽고 어슴푸레했다.

피터스가 조심스럽게 말했다.

"빈틈없군요. 저 조명은 산 채로 갇혀 있다는 느낌을 최소한으로
줄여 주는군요."

힐러리는 생각했다. 모두가 얼마나 무력한가! 저 바깥 어딘가에,
아주 가까운 곳에 외부 세계에서 온 한 무리의 사람들이 있다. 하지
만 그들과 연락을 취하거나 도움을 요청할 만한 수단은 아무것도
없었다. 평소와 마찬가지로 모든 것이 한 치의 착오도 없이 치밀하
게 준비되었다.

피터스는 젠슨 양 옆에 앉아 있었다. 힐러리는 머치슨 부부에게
브리지 게임을 하자고 제안했다. 토머스 베터튼은 집중할 수가 없
다며 거절했다. 대신 배런 박사가 합류했다.

이상하게도 힐러리는 게임에 흥이 나지 않았다. 세 판 승부 결승
전이 끝나고 나니 시간은 11시 30분이었다. 힐러리와 배런 박사 팀
이 이겼다.

힐러리는 시계를 흘끔 보며 말했다.

"즐거웠어요. 하지만 시간이 꽤 늦었군요. 시찰단 인사들은 지금 쯤 모두 갔을 것 같은데……. 아니면 이곳에서 묵고 가나요?"

사이먼 머치슨이 대답했다.

"잘 모르겠습니다. 특별히 열성적인 의사 한두 명쯤은 남아 있을 것 같은데……. 어쨌거나 내일 정오까지는 모두 돌아갈 겁니다."

"그럼 그때 우리도 원래 숙소로 돌아가는 건가요?"

"그렇죠. 그때쯤 되겠지요. 이런 일이 있으면 일과가 엉망이 되어 버린다니까요."

"하지만 다시 잘 조정되잖아요."

비앙카가 말했다.

힐러리와 비앙카는 자리에서 일어나 두 남자에게 잘 자라고 인사했다. 힐러리는 비앙카가 어둠침침한 여자 숙소로 먼저 들어갈 수 있도록 문 앞에서 뒤로 약간 비켜섰다. 그때 그녀의 팔을 누군가가 살짝 건드리는 것이 느껴졌다.

그녀는 흠칫 놀라며 옆을 돌아보았다. 키가 크고 얼굴이 거뭇거뭇한 하인 하나가 옆에 서 있었다.

그는 낮고 다급한 음성으로 말했다.

"씰 부 플레, 마담.(자, 부인.) 저를 따라오십시오."

"따라오라니요? 어디로요?"

"저를 따라오시기만 하면 됩니다."

그녀는 잠시 망설이며 서 있었다.

비앙카는 이미 숙소 안으로 들어가 버린 뒤였다. 휴게실에 남은 몇 안 되는 사람들은 자기네끼리 이야기를 나누느라 정신이 없었다.

다시 한 번 그녀의 팔을 부드럽게, 하지만 다급하게 붙잡는 느낌이 전해져 왔다.

"저를 따라오셔야 합니다, 부인."

그는 몇 걸음 앞서 가더니 멈춰 서서 돌아보고 따라오라는 손짓을 했다. 약간 미심쩍은 생각이 들긴 했지만 힐러리는 일단은 그의 뒤를 따라가 보기로 했다.

그녀는 그 남자가 다른 원주민 하인들보다 훨씬 화려한 복장을 하고 있다는 사실을 뒤늦게 알아챘다. 그가 걸치고 있는 옷에는 황금빛 실로 여기저기 수가 놓여 있었다.

남자는 공동 휴게실 한쪽 구석에 있는 조그만 문으로 그녀를 데리고 들어갔다. 그리고 예의 그 하얀 복도를 따라갔다. 비상 구역으로 들어올 때 지나온 통로는 아닌 것 같았다. 하지만 그렇게 단정하기는 힘들었다. 통로들이 모두 비슷비슷했기 때문이다. 그녀는 남자에게 물어보려고 했지만 남자는 고개만 흔들 뿐 묵묵히 걸음을 재촉했다.

남자는 마침내 어느 복도 끝에서 걸음을 멈추었다. 그리고 벽에 있는 버튼을 눌렀다. 벽이 스르르 뒤로 미끄러지며 소형 승강기가 나타났다. 그는 그녀에게 승강기에 타라는 손짓을 했다. 그녀가 올라타고 나서 뒤를 따라 그가 올라타자 승강기가 위쪽으로 움직이기 시작했다.

힐러리가 긴장된 목소리로 물었다.

"대체 나를 어디로 데려가는 거죠?"

두 개의 검은 눈동자가 근엄하게 꾸짖기라도 하듯 그녀를 응시했다.

"주인어른께 갑니다, 부인. 부인께는 큰 영광입니다."

"국장님을 말하는 건가요?"

"주인어른께 갑니다."

승강기가 멈췄다. 그는 문을 열고 내리라는 손짓을 했다. 그들은 또 다른 복도를 따라 걸어가 어느 문 앞에 도착했다. 남자가 문을 똑똑 두드리자 문이 열렸다. 그 안에는 하인들이 몇 명 더 있었는데, 그들 역시 금빛 수가 놓인 흰옷을 입고 있었다. 모두들 검고 무표정한 얼굴들이었다.

남자는 힐러리를 데리고 붉은 양탄자가 깔린 작은 대기실을 지나갔다. 그리고 앞쪽에 있는 천장에서부터 드리워진 장식 커튼을 옆으로 걷었다. 힐러리는 그 안으로 들어섰다. 뜻밖에도 그녀가 들어선 방은 온통 동양풍으로 장식되어 있었다. 낮고 긴 소파들, 커피 테이블이 보이고 벽에는 아름다운 양탄자가 몇 개 걸려 있었다. 긴 소파 위에 한 남자가 앉아 있었다. 힐러리는 그를 빤히 쳐다보았다. 도저히 믿기지가 않았다. 왜소한 체구에 누르스름한 얼굴, 주름살투성이의 아리스티데스 씨가 눈가에 미소를 머금은 채 그녀를 응시하고 있었던 것이다.

18장

"아세이에 부, 셰르 마담.(앉으십시오, 부인.)"

아리스티데스 씨가 말했다. 그는 갈고리처럼 생긴 작은 손으로 앉으라는 손짓을 해 보였다. 힐러리는 마치 꿈을 꾸듯 앞으로 걸어가 그의 맞은편 소파에 앉았다. 그가 껄껄거리며 점잖게 웃었다.

"놀라셨을 겁니다. 전혀 예상 밖이지요?"

"물론이에요. 이런 데서 다시 당신을 만나다니……. 정말 상상도 못 했어요."

하지만 이미 그녀의 놀란 가슴은 서서히 진정을 되찾고 있었다.

아리스티데스 씨를 알아본 순간, 지금까지 그녀가 살았던 비현실적인 꿈의 세계는 산산이 부서지고 말았다. 그녀는 이제야 깨달았다. 이 단지가 그토록 비현실적으로 느껴졌던 이유는 실제로 그것이 가공의 세계였기 때문이다. 그녀가 본 것은 진짜가 아니었다. 청중을 매료시켰던 국장이란 인물 역시 가공의 인물이었다. 진실을 가리기 위해 만들어진 그저 명목상의 우두머리일 뿐이었다. 진실은 바로 이곳, 이 은밀한 동양풍의 방에 숨어 있었다. 저기 앉아서 조용하게 미소를 띠고 있는 자그마한 늙은이. 모든 사건의 중심 인물은 바로 아리스티데스 씨였다.

"이제 알겠어요. 이곳은 모두 당신 것이군요?"

"그렇습니다, 부인."

"그럼 국장은? 아니, 국장이라 불리는 그 남자는요?"

"제법 유능한 사람이지요."

아리스티데스 씨는 힐러리의 질문이 무슨 뜻인지 알겠다는 듯이 대답했다.

"저는 그 사람에게 상당히 많은 보수를 지불하고 있지요. 예전에 부흥 집회를 주도하던 사람이랍니다."

그는 뭔가 골똘히 생각하며 잠시 담배만 피웠다. 힐러리는 아무 말도 하지 않았다.

"거기 옆에 터키 식 젤리가 있습니다, 부인. 다른 사탕들도 있으니 좀 드시지요."

또다시 침묵이 흐른 뒤, 그가 드디어 입을 열었다.

"저는 박애주의자입니다, 부인. 아시다시피 부자이기도 합니다. 대부호들 중 한 명이올시다. 어쩌면 세계 제일의 부자일지도 모르지요. 저는 내 재산을 인류를 위해 공헌하는 데 써야 한다는 책임감을 갖고 있습니다. 그래서 이렇게 외딴 곳에 단지를 설립한 뒤에 나환자 요양소를 마련하고 나병 치료를 연구하는 거대한 연구 집단을 만든 겁니다. 어떤 유형의 나병들은 치료가 가능하지요. 하지만 치료가 불가능하다고 판명된 유형도 있습니다. 그러나 우리 연구소에서는 좋은 결과들이 속속 나오고 있지요. 사실 나병은 쉽게 전염되는 병이 아닙니다. 천연두나 발진 티푸스, 페스트, 또는 여타의 질병처럼 강한 전염성을 지닌 질병이 아니지요. 그런데도 사람들은 '나병 환자 수용소'라고 하면 진저리를 치면서 슬금슬금 피하기 일쑤지요. 그것이야말로 진부하기 그지없는 두려움입니다. 성서에서나 찾아볼 수 있는 나병에 대한 공포, 그것이 지금까지 계속 이어져 내려온 셈이지요. 그러나 나병에 대한 공포는 오히려 제가 이 거대한 단지를 설립하는 데 많은 도움을 주었습니다."

"그런 이유 때문에 이곳을 설립하셨나요?"

"그렇소. 우리는 이곳에 암 연구 센터도 가지고 있습니다. 그리고 결핵에 대한 중요한 연구도 진행 중이지요. 바이러스 연구도 마찬가지예요. 물론 그것 역시 순수한 의학적인 목적 때문입니다. 생물학전 같은 것은 우리의 목적이 아닙니다. 모두 인류를 위한 일이고 사람들에게 환영 받을 만한 일이며, 제게 커다란 영광과 명예를 가져다주는 일입니다. 이따금씩 오늘처럼 저명한 내과 의사, 외과 의사, 화학자들이 우리의 연구 업적을 시찰하기 위해 이곳을 방문합니다. 건물들이 교묘하게 설계되었기 때문에 건물의 어떤 부분은 다른 곳과 차단되어서 심지어 하늘에서 내려다봐도 식별하기가 힘들지요. 많은 비밀 실험실이 암석층을 뚫고 지어졌습니다. 어쨌거나 제가 어떠한 죄를 짓고 있는 건 아닙니다."

그는 싱긋 웃더니 짧게 덧붙였다.

"보시다시피 저는 굉장히 부자입니다."

"하지만 왜 이곳을 파멸로 몰아가고 있는 거죠?"

"저는 파괴적인 충동을 가진 사람이 아닙니다, 부인. 저를 오해하고 계시군요."

"하지만…… 저는 도무지 이해가 안 가는걸요."

"저는 사업가이자 수집가이기도 하지요. 도가 지나칠 만큼 부가 쌓이면 할 일은 오직 하나뿐입니다. 저는 평생 동안 많은 것을 수집해 왔습니다. 그림이라면 유럽에서 가장 훌륭한 소장품을 갖고 있습니다. 도자기류도 많습니다. 제 우표 수집은 널리 알려진 사실이지요. 충분한 수집을 하게 되면 사람들은 다른 일을 찾게 되는 법이랍니다. 부인, 저는 늙은이예요. 이제는 더 이상 수집할 만한 것도 없습니다. 그래서 마침내 두뇌 수집을 하게 된 겁니다."

"두뇌라고요?"

그는 점잖게 고개를 끄덕였다.

"그렇습니다. 두뇌야말로 무엇보다도 흥미로운 수집 대상이지요. 부인, 저는 조금씩 조금씩 전 세계의 두뇌들을 모으고 있는 중입니다. 제가 그 젊은이들은 모두 이곳으로 데려왔어요. 전도유망한 젊은이들, 뛰어난 업적을 가진 젊은 과학자들……. 이 세계의 진부한 많은 국가들이 정신을 차리고 보면, 자기네 나라의 과학자들은 모두 늙고 한물간 사람들이고, 모든 젊은 두뇌들, 즉 총명한 박사, 화학자, 물리학자, 외과 의사들은 전부 이곳 제 수중에 있다는 사실을 깨닫게 될 겁니다. 만일 그들이 과학자나 성형외과 의사, 또는 생물학자가 필요하게 되면 이곳으로 와서 저에게 돈을 주고 사 가야 할 겁니다!"

"그렇다면 당신 말은……."

힐러리는 몸을 앞으로 기울이며 그를 빤히 쳐다보았다.

"당신 말은 이 모두가 거대한 금융 사업이란 얘기군요."

아리스티데스 씨는 또다시 점잖게 고개를 끄덕였다.

"그렇습니다. 두말할 것도 없지요. 그게 아니라면…… 무슨 이유가 있겠습니까?"

힐러리는 깊이 한숨을 내쉬었다.

"그래요. 저도 그런 느낌을 받았어요."

"어쨌거나……."

아리스티데스 씨는 다소 겸연쩍은 투로 말했다.

"이건 제 직업입니다. 저는 자본가입니다."

"그럼 이 일에 정치적인 측면은 전혀 없다는 말인가요? 당신은 세계의 권력을 손에 넣고 싶지 않은가요?"

그는 나무라는 듯이 손을 펼쳐 보였다.

"저는 신이 되고 싶은 마음은 없습니다. 전 신앙심을 가진 사람입니다. 그건 독재자들의 병입니다. 신이 되려고 하는 것 말입니다. 전 아직까지는 그런 병에 걸리지 않았어요."

그는 잠시 생각하더니 다시 말을 이었다.

"언젠간 그렇게 될지도 모르지요. 그래요, 어쩌면······. 하지만 아직까지는 다행히도 아닙니다."

"그런데 도대체 어떻게 해서 그 많은 사람들을 이곳으로 데려올 수 있었죠?"

"저는 그들을 샀습니다. 시장에서 상품을 구매하듯이 말입니다. 때로는 돈으로 샀습니다. 하지만 이상으로 살 때가 더 많았어요. 젊은이들은 몽상가니까요. 그들은 이상과 신념을 갖고 있어요. 때로는 안전을 보장해 주고 살 때도 있습니다. 법을 어긴 자들의 경우는 그렇지요."

"이제 이해가 가는군요. 이곳으로 오는 도중 내내 궁금해했던 것에 대해 알게 됐어요."

"오! 여행 도중에 의문점이 있었나 보군요?"

"그래요. 일행들의 목적이 각기 달랐거든요. 앤드루 피터스, 그 미국인은 완전히 좌익인 것 같았어요. 하지만 에릭슨은 초인에 대한 광적인 믿음을 가진 젊은이였죠. 그리고 헬가 니드하임은 가장 오만하고 이교도적인 파시스트였어요. 배런 박사는······."

그녀가 잠시 망설이자 아리스티데스 씨가 말을 받았다.

"맞습니다. 그자는 돈 때문에 왔어요. 배런 박사는 교양이 있고 냉소적인 사람입니다. 환상을 갖고 있지는 않지만 자기의 연구에 대한 진정한 열정과 애정을 지닌 사람입니다. 자신의 연구를 위해서 엄청난 거액을 요구했지요."

그리고 다시 덧붙였다.

"당신은 똑똑한 여자입니다, 부인. 페스에서 한눈에 알아봤지요."

그는 점잖게 껄껄거리며 웃었다.

"부인은 몰랐을 테지만 사실 제가 페스에 간 것은 순전히 당신을 관찰하기 위해서였어요. 아니면 당신을 관찰하기 위해 제가 당신을 페스에 데려다 놓았다고나 할까요."

"그랬군요."

힐러리는 그가 동양식으로 문장을 고쳐 말하는 걸 느꼈다.

"저는 부인이 이곳에 온다는 생각에 내심 기뻤어요. 왜냐하면 제 말이 이해가 될지 모르겠지만, 이곳에는 저와 이야기를 나눌 만한 똑똑한 사람은 별로 없기 때문이지요."

그는 손으로 제스처를 해 보였다.

"이곳의 과학자, 생물학자, 화학자들은 전부 재미없는 사람들입니다. 그들은 자기 분야에서는 천재이지만 대화를 함께 나누기에는 영 재미없는 사람들이지요. 그들의 아내들 역시…… 대부분은 아둔하기 그지없습니다. 우리는 아내를 여기에 데려오게 하지 않습니다. 제가 그걸 허락하는 경우는 딱 한 가지뿐이지요."

"그게 뭔데요?"

아리스티데스 씨는 냉담하게 말했다.

"매우 드문 경우입니다. 이를테면 아내 생각 때문에 남편이 도저히 연구를 못하는 경우지요. 부인의 남편인 토머스 베터튼의 경우가 그렇지요. 토머스 베터튼은 젊은 천재 과학자로 세계에 널리 알려진 인물입니다. 하지만 이곳에 온 이후로는 별 가치도 없는 2류급 연구만 내놓았어요. 그래요, 베터튼은 저를 실망시켰습니다."

"하지만 그런 현상은 앞으로도 계속 일어나지 않을까요? 이곳 사람들은 사실상 감옥에 있는 것과 마찬가지예요. 언젠가는 틀림없이 반란을 일으킬 거예요. 어쨌든 처음에는 감옥 같은 느낌이 들지 않을까요?"

"맞는 말입니다. 그건 당연하면서도 자연스러운 현상입니다. 새가 새장에 처음 갇혔을 때는 그런 기분이 들지요. 하지만 새장이 충분히 크다면, 그 안에 필요한 모든 게 갖춰져 있다면, 짝을 이룰 상대, 곡식, 물, 나뭇가지들, 살아가는 데 필요한 모든 것이 갖춰져 있다면 자유로웠던 과거는 잊어버리고 말 겁니다."

힐러리는 소름이 돋았다.

"당신은 무서운 사람이군요. 정말 무서운 사람이에요."

"앞으로 이곳에 대해 더 많이 이해하게 될 겁니다, 부인. 각기 다른 신념과 생각을 가진 사람들이 이곳에 와서 환멸을 느끼고 반항심을 품는다 해도, 나중에는 결국 명령에 따를 것입니다. 저는 그것을 확신합니다."

"장담할 수 없을걸요."

"이 세상에 절대적으로 확신할 수 있는 일은 아무것도 없어요. 그점에 관해서는 부인의 생각과 동감입니다. 하지만 95퍼센트 정도는 확신할 수 있습니다."

힐러리는 그를 쳐다보았다. 섬뜩한 공포가 느껴졌다.

"끔찍해요. 그건 타이피스트들을 모아 놓은 사무실과 다를 바 없잖아요! 당신은 두뇌들의 저수지를 만든 거라고요."

"맞아요. 정확히 표현하셨습니다, 부인."

"그렇다면 언젠가 누구든 가장 높은 값을 쳐주는 사람에게 과학자들을 공급할 작정인가요?"

"대충은 그렇습니다. 부인."

"하지만 타이피스트를 공급하듯 과학자들도 그렇게 팔아넘길 수는 없을 텐데요."

"왜 안 된다는 건가요?"

"일단 과학자들이 자유 세계로 되돌아가면 새로운 고용주를 위해 일하려 들지는 않을 테니까요. 다시 자유를 누리고 싶어 할 거예요."

"어느 정도는 맞는 말입니다. 그래서 말하자면 어떤 조정이 필요할 겁니다."

"조정이라니…… 그게 무슨 뜻이죠?"

"부인, 뇌엽 절제술이라고 들어 보셨습니까?"

힐러리는 인상을 찡그렸다.

"뇌 수술 아닌가요?"

"맞아요. 원래 우울증 치료를 위해 고안된 수술이지요. 지금 저는 전문 의학 용어가 아니라 부인이나 저 같은 사람이 이해할 수 있는 용어로 설명하고 있습니다. 일단 그 수술을 받은 환자는 자살을 하고 싶은 욕구나 범죄를 저지르고 싶은 충동을 갖지 못합니다. 근심이나 양심도 없고, 대부분의 경우 매우 순종적인 사람으로 변하죠."

"100퍼센트 성공할 수는 없어요."

"과거에는 그랬습니다. 하지만 우리는 그 문제에 관해서 커다란 진전을 보았습니다. 이곳에는 세 명의 외과 의사가 있습니다. 러시아 인 한 명, 프랑스 인 한 명, 오스트리아 인 한 명. 다양한 이식 수술과 정교한 뇌 수술을 진행해 본 결과, 순종심은 확실히 보장되면서도 지적인 능력에는 영향을 주지 않으면서 사람의 의지를 통제할 수 있는 상태에까지 점진적으로 이르렀습니다. 결국에는 지적인 능력은 전혀 손상시키지 않으면서도 완전히 복종하게끔 인간을 조정하는 것이 가능하다는 얘기입니다. 어떤 지시든 내리기만 하면 고분고분 받아들일 겁니다."

"그건 말도 안 돼요. 말도 안 된다고요!"

그는 차분하게 그녀를 설득하려고 했다.

"그건 유익한 일입니다. 어떤 의미에서는 자선적인 일이기도 합니다. 수술을 받은 사람은 두려움이나 욕망, 불안 따위를 전혀 느끼지 않고 행복해하고 만족해할 테니까요."

"그런 일은 절대 일어날 수 없을 거예요."

힐러리는 반항적인 어조로 말했다.

"셰르 마담,(친애하는 부인,) 이렇게 말씀드려 죄송합니다만, 부인은 그 분야에 대해 잘 모르시는 분 아닙니까?"

"제 말은 만족을 느끼며 단지 시키는 대로 움직이는 동물은 창조적인 연구를 해낼 수 없을 것이란 뜻이에요."

아리스티데스는 어깨를 으쓱해 보였다.

"그럴지도 모르지요. 부인은 정말 날카롭군요. 부인의 말에도 일리가 있긴 해요. 하지만 시간이 가르쳐 줄 겁니다. 실험은 계속 진행 중이니까요."

"실험이라고요? 인간을 대상으로 하는 실험 말인가요?"

"그렇습니다. 그것만이 실용적인 방법이니까요."

"하지만…… 어떤 사람을?"

"어디를 가든 항상 부적응자들이 있기 마련입니다. 이곳 생활에 적응하지 못하는 사람들, 협조하지 않으려는 자들 말입니다. 그들이 좋은 실험 재료가 되어 주지요."

힐러리는 소파 위에 있던 쿠션을 꽉 움켜쥐었다. 그녀는 냉혈한의 미소를 머금고 있는 이 조그맣고 얼굴이 누런 늙은이에게서 깊은 공포를 느꼈다. 그의 말 한 마디 한 마디가 너무나 합리적이고, 논리정연하고, 사업가적이기 때문에 더욱 공포의 전율이 일었다. 앞에 앉아 있는 늙은이는 헛소리나 지껄이는 미치광이가 아니었다. 그는 인간을 살아 있는 재료 정도로밖에 여기지 않는 사람이었다.

그녀가 물었다.

"신을 믿지 않나요?"

"물론 믿습니다."

아리스티데스 씨의 양쪽 눈썹이 치켜 올라갔다. 약간 놀란 목소리였다.

"저는 신앙심을 가진 사람이라고 이미 말했잖습니까. 신은 제게 돈과 행운이라는 최고의 능력을 내려 주셨습니다."

"성서를 읽으시고요?"

"물론 읽죠, 부인."

"모세와 아론이 파라오에게 한 말을 기억하세요? '내 백성을 보내라.'"

그는 웃음을 지어 보였다.

"그렇다면 제가 파라오란 말입니까? 그리고 당신은 모세와 아론이고? 그런 얘기입니까, 부인? 이곳에 있는 사람들을 모두 보내 주라는 말인가요? 아니면 특별히 한 명만 허락하라는 뜻입니까?"

"그들 전부라고 말하고 싶군요."

"하지만 그건 시간 낭비일 뿐이라는 걸 잘 아실 텐데요. 그게 아니라 남편을 풀어 달라고 간청하고 싶은 거지요?"

"그이는 당신에게 아무 소용도 없는 사람이에요. 지금쯤 그걸 깨달으셨을 텐데요."

"어쩌면 부인 말이 맞을지도 모릅니다. 그래요, 저는 토머스 베터튼에 대한 실망이 이만저만이 아닙니다. 당신만 여기 오면 그가 총명함을 되찾을 줄 알았어요. 확실히 그는 똑똑한 인물이니까. 미국에서의 명성만 봐도 알 수 있습니다. 하지만 당신이 와도 조금도, 아니 전혀 변화가 없는 것 같군요. 저 혼자 판단한 바를 말하는 게 아닙니다. 믿을 만한 보고를 토대로 하는 얘기입니다. 그와 함께 일하는 동료 과학자들로부터 올려진 보고지요."

그는 어깨를 으쓱했다.

"그는 소심하고 보잘것없는 연구밖에 못 하고 있습니다. 그 이상은 아무것도 못 하지."

"갇힌 상태에서는 노래하지 못하는 새도 있어요. 어떤 특정한 상황에서는 창조적인 생각을 전혀 하지 못하는 과학자도 있지 않을까요? 분명히 그럴 가능성도 있다는 걸 인정하셔야 한다고요."

"그럴 수도 있겠지요. 그걸 부인할 생각은 없습니다."

"그렇다면 토머스 베터튼을 실패자로 간주하세요. 그리고 그이를 외부 세계로 되돌려 보내세요."

"그건 곤란합니다, 부인. 저는 아직 전 세계에 이곳을 공개할 생각은 해 보지 않았어요."

"그이에게 비밀을 지키겠다는 약속만 받아 내면 돼요. 그이는 한마디도 입 밖에 내지 않을 거예요."

"맹세라…… 그렇게만 된다면 좋지요. 하지만 그는 약속을 지키지 않을 겁니다."

"그이는 지킬 거예요. 아, 정말이에요. 꼭 지킬 거예요!"

"부인이 통사정을 한다! 하지만 이런 문제를 두고 부인의 말만 믿을 수는 없는 노릇입니다. 물론……."

그는 의자 뒤로 몸을 기댔다. 그리고 누런 손가락들을 앞으로 모았다.

"물론 인질을 남겨 둔다면야 떠날 수도 있겠지요. 그럼 입을 다물 테니까요."

"무슨 말씀이세요?"

"부인 말입니다……. 토머스 베터튼이 떠나고 당신이 인질로 남는다면…… 그런 거래는 어떻습니까? 당신은 기꺼이 그렇게 하시겠

294

습니까?"

힐러리의 눈앞에 희미한 과거의 영상이 떠올랐다. 아리스티데스 씨의 눈에는 지금 그녀의 눈앞에 어른거리는 장면이 보이지 않을 것이다. 그녀는 어느 병원의 병실에서 한 죽어 가는 여인 옆에 앉아 있었다. 또 한편 그녀는 제솝의 이야기를 들으며 지시 사항을 암기하고 있었다. 기회가 있다면 바로 지금이다. 그녀가 남아 있겠다고 하면 토머스 베터튼은 자유를 찾게 될 것이다. 그것이야말로 자신의 임무를 완수하는 최선의 길이 아닌가? 그녀는 실제로 인질이란 존재하지 않는다는 것을 알고 있었다.(아리스티데스 씨는 모르지만.) 그녀 자신은 토머스 베터튼과 아무런 관계도 없는 사람이다. 그가 사랑한 아내는 이미 죽었다.

그녀는 고개를 들었다. 그리고 맞은편 소파에 앉아 있는 조그만 노인을 쳐다보았다.

"기꺼이 그렇게 하겠어요."

"당신은 용기와 애정과 헌신으로 가득 찬 여인이군요, 부인. 정말 아름다운 미덕이라고 할 수 있죠. 하지만 그 점에 관해서는……."

그는 미소를 지었다.

"나중에 다시 얘기합시다."

"아, 안 돼요, 안 돼!"

힐러리는 별안간 양손으로 얼굴을 감쌌다. 그녀의 어깨가 들썩거렸다.

"못 참겠어요! 더 이상 못 참겠다고요! 너무 잔인해요!"

아리스티데스 씨는 달래듯이 부드럽게 말했다.

"너무 신경을 곤두세우지 마십시오, 부인. 오늘밤 제 목표와 꿈을 당신에게 이야기할 수 있어서 즐거웠습니다. 전혀 마음의 준비가 안 된 사람이 어떤 반응을 나타내는지 보는 과정이 제게는 흥미로웠습니다. 부인은 온전하고 침착하며 똑똑한 정신을 가진 분입니다. 당신은 겁을 먹었어요. 반감도 품었고요. 하지만 이런 식으로 당신에게 충격을 주는 것이 저는 잘한 일이라고 생각합니다. 처음에는 제가 말한 것들에 대해 반감을 품고, 그다음에는 곰곰이 숙고해 보고, 결국에는 당연하게 받아들이게 될 겁니다. 마치 오래전부터 당연하고 평범하게 존재해 온 상황처럼 말입니다."

힐러리는 소리를 질렀다.

"안 돼요! 싫어요, 싫다고요! 싫어!"

"아, 붉은 머리의 사람들에겐 정열과 반항심이 이글거린다는 말이 있지요. 제 두 번째 아내가……."

그는 과거를 떠올리듯 말했다.

"붉은 머리였습니다. 아름다운 여인이었지요. 그녀는 저를 사랑했어요. 정말 이상한 일이죠? 저는 늘 붉은 머리의 여성을 동경해 왔어요. 당신의 머리칼은 정말 아름답군요. 제가 당신을 좋아하는 데는 다른 이유도 있습니다. 당신의 영혼, 당신의 용기, 당신의 소신을 스스로 지키고 있다는 점이지요."

그는 한숨을 내쉬었다.

"아, 애석하게도 요즘에는 제 마음에 드는 여자들이 별로 없습니다. 젊은 처녀 둘을 데리고 있어 가끔 위안이 되긴 하지만, 지금 제가 원하는 것은 정신적인 교제와 격려, 그런 것이랍니다. 정말입니다, 부인. 당신과의 만남이 제게는 무척 의미 있었습니다."

"당신이 말한 것들을 전부 이야기하면 어떨까요……. 남편에게요."

아리스티데스 씨는 관대한 미소를 지어 보였다.

"아, 그럴 마음도 있으셨나 보군요. 하지만 정말로 그러실 건가요?"

"모르겠어요. 전…… 아, 모르겠어요."

"부인은 현명한 여자입니다. 여자에게는 혼자만 알아야 하는 비밀이 있는 법이고요. 부인은 지금 지치고 약간은 흥분된 상태입니다. 가끔씩 제가 이곳으로 초청을 하겠습니다. 그때 또 다른 많은 얘기를 주고받도록 합시다."

"저를 이곳에서 내보내 주세요……."

힐러리는 양손을 앞으로 뻗으며 간청했다.

"저를 나가게 해 주세요. 당신이 나갈 때 저도 함께 데려가 주세요. 제발! 제발요!"

그는 점잖게 고개를 내저었다. 표정은 너그러웠지만 그 뒤에는 희미한 경멸이 있었다.

"마치 어린애 같은 말을 하는군요."

그는 꾸짖듯이 말했다.

"제가 어떻게 당신을 내보낸단 말입니까? 이곳에서 본 것을 전세계에 퍼뜨리고 다니게 놔두란 말입니까?"

"아무한테도 말하지 않겠다고 맹세를 해도 제 말을 안 믿으시겠어요?"

"그렇습니다. 저는 당신을 믿어서는 안 됩니다. 믿는다면 제가 어리석은 바보인 셈이지요."

"저는 죽어도 여기 있기 싫어요. 이 감옥 속에 있고 싶지 않단 말이에요. 나가고 싶어요!"

"하지만 당신은 남편이 있는 몸입니다. 당신은 그를 만나러 여기까지 왔소. 분명히 당신의 자발적인 의사로 말입니다."

"그러나 제게 어떤 운명이 닥칠지는 몰랐어요. 아무것도 몰랐다고요."

"맞아요, 당신은 아무것도 몰랐지요. 하지만 장담하건대 당신이 온 이 특별한 세계가 철의 장막 너머의 삶보다는 훨씬 나을 겁니다. 여기서는 원하는 것은 모두 가질 수 있습니다! 부귀영화, 아름다운 분위기, 오락……."

그는 일어섰다. 그리고 그녀의 어깨를 부드럽게 토닥거리며 자신 있는 목소리로 말했다.

"부인은 정착할 겁니다. 암, 그렇고말고요! 새장 속의 붉은 머리 새는 안정을 찾을 거예요. 1~2년 후에 당신은 분명히 행복해져 있을 것입니다!"

그러고는 사려 깊은 음성으로 덧붙여 말했다.

"혹 재미는 더 없어질지도 모르지만."

19장

다음 날 밤, 힐러리는 자다가 깜짝 놀라서 눈을 떴다. 그녀는 팔꿈치를 괴고 몸을 일으켰다. 무슨 소리가 들렸기 때문이다.

"톰, 들려요?"

"그래요. 비행기 소리군요……. 저공으로 날고 있군요. 하지만 아무 소용없어요. 가끔씩 훌쩍 왔다 가 버리니까요."

"어떻게 된……."

그녀는 말을 끝맺을 수가 없었다.

그녀는 쉽사리 잠들지 못하고 이런저런 생각을 하며 침대에 누워 있었다. 아리스티데스 씨와 나눈 이상한 대화가 자꾸 떠올랐다.

그 늙은이는 이상하게도 그녀를 좋아하는 것 같았다. 그걸 이용해서 어떻게 해볼 걸 그랬나? 끈질기게 밖으로 데려가 달라고 설득하면 성공할 수도 있지 않았을까?

다음에 그가 직접 오든 그녀가 불려 가든 다시 만나게 되면 죽었다는 붉은 머리 아내 이야기를 슬슬 꺼내서 유혹해 봐야겠다는 생각이 들었다. 사실 그것은 그를 확실하게 사로잡을 만한 미끼는 아니었다. 그의 혈관 속을 흐르는 피는 너무도 차갑다. 게다가 그에게는 젊은 처녀들도 있다. 하지만 노인들이란 원래 회상에 빠져들기를 좋아하니까 지난 시절 이야기를 하도록 분위기를 몰아가면…….

조지 삼촌, 첼튼엄에 살았었지…….

힐러리는 조지 삼촌을 떠올리면서 어둠 속에서 혼자 미소를 지었다.

조지 삼촌과 아리스티데스 씨는 똑같은 백만장자이면서도 어쩜 이렇게 판이하게 다를까? 조지 삼촌 집에는 가정부가 있었다. 육감적이거나 섹시한 쪽과는 거리가 멀지만 너무나 착실하고 믿음직한 여자였다. 그녀는 못생겼지만 상냥하고 상식 있는 여자였다. 조지 삼촌은 그 착하고 못생긴 가정부와 결혼함으로써 집안을 발칵 뒤집어 놓았다. 그녀는 남의 말에 귀를 기울일 줄 아는 여자이기도 했다…….

힐러리는 톰에게 뭐라고 했던가? '여기서 나갈 길을 찾을 거예요.'라고 하지 않았던가? 만일 그 길이 아리스티데스 씨라면…….

"드디어 연락이 왔군."

르블랑이 말했다. 그의 연락병이 조금 전에 들어와 경례를 한 후에 접은 종이 한 장을 책상 위에 내려놓고 나간 터였다. 그는 종이를 펼치더니 흥분된 목소리로 말했다.

"우리 정찰기 조종사들 중 하나가 보낸 내용이야. 하이 아틀라스 산맥의 담당 구역을 두루 정찰해 왔다는군. 그런데 산악 지역의 어떤 지점 위를 선회하다가 통신 신호 하나를 포착했다는 거야. 모르스 부호였는데 두 번 반복되었대. 바로 이거야."

그는 동봉된 메모를 제숍 앞에 내려놓았다.

COGLEPROSIESL

그는 마지막 두 글자를 따로 떼어 연필로 표시했다.

"SL, 이건 '연락 받았음을 알리지 말 것'이란 뜻의 우리 암호야."

제숍이 뒤이어 덧붙였다.

"그리고 맨 앞의 COG는 우리의 통신 신호지."

"그러니까 나머지 남은 부분이 실제 메시지인 셈이네. 'LEPROSIE.'"

르블랑은 거기에 밑줄을 긋고 갸우뚱거리며 쳐다보았다. 그러자 제숍이 대신 말했다.

"나병(leprosy)?"

"도대체 이게 무슨 뜻이지?"

"이 근처에 중요한 나병 환자 시설 같은 것은 없나? 아니면 그와 유사한 기관이라도 말이야."

르블랑은 책상 위에 커다란 지도를 펼쳤다. 그는 니코틴이 밴 짧고 굵은 집게손가락으로 어느 한 지역을 가리키며 펜으로 표시를 했다.

"여기가 우리 비행기가 정찰한 지역이야. 어디 보자, 뭔가 생각날 것도 같은데…….."

그는 방을 나갔다가 곧 다시 돌아왔다.

"알았어. 그 지역에 유명한 의학 연구 센터가 있어. 유명한 자선가들의 기부금으로 설립되어 운영되는 곳이지. 그런데 주변이 온통 황량한 사막 지대야. 나병에 관한 값진 연구가 그곳에서 진행되고 있다네. 나병 환자 200명 정도가 수용되어 있지. 암 연구 센터와 결핵 환자 요양소도 있어. 하지만 그곳은 상당한 신빙성을 갖고 있는 곳이야. 평판도 자자해. 대통령까지 그곳을 후원하고 있거든."

"그렇군. 사실 대단히 훌륭한 일이야."

"시찰을 원하는 사람들에게 그곳의 문은 언제나 활짝 열려 있어. 그 분야에 관심을 갖고 있는 의료계 종사자들이라면 누구라도 방문할 수 있지."

"하지만 보면 안 되는 것은 철저히 가려져 있겠지! 왜 그렇겠나? 뭔가 수상쩍은 일을 벌이는 데는 고도로 존경 받는 분위기를 조성하는 것보다 훌륭한 위장은 없는 법이거든."

그러자 반신반의하는 말투로 르블랑이 말했다.

"내 생각엔 말이야, 그곳은 일행이 여행 중간에 들른 휴식 장소였을지도 몰라. 일행 중 의사 한두 명이 그런 식의 제안을 한 게 아닐까. 우리가 추적하고 있는 그들은 거기서 몇 주쯤 잠복했다가 다시 여행을 계속했을 거야."

"내 생각은 그 이상이야. 어쩌면…… 그곳이 여행의 종착지일지
도 몰라."

"그곳에 엄청난 뭔가라도 있단 말인가?"

"나병 환자 요양소라는 게 아무래도 미심쩍어……. 내가 알기론,
요즘 같은 현대 의학 기술로는 나병쯤이야 집에서도 치료가 가능하
거든."

"문명의 혜택을 누리는 국가라면 모를까, 이런 나라에서는 불가
능하지 않을까?"

"그 말도 일리가 있어. 하지만 생각해 봐. 중세 시대에는 나병 환
자라고 하면 벌레 보듯 하며 저만치 달아나 버렸어. '나병' 하면 아
직도 사람들은 그런 느낌을 떠올리지. 사람들은 쓸데없이 호기심
을 갖고 나병 환자 수용소에 얼씬거리지는 않아. 자네가 말했다시
피 그곳을 찾는 사람들은 그곳 연구 성과에 관심을 가진 의료계 전
문가나 나환자의 생활상을 알고 싶어 하는 사회 사업가들이야. 물
론 환자들은 더할 나위 없이 훌륭한 환경에서 살겠지. 하지만 박애
와 자선이라는 가면 뒤에서…… 무슨 일이 벌어지는지는 아무도 모
르는 법이야. 그건 그렇고, 그 기관의 소유주는 누군가? 돈을 기부
해서 그곳을 설립한 사람이 누구지?"

"그거야 금방 알 수 있지. 잠깐만 기다리게."

르블랑은 밖으로 나가더니 관공서용 참고 책자를 손에 들고 돌아
왔다.

"사설 단체에서 설립했군. 자선가들이 모여 만든 단체고, 회장은 아리스티데스란 인물이야. 자네도 알지? 왜 그 전설적인 거부 말일세. 자선 단체라면 아주 후하게 돈을 내놓는 인물이지. 그는 파리와 세비야에도 병원을 여럿 세웠어. 어느 모로 봐도 이건 그 작자가 벌인 일이야. 다른 자선가들도 몇몇 힘을 보탰겠지."

"그러니까…… 그건 아리스티데스의 사업인 거야. 게다가 올리브 베터튼이 페스에 있을 때 아리스티데스 그자도 거기에 있었지!"

르블랑은 모든 상황을 음미해 보며 말했다.

"아리스티데스! 메…… 세 콜로살!(하지만…… 정말 엄청난데!)"

"그럼."

"세 팡타스티크!(굉장해!)"

"물론이지."

"앙펭, 세 포르미다블!(한마디로 기가 막히는군!)"

"그렇고말고."

"자네, 그가 얼마나 무시무시한 작자인지 아나?"

르블랑은 흥분해서 상대방의 얼굴을 향해 집게손가락을 휙 휘둘렀다.

"이 아리스티데스란 인물은 손을 뻗치지 않은 분야가 없어. 거의 모든 방면에 관여하고 있지. 은행, 정부, 제조업, 군수 산업, 운송업까지! 그를 본 사람도, 심지어 목소리를 들어 본 사람도 거의 없어! 그는 스페인에 있는 자기 성의 따뜻한 방에 앉아서 담배를 피우다가 이따금 종이 조각에다 몇 자 아무렇게나 휘갈겨서 바닥에 던져 버린다네. 그럼 비서 하나가 쪼르르 달려와 그걸 집어 가지. 그리고 며칠 뒤면 파리의 유력한 은행가 한 명이 자기 머리에다 방아쇠를 당기는 거야! 그 정도 인물이라고!"

"퍽 극적으로 설명하는군, 르블랑. 하지만 따지고 보면 그리 놀랄 일도 아니야. 대통령이나 장관들은 중요한 성명을 발표하고, 은행가들은 호화로운 책상 뒤에 앉아서 이런저런 발표문들을 작성하지. 하지만 중요하고 화려해 보이는 현상 뒤 어딘가에서 진짜 권력을 갖고 조종하는 왜소한 사내가 있다고 해서 놀랄 일은 아니야. 이 보이지 않는 공작의 배후가 아리스티데스라고 해서 하등 놀랄 것은 없다는 얘기야. 사실 우리도 조금만 눈치가 빨랐으면 생각해 낼 수 있었을 텐데……. 모든 게 그 장사꾼의 엄청난 사기극이야. 정치적인 성향과는 아무 상관도 없는……. 문제는 이제 우리가 이 일을 어떻게 처리할 것인가 하는 점인데 말이야……."

르블랑의 표정이 침울해졌다.

"자네도 짐작하겠지만 결코 쉽지는 않을 거야. 만일 잘못 짚기라도 했다면……. 아, 그런 생각은 아예 하지도 말아야지! 설사 우리 추측이 옳다고 해도…… 우리가 옳다는 걸 증명해야 해. 만일 우리가 조사를 진행한다 해도 조사가 취소될 수도 있어. 고위층에서 허락하지 않을 수도 있으니까. 그래, 결코 만만한 작업이 아닐 거야. 하지만……."

그는 짧고 굵은 집게손가락을 단호하게 까닥거렸다.

"해낼 수 있을 거야."

　자동차들이 빠른 속도로 산길을 달려 바위산에 있는 커다란 철문 앞에 멈춰 섰다. 자동차는 모두 네 대였다. 첫 번째 차에는 프랑스 장관과 미국 대사가 타고 있었다. 두 번째 차에는 영국 영사, 하원 의원, 경찰 서장이 있었다. 세 번째 차에는 전 왕립 위원회 회원 두 명과 저명한 기자 두 명이 타고 있었다. 세 대의 승용차 탑승자들은 부수적인 수단으로 딸려 온 거물들이었다. 네 번째 자동차에 탄 사람들은 일반 대중에게는 알려져 있지 않지만 자기들의 분야에선 누구보다도 뛰어난 능력으로 이름이 알려진 사람들이었다. 바로 르블랑과 제솝이었다. 말끔한 옷을 차려입은 운전사들이 승용차 문을 열고 허리를 굽혀 인사하며 특별 손님들이 내리는 동안 시중을 들었다.

　프랑스 장관이 염려스러운 목소리로 중얼거렸다.

"어떤 식으로든 접촉하지는 않아야 할 텐데…….."

그러자 거물들 중 한 명이 즉시 안심시키며 말했다.

"뒤 투, 무슈 르 미니스트르.(전혀요, 장관님.) 예방 조치는 완벽합니다. 먼 거리에서만 시찰하도록 되어 있습니다."

나이가 지긋한 장관은 은근히 걱정이 되던 차에 다소 안심이 되는 모양이었다. 미국 대사가 현대의 나병에 대한 설명과 치료법에 대해 몇 마디 이야기했다.

커다란 문이 덜커덩 소리를 내며 열렸다. 입구에 몇 사람이 서 있다가 환영 인사를 건넸다. 가무잡잡하고 땅딸막한 국장, 체구가 큰 부국장, 품위 있는 박사 두 명과 화학자 한 명이었다. 그들은 온갖 미사여구를 섞은 장황한 프랑스 어로 인사를 했다.

장관이 그들에게 인사하며 말했다.

"아리스티데스 씨가 우리를 마중 나오지 못하신 게 몸이 아파서 그런 건 아니겠지요? 그런 일은 없어야 할 텐데요."

그러자 부국장이 대답했다.

"아리스티데스 씨는 어제 막 스페인에서 돌아오셨습니다. 지금 안에서 기다리고 계십니다. 손님 여러분, 이쪽으로 오십시오."

일행은 그의 뒤를 따라갔다. 그때까지 걱정의 기색이 조금 남아 있던 장관은 오른쪽 편에 있는 육중한 울타리를 흘끔 쳐다보았다. 창살에서 멀리 떨어진 저 안쪽에 빽빽하게 줄 지어 있는 나환자들이 눈에 들어왔다. 장관의 얼굴에 안심하는 듯한 표정이 스쳤다. 그는 아직도 중세 때에나 있을 법한 나환자들에 대한 거부감을 갖고 있었다.

아리스티데스 씨는 현대식 가구로 세련되게 꾸며진 응접실에서 손님들을 기다리고 있었다. 의례적인 인사와 소개가 이어졌다. 흰옷에 터번을 쓴 가무잡잡한 하인들이 아페리티프(입맛을 돋우기 위해 식사 전에 마시는 간단한 술 — 옮긴이)를 가져왔다.

기자 한 명이 아리스티데스 씨에게 말했다.

"선생님께서 소유하고 계신 이곳은 정말 대단합니다."

아리스티데스 씨는 동양식의 제스처를 취하며 응수했다.

"나는 이곳이 자랑스럽습니다. 제 인생에서 마지막으로 남길 만한 최고의 작품이라고나 할까요. 제가 인류에게 주고 싶은 마지막 선물이지요. 그래서 모든 비용을 아끼지 않고 투자했습니다."

그러자 아리스티데스 씨를 보좌하고 있던 의사 중 하나가 거들었다.

"맞는 말입니다. 이곳은 전문가들의 꿈이 실현되고 있는 곳이기도 합니다. 각자의 나라에서도 훌륭한 활동을 했지만 제가 이곳에 온 이래 목격한 바로는…… 정말 놀라운 성과를 내고 있습니다! 그렇습니다, 여러분. 우리는 성과를 얻고 있습니다."

그의 열정은 옆에 있는 사람한테까지 전염될 정도였다.

대사가 아리스티데스 씨에게 정중하게 인사하며 말했다.

"이런 민간 단체에 우리 모두는 무한한 감사를 표해야 한다고 생각합니다."

아리스티데스 씨는 겸손을 떨며 말했다.

"모두가 신의 은총 덕택이지요."

의자에 등을 구부린 채 앉아 있는 그 노인의 모습은 마치 누렇고 조그만 두꺼비 같았다. 하원 의원이 너무 늙어서 귀까지 어두운 왕립 위원회 회원에게 방 안 분위기에 반대되는 의견을 낮게 중얼거렸다.

"저 늙어빠진 악당, 아마 수백만 명은 파멸시켰을 겁니다. 돈이 남아돌면서도 그걸 어떻게 써야 할지 모르다니……. 엉뚱하게 돈을 쓰고 있는 거예요."

늙은 왕립 위원회 회원이 중얼거렸다.

"얼마나 뛰어난 성과가 나와서 그 엄청난 비용을 정당화시켜 줄지 의문입니다. 지금까지 인류에게 유익함을 제공한 위대한 발견의 대부분은 아주 단순한 장비로 이루어진 것이었습니다."

"자, 그럼……."

정중한 인사도 적당히 나누고 아페리티프도 다 마시자 아리스티데스 씨가 입을 열었다.

"여러분을 위해 간단한 식사가 준비되어 있습니다. 반 하이뎀 박사가 여러분을 안내해 드릴 겁니다. 저는 체중 조절 중이라 요즘 음식을 아주 조금씩 먹지요. 식사가 끝난 뒤에는 저희 건물들을 둘러보게 될 겁니다."

싹싹한 반 하이뎀 박사의 안내를 받으며 손님들은 식당으로 자리를 옮겼다. 두 시간의 비행 후에 또 한 시간을 차로 달려온 터라 다들 몹시 시장해 있었다. 음식은 훌륭했고 장관은 그에 대해 찬사를 아끼지 않았다.

반 하이뎀이 말했다.

"이곳에서는 상당히 쾌적한 생활을 누리고 있습니다. 신선한 과일과 야채가 일주일에 두 번씩 공수됩니다. 쇠고기와 닭고기를 보관하는 저장 시설도 갖추어져 있습니다. 상당히 깊은 곳에 지하 냉동고가 있지요. 잘 먹어야 연구도 잘 되는 법이니까요."

식사에는 최고급 포도주가 곁들여졌고, 식사 후에는 터키 산 커피가 나왔다. 그다음 순서로 일행은 단지 시찰에 나섰다. 여기저기 모두 둘러보는 데 두 시간이나 걸렸다. 시찰이 끝나자 장관은 흡족해하는 표정이었다. 그는 번쩍거리는 실험실들과 끝없이 이어진 하얀 복도를 보고 입을 다물지 못했다. 거기다 상세한 과학적 설명까지 듣고 나서는 더더욱 놀라워했다.

장관의 관심은 겉치레이자 형식적이었지만 일행 중 두 명은 나름대로의 조사를 위해 주변을 꼼꼼히 살펴보고 있었다. 손님들 중 일부는 직원들의 생활환경이나 기타 여러 가지 세부적인 면에 부쩍 호기심을 나타냈다. 반 하이뎀 박사가 지나치게 적극적으로 나서서 손님들에게 보여 줄 곳들을 추천했다. 르블랑은 장관을, 제숩은 영국 영사를 수행하고 있다가 일행이 모두 다시 응접실로 돌아갈 때 일부러 약간 뒤로 처졌다.

르블랑이 초조하고 흥분된 어조로 낮게 속삭였다.

"이곳엔 아무 흔적도 없어. 아무것도."

"그래, 없어."

"이봐 친구, 자네 말대로 만일 우리가 엉뚱한 데를 짚었다면 그때는 진짜 끝장이야! 이 모든 걸 준비하느라고 몇 주가 걸렸어! 잘못되면…… 난 바로 해고라고!"

"아직 겉도 핥아 보지 않았어. 우리가 찾는 사람들은 여기에 있어. 난 확신해."

"흔적이라곤 전혀 찾아볼 수도 없는걸."

"없는 게 당연해. 당연히 흔적을 남겼을 리가 없잖아. 외부 인사들이 방문하는 것에 대비해 만반의 준비를 갖춰 두었을 테니까."

"그럼 우리는 증거를 어떻게 찾아내지? 분명히 말하는데, 증거 없이는 저 높은 사람들 중 아무도 꿈쩍 안 할 거야. 다들 우리 의견에는 회의적이야. 프랑스 장관, 미국 대사, 영국 영사, 다들 아리스티데스 같은 인물이 어떻게 그럴 수 있겠냐고 하잖아."

"침착하게나, 르블랑. 진정하라고. 아직 겉도 채 핥아 보지 않았다니까."

르블랑은 어깨를 으쓱하며 말했다.

"자네는 정말 낙관적이군, 친구."

르블랑은 깔끔하게 차려입은 얼굴이 둥근 젊은 수행원들 중 한 명에게 잠깐 뭐라고 얘기를 하고 나서 다시 제숍 쪽으로 돌아섰다. 그는 제숍의 표정을 보고 의아하게 물었다.

"왜 웃고 있나?"

"과학의 덕을 보는군……. 정확히 말하면 가이거 계수기 말이야."

"난 과학자는 아니야."

"물론 나도 과학자는 아니네. 하지만 이 민감한 방사능 측정기가 우리 친구들이 이곳에 있다고 말해 주고 있어. 이 건물은 일부러 굉장히 복잡하게 지어 놓았어. 모든 복도와 방들이 비슷비슷해서 현재 위치가 어디인지, 또 건물의 구조가 어떻게 되어 있는지 알기가 힘들어. 이 건물에는 틀림없이 우리가 보지 못한 부분이 있어. 일부러 우리에게 구경시켜 주지 않은 곳 말이야."

"방사능이 조금 감지되었다고 해서 벌써 그렇게까지 추리를 하는 건가?"

"그래."

"그럼 이번에도 진주 목걸이를 따라가는 것과 비슷한 셈이로군."

"맞아. 이를테면 우리는 아직도 헨젤과 그레텔 놀이를 하고 있는 거야. 하지만 이번에 남겨진 흔적은 진주 목걸이 알이나 야광 페인트를 칠한 손처럼 그렇게 분명한 것도, 눈에 보이는 것도 아니야. 눈으로 보이진 않지만…… 방사능 측정기는 감지할 수 있는 것이지."

"하지만 제숍, 그걸로 충분할까?"

"그럴 거야. 단 걱정되는 점은……."

제숍은 말을 끝내지 못했다.

르블랑이 그가 하려던 말을 대신했다.

"이 사람들이 믿어 주려 하지 않을 거라고? 그들은 출발할 때부터 그다지 내키지 않아 했어. 그럼, 그랬지. 자네네 영국 영사도 꽤 조심스러워하는 눈치잖아. 영국 정부는 여러 가지 면에서 아리스티데스한테 빚을 지고 있으니까. 우리나라 정부도……."

그는 어깨를 으쓱했다.

"장관은 납득시키기가 좀처럼 힘들 것 같은데……."

"정부 쪽 사람들을 믿어선 안 돼. 정부나 외교관들은 언행이 자유롭지 않으니까. 그래도 그들은 이곳에 데려올 만한 가치가 있는 사람들이야. 당국의 권위를 가진 사람들이니까. 나는 정부 쪽보다는 다른 쪽에 희망을 걸고 있네."

"어디지?"

시종 진지하던 제숩의 얼굴에 그 순간 미소가 번졌다.

"바로 언론이야. 기자들은 뉴스 냄새를 맡는 민감한 코를 가진 자들이야. 뉴스거리가 숨겨지는 걸 원치 않는 사람들이지. 그들은 별로 신빙성이 없어 보이는 얘기도 잘 믿곤 해. 그리고 내가 희망을 걸고 있는 또 한 사람이 있는데, 바로 저 늙은 귀머거리 영감이야."

"아하! 누구를 말하는지 알겠네. 당장이라도 무덤으로 들어갈 것 같은 저 영감 말이지?"

"맞았어. 그는 노쇠해서 귀도 어둡고 눈도 반쯤 멀었어. 하지만 진실에 관심을 갖고 있지. 그는 전직 판사라네. 비록 귀도 잘 안 들리고 눈도 침침하고 다리도 힘없이 비틀거리지만 정신은 누구보다도 맑고 날카롭지. 법조계 지도자 특유의 날카로움을 지녔어. 뭔가 수상한 냄새가 나는데도 누군가 그게 드러나지 않게 하려고 애쓰고 있다는 것쯤은 금세 알아차릴 인물이란 얘기야. 그는 증거가 될 만한 것에 귀를 기울일 사람이야."

두 사람은 이제 다시 응접실로 돌아왔다. 차와 아페리티프가 날라져 왔다. 장관은 입에 침이 마르도록 아리스티데스 씨를 치하했다. 미국 대사도 옆에서 거들었다. 바로 그때 장관이 좌중을 둘러보며 약간 짜증이 묻은 목소리로 말했다.

"자, 그럼 여러분, 이제 우리를 이렇게 따뜻하게 맞아 주신 분을 두고 떠나야 할 시간이 온 것 같습니다. 보아야 할 것은 모두 보았으니……"

장관은 이 마지막 문장을 짐짓 강조하는 것처럼 길게 늘여 발음했다.

"이곳의 모든 것은 정말 훌륭합니다. 최고의 시설입니다! 친절한 아리스티데스 씨의 환대에 참으로 감사하는 바입니다. 아울러 이곳의 발전과 성공에 대해서도 축하의 말을 전하는 바입니다. 자, 이제 인사를 하고 떠나도록 합시다. 그래야겠지요?"

어떤 면에서 보면 이 말은 지극히 평범했다. 그의 태도도 마찬가지였다. 좌중을 돌아보는 그의 눈길도 그저 예의를 갖춘 정중한 행동으로만 보였다. 하지만 실제로 그의 말은 부탁이었다. 사실 장관은 이렇게 말하고 있는 셈이었다.

'여러분도 모두 보았을 것입니다. 이곳에 아무것도 없다는 사실을 말입니다. 의심하거나 두려워할 만한 것은 전혀 없습니다. 정말 다행입니다. 이제 우리는 떳떳하고 시원한 마음으로 이곳을 떠날 수 있습니다.'

바로 그때, 조용한 가운데 누군가가 입을 열었다. 차분하고 정중하며 점잖은 영국인의 목소리였다. 바로 제숍이었다. 그는 거의 완벽한 프랑스 어로 장관에게 말했다.

"장관님, 허락해 주신다면 친절하신 이곳 주인께 한 가지 부탁을 드리고 싶습니다."

"물론 괜찮습니다. 그렇게 하십시오. 성함이 미스터…… 아, 제솝 씨, 맞지요?"

제솝은 자못 진지한 표정으로 반 하이뎀을 향해 말했다. 그는 일부러 아리스티데스 씨 쪽은 쳐다보지 않았다.

"우리는 이곳에서 많은 사람들을 만났습니다. 참으로 놀라웠습니다. 그런데 제 오랜 친구 한 명이 이곳에 있는데 만나서 얘기라도 나누고 싶군요. 떠나기 전에 한번 만날 수 없을까요?"

그러자 반 하이뎀 박사가 약간 놀라며 정중하게 물었다.

"친구요?"

"예, 사실은 두 명입니다. 어떤 여자인데, 올리브 베터튼이라고 합니다. 제가 알기론 그녀의 남편이 이곳에서 일하고 있습니다. 토머스 베터튼이죠. 하웰에 살았고 그전에는 미국에서도 살았습니다. 떠나기 전에 두 사람과 만나서 얘기를 나누고 싶습니다."

반 하이뎀 박사의 반응은 곧바로 나타났다. 두 눈이 휘둥그레지고 적잖이 놀라는 눈치였다. 그는 난감한 듯 인상을 찡그렸다.

"베터튼, 베터튼 부인이라……. 글쎄요, 그런 이름을 가진 사람은 여기 없는데요."

"미국인도 한 명 있습니다. 앤드루 피터스, 제가 알기론 화학 연구원입니다. 맞지요, 대사님?"

제숩은 공손하게 미국 대사에게 물었다.

미국 대사는 날카로운 푸른색 눈매를 지닌 중년의 남자로 눈치가 빠른 인물이었다. 그는 인격과 외교적 수완을 동시에 갖추고 있었다. 대사의 눈길이 제숩과 마주쳤다. 그는 잠깐 망설이다가 이내 대답했다.

"아, 그렇습니다. 맞아요, 앤드루 피터스. 나도 그 친구를 봤으면 싶군요."

반 하이뎀은 당황하는 기색이 역력했다. 제숩은 표시가 나지 않게 아리스티데스 씨를 흘금 쳐다보았다. 그 조그맣고 누런 얼굴에서는 뭔가 잘못됐다거나 놀랐다거나 동요하는 기색은 전혀 찾아볼 수 없었다. 그는 무관심한 표정이었다.

"앤드루 피터스? 오! 유감입니다만 대사님, 뭔가 잘못 알고 계신 것 같습니다. 이곳에 그런 이름을 가진 사람은 없습니다. 전혀 들어보지 못한 이름이에요."

제숩이 재차 물었다.

"토머스 베터튼이라는 이름은 알고 있겠지요?"

반 하이뎀은 잠시 머뭇거렸다. 의자에 앉은 늙은이를 살짝 쳐다보는가 싶더니 이내 다시 자세를 바로잡았다.

"토머스 베터튼이라면…… 글쎄, 제 생각엔……."

그때 기자 하나가 재빨리 끼어들었다.

"토머스 베터튼, 대단한 뉴스거리였지요. 6개월 전 그가 실종됐을 때는 정말 빅뉴스 감이었습니다. 유럽 전역의 신문마다 대서특필되었잖아요. 경찰이 그를 찾아내기 위해 가 보지 않은 곳이 없다고 들었어요. 박사님, 그러면 그가 그동안 이곳에 있었다는 겁니까?"

"천만에요……."

반 하이뎀이 날카롭게 대답했다.

"누군가가 잘못된 정보를 알려 준 겁니다. 짓궂은 장난일 뿐입니다. 오늘 이 센터에서 일하는 연구원들을 모두 보셨잖습니까. 샅샅이 다 보셨으면서 그러십니까."

그러자 제슙이 조용하게 말했다.

"전부는 아닐 것 같은데요. 에릭슨이라는 젊은이도 있습니다. 그리고 루이 배런 박사, 아마 캘빈 베이커 부인도 있을 겁니다."

그러자 반 하이뎀이 그제야 생각난다는 듯이 말했다.

"아, 그 사람들은 모로코에 와서 죽었잖습니까. 비행기 추락사고로요. 이제야 정확히 기억나는군요. 최소한 내가 알기론 에릭슨과 배런 박사는 그 추락한 비행기 속에 있었습니다. 아, 프랑스로서는 그날 커다란 손실을 본 셈이죠. 루이 배런 박사 같은 분을 다시 찾기는 힘들 겁니다."

그는 고개를 설레설레 흔들었다.

"캘빈 베이커 부인이란 사람은 정말 모르겠군요. 하지만 그 비행기에 영국인인가 미국인인가 어떤 여자 하나가 있었던 것 같긴 한데, 그 여자가 혹 당신이 말한 베터튼 부인인지도 모르죠. 하여간 정말 끔찍한 참사였습니다."

그는 의문에 가득 찬 눈길로 제슙을 쳐다보았다.

"도무지 모를 일이군요, 선생. 왜 그 사람들이 이곳으로 왔으리라고 생각하는지 정말 알 수가 없습니다. 배런 박사가 이곳을 방문하고 싶다고 말한 적은 있을지도 모릅니다. 그가 북아프리카에 왔을 때 말입니다. 그래서 아마 오해를 불러일으킨 게 아닐까 싶습니다만."

"그렇다면 제가 잘못 알고 있다는 겁니까? 그 사람들 중 이곳에 있는 사람이 아무도 없다고요?"

"이보세요 선생, 어떻게 그럴 수가 있겠습니까? 비행기 사고로 그들 모두가 죽었는데……. 시체도 발견된 걸로 알고 있습니다만."

"물론 시체가 발견되었지만 심하게 타 버려서 신원 확인이 불가능했습니다."

제숍은 마지막 말에 일부러 힘을 주었다.

뒤에서 약간 수군거리는 소리가 들렸다. 그때 희미하지만 또박또박한 목소리로 누군가가 입을 열었다.

"정확하게 신원 확인이 안 됐다고 하셨습니까?"

전직 판사인 앨버스토크 경은 귀에다 한 손을 갖다 대고 몸을 앞으로 기울였다. 숱이 많아 덥수룩한 눈썹 아래서 그의 날카롭고 조그만 눈이 제숍을 똑바로 응시하고 있었다.

"공식적인 확인은 없었습니다. 그리고 그들이 비행기 사고에서 살아남았다고 믿을 만한 결정적인 이유가 있습니다."

"믿는다고요?"

앨버스토크 경의 가는 목소리에는 불쾌감이 약간 담겨 있었다.

"살아 있다는 확실한 증거를 갖고 있다는 편이 더 옳은 표현이겠
군요."

"증거? 어떤 증거 말입니까, 미스터…… 제솝?"

"베터튼 부인은 페스에서 마라케시로 떠나던 날 모조 진주 목걸
이를 차고 있었습니다. 그 진주알 하나가 비행기 잔해에서 반 마일
정도 떨어진 곳에서 발견되었습니다."

"그 진주가 베터튼 부인의 것이라고 어떻게 확신할 수 있습니까?"

"목걸이의 진주알 하나하나에 모두 표시가 새겨져 있었습니다.
맨눈으로는 안 보이지만 돋보기로 보면 보입니다."

"누가 거기다 표시를 새겼습니까?"

"제가 했습니다, 앨버스토크 경. 제 동료가 보는 앞에서요. 바로
이 자리에 있는 르블랑 앞에서요."

"표시를 새겨 두었다면…… 그런 식으로 진주에 표시를 해 둘 특
별한 이유가 있었고요?"

"그렇습니다. 체포 영장이 발부된 토머스 베터튼이 있는 곳으로
베터튼 부인이 저를 데려다 줄 것이라고 믿었기 때문입니다. 진주
알은 그것 말고도 더 발견되었습니다. 그것들은 비행기가 불탄 곳
과 지금 우리가 있는 이 단지 사이로 오는 길 중간 중간에서 발견되
었지요. 진주가 발견된 지역을 중심으로 탐문 수사를 한 결과, 비행
기에서 타 죽었다고 여겨지는 여섯 사람과 인상착의가 비슷한 이들
을 목격했다는 얘기도 들었습니다. 그리고 일행 중 한 명은 야광색
장갑을 끼고 있었습니다. 그 장갑 모양이 일행을 이곳으로 태우고

오던 자동차에서 목격되었습니다.”

앨버스토크 경은 판사들 특유의 메마른 음성으로 한마디했다.

“주목할 만한 점이군요.”

커다란 의자에 앉아 있던 아리스티데스 씨가 동요의 기미를 보이기 시작했다. 눈꺼풀이 한두 번 재빨리 깜박였다. 마침내 그가 질문을 던졌다.

“그 일행의 마지막 흔적이 발견된 곳이 어디입니까?”

“폐쇄된 비행장이었습니다.”

제숍은 정확한 위치를 말해 주었다.

“그곳이라면 여기서 수백 마일은 떨어진 곳이군요. 당신의 그 재미있는 추리가 정확하고 또 어떤 연유에선가 사고가 조작되었다고 하더라도, 내 생각엔 아무래도 그 사람들은 폐쇄된 비행장에서 어딘지 알 수 없는 행선지를 향해 떠난 것 같습니다만. 그 비행장은 이곳에서 수백 킬로미터나 떨어져 있는데, 도대체 어떤 근거로 그들이 여기 와 있다고 생각하는지 이해를 못 하겠군요. 근거가 뭡니까?”

“아주 확실한 근거가 있습니다, 선생님. 우리 정찰기 한 대가 신호를 포착했습니다. 그 신호는 바로 여기에 있는 르블랑에게 전달되었지요. 첫머리가 특수 암호로 시작되는 그 신호는 우리가 찾는 사람들이 나환자 수용소에 있다는 사실을 알려 주었습니다.”

“정말 대단하군, 대단해. 하지만 내가 보기엔 누군가가 당신을 속이려는 시도를 한 게 아닌가 싶군요. 틀림없어요. 그 사람들은 이곳에 없습니다."

그는 착 가라앉은 음성으로 단호하게 말했다.

"원한다면 이곳을 전부 수색해 보아도 좋습니다."

"수색한다고 뭘 찾을 수 있을까 싶습니다. 물론 표면적인 수색만으로는 아무것도 못 찾을 겁니다. 하지만…… 나는 수색을 시작해야 할 장소까지 알고 있습니다."

"나 원 참, 정말 기가 막히는군! 그래, 그곳이 어디입니까?"

"제2실험실에서 네 번째 복도를 따라가다가 통로가 끝나는 곳에서 왼쪽으로 도는 지점입니다."

반 하이뎀이 갑자기 안절부절못하기 시작했다. 테이블 위에 있던 안경이 바닥에 떨어져 박살이 나 버렸다. 제습은 여유 있게 웃으며 그를 쳐다보았다.

"우리 정보가 정확하다는 것은 박사도 알고 있을 겁니다."

반 하이뎀 박사가 날카롭게 쏘아붙였다.

"말도 안 되는 소리! 정말 터무니없는 소리입니다! 당신은 우리가 그들의 의사와는 상관없이 그들을 이곳에 감금하고 있다는 식으로 말하고 있군요. 말도 안 되는 얘기입니다."

장관이 불편한 심기를 드러내며 한마디했다.

"이거 정말 해결하기 힘든 난국이군요."

아리스티데스 씨가 점잔을 빼며 말했다.

"퍽 재미있는 가설이었습니다. 하지만 그건 어디까지나 가설일 뿐이지요."

그는 손목시계를 흘끔 보더니 다시 말했다.

"송구스런 말씀입니다만, 여러분, 이젠 돌아가셔야 할 시간이군요. 공항까지는 차로 한참 달려야 하는 거리입니다. 비행기가 연착이라도 되면 곤란해질 테니까요."

르블랑과 제숍은 이젠 그야말로 최후의 대결에 이르렀음을 깨달았다. 아리스티데스 씨는 유명 인사인 자신의 영향력을 최대한 발휘하려 하고 있었다. 그는 두 사람에게 자기 뜻을 거역할 테면 해보라는 식으로 버티고 있었다. 만일 그들이 끈질기게 물고 늘어진다면 공개적인 자리에서 그에게 대든다는 것을 의미하는 것이다. 장관은 아리스티데스 씨의 말대로 이제 포기하고 싶은 마음이 간절했다. 경찰 서장도 마찬가지로 장관과 같은 입장이었다. 미국 대사는 썩 만족스럽진 않아도 외교적인 이유 때문에 고집 피우기를 주저할 것이다. 영국 영사 역시 그들과 뜻을 함께할 것이다.

기자들 역시 조심해야 할지도 모른다! 아리스티데스 씨는 그들에게 몹시 신경을 쓰고 있었다. 그들을 매수하자면 돈이 제법 들겠지만 아리스티데스 씨쯤이면 충분히 할 수도 있을 것이다. 만일 돈으로 매수가 안 되더라도…… 또 다른 방법이 있을 것이다.

제숍과 르블랑은 진실을 알고 있었다. 그건 분명한 사실이었다. 하지만 그들에게는 집행 권한이 없기 때문에 무턱대고 행동할 수가 없었다. 제숍의 눈은 그들을 훑고 지나가다가 한 노인의 눈과 마주쳤다. 차가운 법률가의 눈빛이었다. 이 남자는 매수할 수 없을 것이다. 하지만 만일……. 바로 그때, 차갑고 또렷하며 힘없는 그 노인의 목소리가 제숍의 생각을 중단시켰다.

"내 의견을 말하겠습니다. 무턱대고 출발만 서두를 게 아닌 것 같습니다. 이곳에서 좀 더 조사를 해 보는 게 좋겠군요. 진지한 주장이 제기되었으므로 그냥 무시해서는 안 된다는 생각입니다. 그 주장에 반론을 제기할 수 있도록 공평한 기회가 주어져야 합니다."

"입증을 해야 할 책임은 저 남자에게 있습니다."

아리스티데스 씨는 이렇게 말하며 일행을 향해 그럴듯한 제스처를 취해 보였다.

"아무런 증거도 없이 터무니없는 비난을 해 댔으니!"

"증거가 없는 게 아닙니다."

반 하이뎀 박사는 그 소리에 깜짝 놀라 좌중을 둘러보았다. 바로 그때 모로코 인 하인 한 명이 앞으로 걸어 나왔다. 인물이 수려한 사내였다. 자수를 놓은 흰옷을 입고 머리에 하얀 터번을 두른 그의 까만 얼굴이 윤기로 번들거렸다.

좌중은 깜짝 놀라 아무 말도 못 한 채 그를 쳐다보았다. 흑인 특유의 두툼한 입술 사이에서 완전한 미국인 억양의 음성이 흘러나오고 있었기 때문이다.

"증거가 없는 게 아닙니다. 지금 바로 이 자리에서 제가 증거를 제시하겠습니다. 이 신사 분들은 앤드루 피터스, 토르퀼 에릭슨, 베터튼 부부, 루이 배런 박사가 이곳에 있다는 사실을 부인했습니다. 하지만 전부 거짓말입니다. 그들은 모두 여기에 있습니다. 제가 그들을 대표해서 이 자리에 온 셈입니다."

그 모로코 인 사내는 미국 대사 앞으로 다가갔다.

"저를 금방 알아보시기 힘드셨을 겁니다, 대사님. 제가 바로 앤드루 피터스입니다."

'쉬이' 하는 소리가 아리스티데스 씨의 입술에서 아주 희미하게 흘러나왔다. 그는 무표정한 얼굴로 의자 깊이 몸을 묻었다.

"이곳에 모든 사람들이 숨겨져 있습니다. 뮌헨에서 온 슈바르츠도 여기 있고, 헬가 니드하임도 여기 있습니다. 영국 과학자인 제프리스와 데이비드슨, 미국의 폴 웨이드, 이탈리아에서 온 리코체티, 사이먼 머치슨과 그의 아내 비앙카도 있습니다. 그 사람들 모두 이 단지 안에 있습니다. 맨눈으로는 도저히 찾아낼 수 있는 차단벽 시스템이 있지요. 암석을 뚫고 비밀 실험실들이 거미줄처럼 연결되어 있습니다."

"하느님 맙소사!"

미국 대사가 짧은 신음을 토했다. 대사는 그 위엄 있게 생긴 모로코 인을 찬찬히 뜯어보았다. 그리고 큰 소리로 웃기 시작했다.

"여전히 난 자네를 알아보지 못하겠는걸!"

"입술에다 파라핀 주사를 놓았지요, 대사님. 물론 얼굴은 검정색 색소를 썼고요."

"자네가 피터스라면 FBI 암호는?"

"813471입니다."

"맞았어. 그럼 자네의 또 다른 이름의 머리글자는?"

"B. A. P .G입니다."

324

대사는 고개를 끄덕였다.

"이 사람은 피터스가 맞습니다."

미국 대사는 장관을 쳐다보았다. 장관은 머뭇거리더니 헛기침을 하며 피터스에게 물었다.

"그러니까 당신의 주장은 사람들이 자기 의사와 관계없이 이곳에 감금되어 있다는 말입니까?"

"원해서 있는 사람들도 있습니다, 장관님. 하지만 그렇지 않은 사람들도 있지요."

"그런 경우엔 그들의 의견을 들어 봐야지……. 어, 그럼! 당연히 그들 의사를 들어 봐야 하고말고."

장관은 경찰 서장을 돌아보았다. 그러자 경찰 서장이 앞으로 걸어 나왔다.

그때 아리스티데스 씨가 한 손을 들어 올리며 입을 열었다. 차분하고 또박또박한 음성이었다.

"잠깐만요! 이곳에 대한 나의 신뢰와 확신이 매도되고 있는 것 같군요."

얼음처럼 차가운 그의 시선이 반 하이뎀과 국장을 훑고 지나갔다. 그 눈빛에는 냉혹한 압력이 담겨 있었다.

"과학에 대한 뜨거운 열정으로 인해 이들이 어떤 행동까지 했는지, 그건 내가 확실히 모르겠습니다. 내가 이곳을 지원한 이유는 순전히 연구를 위한 것이었습니다. 나는 이곳의 실질적인 정책이나 행정에는 관여한 적이 없습니다. 이보시오, 국장, 만일 이들의 비난과 주장이 사실에 기인하는 것이라면, 이곳에 불법적으로 감금되어 있다고 여겨지는 사람들을 당장 풀어 주시오."

"하지만 그런 일은 없습니다. 저는…… 아니……."

"그런 식으로 진행되는 실험이 있다면 이제 끝내시오."

아리스티데스 씨는 사업가다운 차가운 눈초리로 손님들을 둘러보고 다시 말을 이었다.

"이곳에서 어떤 불법적인 일이 진행되었다 해도 그것은 나와 아무 상관없는 일임을 여러분께 굳이 증명해 보일 필요는 없을 것 같습니다."

그것은 하나의 명령과 같았다. 자기는 부자고 권력도 있고 영향력도 있는 인물이니 어디 할 테면 해 보라는 식이었다. 아리스티데스, 그 세계적인 거물은 이 일에 말려들려고 하지 않았다. 하지만 설령 그가 무사히 빠져나간다 해도 이건 어디까지나 그의 명백한 패배였다. 목적 달성에 대한 실패이자 엄청난 이익을 거둬들이고자 시도한 두뇌 저수지 사업의 실패였다. 실패했지만 아리스티데스 씨는 전혀 당황하지 않고 침착했다. 이건 가끔 일어나는 일, 그의 사업 경력 중에 이따금 일어나는 일일 뿐이었다. 그때마다 그는 냉정하게 받아들이고 다음 기회를 노리며 앞으로 나아갈 것이다.

그는 동양인 특유의 손짓을 해 보였다.

"나는 이제 그만 관여해야겠습니다."

경찰 서장이 성큼성큼 앞으로 나왔다. 이제 그의 차례였다. 그는 어떤 지시를 내려야 할지 알고 있었고, 자신의 모든 공권력을 동원해 밀어붙일 참이었다.

"조사를 방해할 생각은 말아 주십시오. 충분한 조사를 하는 것이 제가 해야 할 일입니다."

얼굴이 하얗게 질린 반 하이뎀이 걸어 나왔다.

"이쪽으로 오십시오. 예비 시설을 보여 드리겠습니다."

21장

"아, 악몽에서 깨어난 기분이에요."

힐러리는 한숨을 내쉬었다. 그녀는 두 팔을 머리 위로 쭉 뻗어 올렸다. 그들은 탕헤르에 있는 호텔 테라스에 앉아 있었다. 아침에 비행기로 그곳에 도착한 터였다.

"정말 모두 실제로 있었던 일일까요? 정말 하나도 믿기지 않는 일이었어요!"

그러자 토머스 베터튼이 그 말을 받았다.

"실제로 일어난 일이에요. 나도 당신과 동감입니다, 올리브. 정말 악몽이었어요. 아, 이제야 다 끝났군요."

제숍이 테라스를 따라 걸어오더니 그들 옆에 앉았다. 힐러리가 물었다.

"앤드루 피터스는 어디 갔죠?"

.

"곧 여기로 올 겁니다. 처리할 일이 좀 있나 봐요."

"피터스도 당신네 사람 중 하나였더군요. 야광 칠도 그래서 있었던 거고, 그가 갖고 다니던 납으로 된 담배 케이스에서도 방사능 물질이 나왔던 거예요. 난 까맣게 모르고 있었는데."

"두 분 모두 아주 잘 해내셨습니다. 사실 엄밀하게 말하면 그는 우리 요원이 아닙니다. 미국 요원이죠."

"그래서 내가 톰이 있는 곳에 도착하면 보호를 받을 수 있을 거라고 말씀하셨군요? 앤드루 피터스가 있으니까."

제솝은 고개를 끄덕였다.

"저를 탓하진 말아 주십시오……."

제솝은 특유의 올빼미 같은 표정을 지으며 말했다.

"부인이 원하던 목적을 이뤄 주지 못했다고 말입니다."

힐러리는 고개를 갸우뚱하며 물었다.

"목적이라뇨?"

"보다 극적인 자살 말입니다."

"아, 그거요!"

그녀는 회의적인 태도로 고개를 내저었다.

"그거야말로 정말 황당한 생각이었던 것 같아요. 저는 지금까지 올리브 베터튼이었어요. 지금 다시 힐러리 크레이븐이 된다고 생각하니 혼란스러울 뿐이에요."

"아, 저기 제 친구 르블랑이 오는군요. 가서 얘기할 게 있어서 이만 실례하겠습니다."

그는 두 사람을 두고 저쪽으로 걸어갔다. 그때 토머스 베터튼이 재빨리 말했다.

"나를 위해 한 가지만 더 해 줄래요, 올리브? 아직도 난 당신을 올리브라 부르는군요……. 익숙해져서 그래요."

"괜찮아요, 물론 그러실 테죠. 그런데 무엇을 해 달라는 건가요?"

"나와 함께 테라스를 따라 걸어갔다가 다시 이곳으로 되돌아와서 내가 방으로 올라가 누웠다고 말해 줘요."

그녀는 어리둥절한 표정으로 그를 보았다.

"왜 그러시죠? 무슨 일이……."

"떠나야겠습니다. 상황이 악화되기 전에."

"떠난다고요? 어디로요?"

"어디든요."

"하지만 왜요?"

"생각해 보세요, 부인. 난 지금의 상황이 어떻게 돌아가고 있는지 모릅니다. 탕헤르는 어떤 특정 국가의 사법권이 미치지 않는 지역입니다. 하지만 만일 당신 일행과 함께 에스파냐의 지브롤터로 가면 무슨 일이 일어날지 뻔합니다. 거기 도착하자마자 나는 분명히 체포될 겁니다."

힐러리는 염려스러운 표정으로 그를 쳐다보았다. 나환자 수용소에서 탈출했다는 흥분감에 휩싸여 토머스 베터튼의 상황을 까맣게 잊고 있었던 것이다.

"공공 기밀 보호법인가 그것 때문에 그러시는 거죠? 하지만 어떻게 여기를 떠나려고 그래요, 톰? 그리고 어디로 갈 건데요?"

"말했잖소, 아무 데나 갈 거라고."

"하지만 요즘 같은 세상에 그게 가능할 것 같아요? 돈도 있어야 하고, 이런저런 어려움도 많을 텐데요."

그의 얼굴에 살짝 미소가 스쳤다.

"돈은 문제없어요. 내가 찾을 수 있는 곳에 가명으로 안전하게 저축해 두었으니까."

"그럼 돈을 받았단 말이에요?"

"물론 받았죠."

"하지만 그들이 추적할 거예요."

"추적하기 힘들 겁니다. 모르는군요, 올리브. 그들이 알고 있는 내 인상착의는 지금 내 모습과는 전혀 딴판입니다. 내가 성형 수술을 받은 이유도 바로 그 때문이었어요. 내게는 굉장히 중요한 일이었어요. 영국을 빠져나와 은행에 돈을 좀 넣어 둔 뒤에 내 안전을 위해 겉모습을 바꾼 겁니다."

힐러리는 반신반의하는 표정으로 그를 쳐다보았다.

"당신은 잘못 생각하고 있어요. 내 생각엔 당신이 틀렸어요. 차라리 돌아가서 당당히 벌을 받는 게 훨씬 나아요. 지금은 전시도 아니잖아요. 형을 살아도 얼마 살지 않을 거예요. 남은 평생을 도망자로 사는 게 무슨 의미가 있어요?"

"당신은 모릅니다. 내게 진짜 중요한 게 무엇인지. 자, 어서 갑시다. 시간이 없어요."

"하지만 탕헤르를 어떻게 빠져나갈 작정인가요?"

"내가 알아서 할 겁니다. 걱정 마세요."

그녀는 의자에서 일어나 그와 함께 테라스를 따라 천천히 걸어갔다. 이건 아니다 싶은 생각이 들었지만 딱히 뭐라고 말해야 할지 알수 없었다. 제숍과 죽은 올리브 베터튼에 대한 의무는 이미 다했다. 이제 더 이상 할 일도 없었다. 그녀와 토머스 베터튼은 몇 주 동안 아주 가까이서 지냈지만 여전히 서먹서먹하게만 느껴졌다. 동료 의식이나 유대감 같은 것도 전혀 없었다.

그들은 테라스 끝에 도착했다. 벽에 조그만 덧문이 하나 있었으며, 그 바깥으로 나가면 언덕을 지나 항구까지 이어지는 좁은 길이 나왔다.

"나는 이쪽으로 빠져나가겠습니다. 보는 사람도 아무도 없군요. 그럼 잘 있어요."

"행운을 빌어요."

힐러리가 천천히 말했다.

그녀는 베터튼이 문으로 가서 손잡이를 돌릴 때까지 그를 지켜보며 서 있었다. 그런데 문을 열고 그가 두어 걸음 뒷걸음치더니 멈추어 섰다. 입구에 세 명의 사나이가 서 있었기 때문이다. 두 명이 안으로 들어오더니 베터튼에게 다가갔다. 첫 번째 사나이가 딱딱한 어조로 말했다.

"토머스 베터튼, 여기 당신의 체포 영장이 있습니다. 송환 절차가 진행되는 동안 당신은 이곳에 구금될 것입니다."

토머스 베터튼이 휙 돌아섰다. 하지만 사나이가 재빨리 몸을 움직여 그의 앞을 막아섰다. 그때 토머스 베터튼이 껄껄 웃으며 되돌아섰다.

"이를 어쩝니까. 나는 토머스 베터튼이 아닙니다."

세 번째 사나이가 문을 지나 안으로 들어와서 나머지 두 사나이 곁에 섰다.

"오, 천만에! 당신은 토머스 베터튼입니다."

베터튼은 또다시 웃음을 터뜨렸다.

"지난 몇 달 동안 다른 이들이 나를 토머스 베터튼이라고 부르는 걸 들었고, 또 내가 스스로를 토머스 베터튼이라고 하는 걸 들었다고 해야 옳겠지. 중요한 건 내가 토머스 베터튼이 아니라는 사실입니다. 난 베터튼을 파리에서 만났습니다. 그저 그 사람 노릇을 잠시 한 것뿐입니다. 못 믿겠으면 이 여자 분에게 물어보십시오. 이 부인은 베터튼의 아내로 가장해서 나를 만나러 왔습니다. 그때 나는 이 부인을 내 아내라고 인정했습니다. 그랬지요?"

힐러리는 고개를 끄덕였다.

"내가 토머스 베터튼이 아니기 때문에 그랬던 겁니다. 당연히 나는 그의 아내 얼굴을 본 적도 없으니까. 나는 그녀가 정말로 토머스 베터튼의 아내인 줄만 알았습니다. 그 후에 그녀를 납득시킬 만한 몇 가지 변명들을 생각해 내야 했습니다. 이건 사실입니다."

힐러리가 큰 목소리로 말했다.

"그래서 나를 아는 척했군요. 부부처럼 계속 그렇게 행동하라고 말했을 때!"

베터튼은 다시 껄껄 웃으면서 자신 있게 말했다.

"나는 베터튼이 아닙니다. 베터튼의 사진을 보십시오. 그럼 내 말이 진짜라는 걸 알 수 있을 테니까요."

피터스가 앞으로 걸어 나왔다. 지금 그의 목소리는 힐러리가 익히 알고 있던 그 피터스의 목소리가 아니었다. 그의 음성은 침착하고 차가웠다.

"나는 토머스 베터튼의 사진을 본 적이 있습니다. 당신을 못 알아볼 뻔한 건 사실입니다. 하지만 당신은 분명히 토머스 베터튼입니다. 내가 증명해 보이지요."

피터스는 갑자기 베터튼을 힘껏 붙잡더니 베터튼의 재킷을 열어 젖혔다.

"당신이 토머스 베터튼이라면 오른쪽 팔꿈치 안쪽에 Z자 모양의 흉터가 있을 겁니다."

피터스는 이렇게 말하며 셔츠를 찢은 뒤에 베터튼의 팔을 펴게 했다.

"여기 있군."

그는 의기양양하게 그 흉터를 가리키며 말했다.

"이것에 대해 증언해 줄 수 있는 두 명의 실험실 조수가 미국에 있습니다. 내가 이걸 아는 이유는 그 흉터가 생겼을 때 엘사가 내게 편지를 보내 알려 주었기 때문입니다."

"엘사?"

베터튼은 그를 빤히 쳐다보았다. 그는 초조하게 고개를 내저었다.

"엘사? 엘사라니?"

"당신이 어떤 혐의를 받고 있는지부터 먼저 물어보시지!"

경찰관이 한 걸음 앞으로 다가서며 말했다.

"일급 살인죄. 당신의 아내, 엘사 베터튼을 살해한 혐의입니다."

22장

"미안합니다, 올리브. 진심입니다. 당신에겐 정말 안된 일입니다. 당신을 위해 나는 그에게 한 번의 기회를 주었습니다. 그가 그 단지 안에 있는 것이 더 안전할 것이라고 당신에게 경고했었지요? 하지만 나는 지구 반대편에서 그를 잡으러 왔습니다. 그가 엘사에게 저지른 짓 때문입니다."

"무슨 말씀인지 모르겠어요. 정말 아무것도요. 대체 당신은 누구인가요?"

"나는 당신이 이미 알고 있는 줄 알았습니다. 나는 보리스 안드레이 파블로프 글리드르입니다. 엘사의 사촌이죠. 나는 폴란드에서 미국으로 건너갔습니다. 그곳 대학에서 공부를 계속하기 위해서였죠. 당시 유럽에서 흔히 그랬던 것처럼 내 삼촌도 내가 미국 시민권을 얻는 게 좋겠다고 생각했습니다. 그래서 나는 앤드루 피터스라는 이름을 갖게 되었지요. 그리고 전쟁이 터지자 나는 다시 유럽으로 돌아갔습니다. 그곳에서 나는 레지스탕스 활동을 했지요. 나는 삼촌과 엘사를 폴란드에서 탈출시켜 미국으로 보냈습니다. 엘사…… 그녀에 대해선 이미 말씀드린 적이 있지요? 엘사는 이 시대 최고의 과학자 중 한 명이었습니다. ZE 분열을 발견한 것도 엘사였습니다. 베터튼은 만하임의 실험을 돕겠다면서 접근한 젊은 캐나다 인이었습니다. 그는 자신이 맡은 일은 잘했지만 그 이상은 못 되는 인물이었습니다. 그는 엘사가 진행 중이던 연구에 참여해 보고 싶은 속셈으로 일부러 그녀에게 구애를 해서 마침내 결혼하게 되었습니다. 엘사의 실험이 거의 완성 단계에 이르자, 그는 ZE 분열이 얼마나 엄청난 발견인지 깨달았습니다. 그래서 의도적으로 그녀를 독살한 겁니다."

"오, 저런! 세상에!"

"당시에는 아무도 의심하는 사람이 없었습니다. 베터튼은 한동안 몹시 비탄에 빠진 것처럼 보이더니 다시 기운을 찾아 열정적으로 연구에 몰두했습니다. 그리고 마치 자기의 업적인 양 ZE 분열의 발견을 발표했습니다. 그것은 그가 원하는 모든 것을 가져다주었습니다. 일류 과학자로서의 명성과 명예 말입니다. 이후 그는 미국을 떠나 영국으로 건너가는 게 현명하다고 판단했습니다. 그래서 하웰로 가서 그곳에서 한동안 지냈지요. 나는 전쟁이 끝난 후에도 얼마동안 유럽에 묶여 있었습니다. 독일어, 러시아 어, 폴란드 어에 능통했기 때문에 유럽에 남아 여러 가지 중요한 일을 해야 했지요. 엘사가 죽기 전에 나에게 보낸 편지 때문에 나는 무척 불안했습니다. 그리고 그녀가 병을 앓다가 죽었다는 사실이 내게는 믿기지 않고 의문스러울 뿐이었습니다. 마침내 미국으로 돌아가서 나는 조사에 착수했습니다. 그 과정을 모두 세세하게 설명하기는 힘들지만, 어쨌든 나는 찾고 있던 것을 찾아냈습니다. 시체 발굴 명령서도 신청했지요. 그걸로 충분했습니다. 당시 지방 검사 사무실에는 베터튼과 아주 절친한 젊은 친구가 한 명 있었습니다. 그 무렵 그 친구가 유럽으로 여행을 떠났는데, 아마도 그가 베터튼을 찾아가 시체 발굴 얘기를 했을 겁니다. 베터튼은 가슴이 철렁했겠지요. 내 생각엔 아마 그때 이미 아리스티데스의 하수인이 그에게 접촉을 하고 있었을 것입니다. 어쨌든 베터튼에게는 살인 혐의로 체포되는 것을 모면할 수 있는 절호의 기회였지요. 그는 외모를 완전히 다른 사람으로 바꿔 준다는 조건으로 그 제안을 수락했습니다. 하지만 실제로 그 단지에 가고 나서 그는 자신이 완전히 감금된 신세임을 깨닫게 되었을 겁니다. 게다가 자신이 아주 위험한 상황에 놓였다는 것도 알게 되었지요. 그들의 마음에 드는 상품을 생산하지 못했기 때문입니다. 탁월한 과학적 업적 말입니다. 그는 천재가 아니었고, 또 천재였던 적도 없으니까요."

"그러고 나서 당신이 그를 뒤따라간 거로군요?"

"그렇습니다. 내가 영국으로 와 보니 신문마다 토머스 베터튼이라는 과학자의 실종 사건으로 떠들썩하더군요. 그가 실종되기 전에 저명한 과학자인 제 친구 하나가 국제 연합에 근무하는 스피더라는 여자를 통해서 베터튼에게 모종의 접촉을 했다는 사실을 알았습니다. 제가 영국에 왔을 때는 그녀가 이미 베터튼을 만난 이후더군요. 나는 그녀를 찾아가 좌익 성향을 갖고 있는 척하고 내 과학적 역량을 과장되게 부풀리면서 그녀의 비위를 맞췄습니다. 나는 베터튼이 아무도 찾을 수 없는 철의 장막 뒤로 넘어갔다고 생각했습니다. 하지만 아무도 갈 수 없는 곳이라 해도 나는 반드시 그가 있는 곳까지 쫓아갈 작정이었습니다."

그는 입술에 힘을 주었다.

"엘사는 최고의 과학자였습니다. 게다가 아름답고 교양 있는 여자였답니다. 그녀는 자신이 사랑하고 믿었던 남자에게 살해당하고 업적까지 빼앗겼습니다. 내 손으로 꼭 베터튼을 처치하고 싶었는데……."

"그랬군요. 아, 이제야 알 것 같아요."

"나는 영국에 와서 당신에게 편지를 썼습니다. 그때는 내 폴란드 이름으로 보냈습니다. 나는 사실을 다 말했지요. 부인은 내 말을 믿지 않았나 봅니다. 아무 답장도 없었던 걸 보면 말입니다."

그는 어깨를 으쓱했다.

"그래서 정보국 사람들을 찾아갔습니다. 처음 그곳에 갔을 때는 폴란드 군인처럼 연극을 했죠. 딱딱하고 예의 바르고 정중한 외국인처럼 보이도록 애를 썼어요. 그때는 아무도 믿을 수가 없었거든요. 하지만 마침내는 제숍과 힘을 합치게 되었지요."

그는 잠시 말을 멈췄다가 다시 이어서 말했다.

"오늘 아침으로 나의 추격은 끝났습니다. 송환 조치가 취해지면 베터튼은 미국으로 가서 법정에 서겠지요. 만에 하나 그가 무죄로 풀려난다고 해도 나로서는 어쩔 수 없습니다."

그리고 단호하게 덧붙였다.

"하지만 그럴 일은 없을 겁니다. 증거가 너무나 확실하니까요."

그는 잠시 말을 멈추고 바다 쪽으로 난 햇살 가득한 정원을 내려다보았다.

"한 가지 괴로운 사실은 당신이 베터튼을 만나러 와서 내가 당신을 알게 되었고, 당신을 사랑하게 되었다는 것입니다. 올리브, 나는 그동안 너무 괴로웠습니다. 진심입니다. 지금도 마찬가지고요. 나는 당신의 남편을 전기 의자에 앉게 만든 장본인입니다. 그건 부인할 수 없는 사실입니다. 혹여 당신이 그 사실을 용서할 수 있다 해도 평생 잊어버릴 수는 없을 겁니다."

그는 의자에서 일어섰다.

"이 모든 얘기를 내 입으로 직접 당신에게 해 주고 싶었습니다. 이젠 정말로 이별이군요."

그가 몸을 돌리는 순간 힐러리가 손을 뻗으며 말했다.

"잠깐만 기다려요. 당신이 모르는 게 있어요. 나는 베터튼의 아내가 아니에요. 베터튼의 아내 올리브 베터튼은 카사블랑카에서 죽었어요. 제숩의 설득으로 나는 그녀의 역할을 한 것뿐이에요."

그가 돌아서서 뚫어지게 그녀를 쳐다보았다.

"당신이 올리브 베터튼이 아니라고요?"

"그래요."

"하느님 맙소사! 어떻게 이런 일이!"

그는 그녀 옆에 있는 의자에 풀썩 주저앉았다.

"올리브, 올리브, 내 사랑……."

"이젠 올리브라고 부르지 말아요. 내 이름은 힐러리, 힐러리 크레이븐이에요."

"힐러리?"

그는 생소하게 느껴지는지 그 이름을 되풀이했다.

"이제부터는 그 이름에 익숙해져야겠네요."

그는 그녀의 손을 가만히 잡았다.

테라스 한쪽 끝에서는 제숍이 르블랑과 지금 상황과 관련된 여러 가지 문제들을 상의하고 있었다. 제숍이 갑자기 말을 뚝 끊더니 멍한 목소리로 물었다.

"자네 방금 뭐라고 했지?"

"내 생각엔 그 아리스티데스라는 짐승을 기소하기는 불가능할 것 같다고."

"그렇지. 아리스티데스는 재판만 하면 이기는 작자야. 아무리 불리해도 언제나 요리조리 빠져나가는 놈이지. 하지만 돈이 제법 많이 들걸. 그렇게 하고 싶지는 않을 거야. 그리고 아무리 아리스티데스라고 해도 파멸을 영원히 피해 갈 수는 없지. 꼴을 보아 하니 머지않아 최고 법정에 서게 될 것 같아."

"그런데 자네, 지금 어디에 정신이 팔려 있는 거야?"

"저기 저 두 사람. 내가 힐러리 크레이븐을 미지의 목적지로 여행을 보냈는데, 결국 그녀가 도착한 종착역은 평범하기 그지없는 곳인 것 같아."

르블랑은 잠시 어리둥절한 표정을 짓다가 말했다.

"아, 그래! 셰익스피어!"

"자네들 프랑스 인들도 책은 좀 읽는군그래."

〈끝〉

옮긴이 | 이수경

1975년 서울에서 태어나 한국외국어대학교 노어과를 졸업하고 현재 인트랜스 번역원 전문번역가로 활동하고 있다. 옮긴 책으로 『에너지 버스』(공역), 『전쟁의 기술』(공역), 『끌어당김의 법칙』, 『어둠 속의 다이버』, 『펫져 이야기』, 『점프』, 『평범한 그 여자는 어떻게 억대 사업가가 됐을까』, 『P2P, 비즈니스 혁명』, 『현대 군주론』 등이 있다.

애거서 크리스티 전집
목적지 불명

2판 1쇄 펴냄 2016년 4월 11일
2판 2쇄 펴냄 2018년 11월 8일

지은이 | 애거서 크리스티
옮긴이 | 이수경
발행인 | 박근섭
편집인 | 김준혁
책임편집 | 최고운
펴낸곳 | 황금가지

출판등록 | 2009. 10. 8 (제2009-000273호)
주소 | 135-887 서울 강남구 신사동 506 강남출판문화센터 5층
전화 | 영업부 515-2000 편집부 3446-8774 팩시밀리 515-2007
홈페이지 | www.goldenbough.co.kr

도서 파본 등의 이유로 반송이 필요할 경우에는 구매처에서 교환하시고
출판사 교환이 필요할 경우에는 아래 주소로 반송 사유를 적어 도서와 함께 보내주세요.
06027 서울 강남구 도산대로 1길 62 강남출판문화센터 6층 민음인 마케팅부

© ㈜민음인, 2013. Printed in Seoul, Korea
ISBN 978-89-8273-762-6 04840
ISBN 978-89-8273-108-3 04840 (set)

㈜민음인은 민음사 출판 그룹의 자회사입니다.
황금가지는 ㈜민음인의 픽션 전문 출간 브랜드입니다.